PARIS
SUR
CRIME

Bien qu'inspiré par l'actualité criminelle et près de trente ans de Police judiciaire, ce roman est une œuvre de pure imagination.

Toute ressemblance éventuelle d'un de ses personnages avec un policier ou un truand existant ou ayant existé serait donc totalement fortuite et accidentelle.

ROGER LE TAILLANTER

PARIS SUR CRIME

France Loisirs
123, boulevard de Grenelle, Paris

Edition du Club France Loisirs Paris,
avec l'autorisation des éditions Julliard.

ISBN 2-7242-1696-2

Je dédie cet ouvrage à tous mes camarades de la police qui combattent chaque jour la montée de la violence et de la criminalité.

R.L.T.

1

— Alors, Jo, c'est le grand jour ? Vous avez le trac ?

Jo sourit, crispé et soudain très pâle.

— Mettez-vous à ma place, monsieur le directeur ! C'est la première fois que je passe un examen...

— Eh bien, mon vieux, bonne chance !

Accompagnant son souhait d'un large sourire et d'une tape amicale sur l'épaule de son pensionnaire, le directeur tourne les talons et se dirige vers le greffe, traversant la sinistre cour pavée de la prison de la Santé.

René Georges Valadès, dit « Jo Trois doigts », monte derrière trois autres détenus dans le fourgon cellulaire arrêté devant la grille intérieure.

Ils ont le fourgon pour eux tout seuls. Deux gardes les enferment, un par un, dans les quatre boxes les plus proches de l'unique porte blindée placée à l'arrière. Tous ces véhicules sont identiques : de la bonne tôle d'acier, du plancher au plafond, en passant par les cloisons et les portes. Depuis que René Girier s'est évadé, dans les années romantiques et brouillonnes de l'après-guerre, en sciant le plancher de son box et en se laissant choir sur la chaussée, l'administration pénitentiaire a renoncé au bois.

Une fois les loquets extérieurs des cellules rabattus, les deux gardes, Toussaint Peraldi et Valentin Poivre, se sont assis sur leurs strapontins, chacun à un bout du couloir central de la cage d'acier. C'est une bonne planque pour la journée : quatre détenus paisibles vont prendre place dans une salle d'examen à Fresnes. On les ramènera le soir à la Santé, juste à l'heure de la soupe.

— Dis donc, Valentin, on ne les a pas fouillés ?

Peraldi est le plus jeune. Deux ans à peine de métier, au sortir du service militaire, ne lui permettent pas encore de saisir toutes les nuances qui séparent parfois le règlement de la réalité. Ce n'est pas une question qu'il pose, plutôt un fait qu'il énonce. Valentin Poivre est son ancien, son chef en quelque sorte. Il y a plus de quinze ans que ce paysan bourru et taciturne a quitté son Auvergne natale pour devenir fonctionnaire et son solide bon sens de terrien lui permet de combler les lacunes d'une instruction assez sommaire.

— Laisse tomber, petit ! conseille-t-il. C'est pas le moment de les secouer un jour d'examen !

Il est vrai que les quatre détenus, habillés de leurs vêtements civils, n'ont pour tout bagage qu'une petite trousse d'écolier. Depuis plusieurs mois, leur conduite est exemplaire : ils ont changé radicalement depuis qu'ils ont manifesté le désir de préparer puis de passer les épreuves du brevet.

Pour René Amiaux, Bernard Bonneville et Dominique Chauny, le directeur de la Santé n'avait manifesté aucune surprise. Condamnés ensemble et uniformément à cinq ans d'emprisonnement pour une série d'agressions de pompistes en grande banlieue, ces trois jeunes voyous avaient été classés d'emblée, après les tests, parmi les récupérables.

Peut-être l'étaient-ils effectivement ! Amiaux, Bonneville et Chauny avaient grandi ensemble dans l'immense cité des Emouleuses à Créteil dans des familles disloquées par le chômage et l'ivrognerie. Les notions de bien et de mal leur paraissaient aussi éculées que les godasses qu'ils traînaient dans les super ou hypermarchés des grands ensembles des environs, à l'affût de quelque larcin. Nourris de mauvais cinéma, de films pornographiques, de séries policières américaines à la télévision et de l'exemple hautement instructif de quelques aînés, ils avaient très vite goûté aux fruits amers de l'échec. Police, justice, éducation surveillée : la société libérale avait déployé pour eux tout l'éventail de sa thérapeutique répressive. En vain ! Chaque expérience les auréolait d'une nouvelle gloire et constituait le point de départ de nouveaux exploits.

Passants détroussés la nuit dans les rues désertes de la cité. Folles expéditions en voitures volées. *Orange mécanique* était leur seule religion et la terreur des bourgeois amusait les filles.

La crainte des représailles et la haine commune des habitants des grandes cités d'H.L.M. pour les flics leur avait longtemps assuré l'impunité. Ces loulous de banlieue s'étaient alors décerné leur C.A.P. de « gros bras ». Ce n'est sans doute pas par hasard que plus de la moitié des auteurs de vols à main armée ont entre 18 et 25 ans. Assez vieux pour vouloir assumer des risques d'hommes. Pas assez mûrs pour remplacer le calibre par la cervelle. Peut-être aussi qu'à cet âge tendre on se sent le maître du monde avec un flingue à la main. Amiaux, Bonneville et Chauny avaient commencé par agiter le leur sous le nez de quelques pompistes. Rien de plus facile et de plus vite fait que le braquage, la nuit, d'une station-service déserte. L'ennui c'est qu'en droit ça s'appelle un vol à main armée. Les trois jeunes garçons s'en aperçurent à leurs dépens quand, trahis par une aisance aussi insolite que rapide, ils furent arrêtés de nouveau mais traduits, cette fois, devant la cour d'assises. Cette gloire-là leur parut bien éphémère par rapport aux cinq années de prison qu'elle leur rapporta. Même pour eux qui n'étaient pas des intellectuels, il y avait bien de quoi méditer !

Leur soudaine soif d'instruction comblait en tout cas le juge d'application des peines et le psychologue qui y voyaient la preuve éclatante de leur volonté de réinsertion sociale. Les trois loubards n'étaient pas encore au courant, mais déjà on envisageait pour eux, après les examens, une mesure de libération conditionnelle. Ce serait une juste récompense pour l'application dont ils avaient fait preuve durant l'année scolaire.

La politique de l'administration pénitentiaire s'est, en effet, considérablement modifiée au cours des dernières années et les notions de peine-châtiment ou de peine-exemple ont peu à peu cédé le pas à celles, plus modernes, de détenu-malade-social et de prison-moyen de cure. Si la plupart des malfaiteurs professionnels en rigolent encore, l'expérience ne manque pas d'intérêt à l'égard des plus jeunes.

On se battra sans doute longtemps encore, et les faiseurs d'opinion ont devant eux de belles années, avant de savoir s'il faut prendre le risque de laisser croupir un jeune garçon vraiment repenti dans une fabrique de récidivistes ou s'il est préférable de lâcher sur une société de plus en plus livrée à la violence un petit truand qui aura réussi à tromper tout le monde sur ses criminels desseins. Mais enfin, quoi, il faut bien assumer les risques de son temps !

En ce qui concerne Amiaux, Bonneville et Chauny, rien n'empêchait, dans l'immédiat tout au moins, d'admettre qu'ils avaient, avec constance et depuis un an, donné tous les signes de la guérison. Ils s'étaient prêtés de bonne grâce à tous les tests médicaux, psychologiques et psychiatriques et, s'il restait quelques zones d'ombre quant à leur « dangerosité latente » et à la sincérité de leur désir de « resocialisation », comme disent les criminologues modernes, l'ensemble du bilan avait paru assez convaincant.

Le trio avait même eu le mérite de gagner à ses vues cette crapule de Jo Trois doigts. Un seigneur de la pègre celui-là, une épée, pas un minable loulou de banlieue comme les trois autres !

Trente-deux ans, dont dix déjà passés derrière divers barreaux et en trois fois !

Jo Trois doigts, de son vrai nom René Georges Valadès, est né à Saint-Ouen, à la fin de la Seconde Guerre mondiale, sur la partie de la zone épargnée par les bombardements alliés.

Dans cette cour des miracles du XXe siècle, l'entre-deux-guerres a vu s'installer, à l'ombre des « fortifs » chantés par Mac Orlan, quelques centaines de familles de nomades. Ballottés à travers l'Europe par les convulsions politiques et par leur propre allergie à toute normalisation, ces gens du voyage venus de l'Est et du Sud sont devenus mi-sédentaires, mi-errants, des marginaux vivotant des petits métiers de rempailleur, remouleur, ramoneur et, le plus souvent, de rapines.

La famille Valadès a abandonné ainsi le trapèze dans les cirques ambulants au profit du ramonage occasionnel. Mais la morte saison est longue dans le nettoyage des cheminées, et le dernier-né de la tribu n'a guère connu d'autre religion que le système D, d'autre exemple que celui de parents prompts à confondre le bien d'autrui avec leurs propres maigres possessions.

Le petit Valadès, d'abord surnommé Jojo, mérite très jeune le qualificatif d'affreux et, au fil des années, les directeurs des écoles des banlieues environnantes, qui pourtant en ont vu d'autres, ont dû renoncer à poursuivre l'éducation d'un enfant aussi inadapté. Dans le monde de l'après-guerre dominé par la pauvreté, les conflits coloniaux et les grands affrontements politiques, Jojo est passé très vite des vols commis dans les poches des professeurs aux expéditions punitives dirigées contre les meilleurs élèves.

A l'âge de 16 ans, Jojo, devenu Jo, est placé en apprentissage chez un ébéniste, mais il n'est pas plus attiré par le travail manuel que par l'école. Il envisage tout d'abord de saboter les machines de l'entreprise. Son patron, un artisan de la vieille école inscrit au parti communiste, le tient à l'œil et Jo hésite à affronter sa colère. Il se contente de faire semblant de travailler, en rêvant aux filles qu'il retrouve le soir dans les caves du groupe H.L.M. construit sur les anciennes fortifications.

Hélas ! Les machines sont implacables. Deux mois après le début de son apprentissage, une toupie lui fait payer de deux doigts, l'annulaire et le médius gauches, le peu d'attention qu'il apporte à son ouvrage.

Ce fut, pour le nouveau Jo Trois doigts, sa dernière expérience des travaux manuels.

Jo eut bien quelques problèmes de reconversion.

Deux doigts en moins sur une pince monseigneur ou la crosse d'une arme c'est quand même un handicap, surtout lorsqu'ils vous manquent à la meilleure main. Or, manque de chance, Valadès était gaucher.

A la bibliothèque de sa première prison, il avait appris, un peu par hasard, que les gauchers ont davantage de dispositions naturelles que les droitiers pour la vocation de voyou. Il avait vu là une excuse à son allergie au travail, une fatalité dont il n'était pas responsable, un « certain déterminisme » comme disait une revue de criminologie tombée par hasard entre ses mains un jour qu'il était en panne de ces bandes dessinées qui constituaient son unique lecture.

Jour après jour, il avait surmonté le handicap de son infirmité et le surnom que lui avaient donné les voyous était devenu un peu son titre de gloire. Rares étaient ceux qui, dans le Milieu, voyaient sans panique sa main mutilée se refermer sur une crosse avec une telle sûreté que la seconde paraissait, comme dans un rêve, le prolongement naturel de la première, et faite du même métal.

Physiquement, il était plutôt grand, mince mais tout en muscles. L'œil fixe et noir comme le cheveu, le nez busqué, un visage maigre déjà ravagé par la haine et la violence contribuaient à lui donner un air farouche et inquiétant qui écartait les derniers contradicteurs.

En somme, une belle figure de voyou modèle 1970, modifié 1980, comme on n'en voit que dans quelques rares films américains. Tout se démode vite de nos jours et, à côté d'un Jo Trois doigts et de ses nombreux semblables, les héros du grand Melville n'évoquent plus guère maintenant qu'une troupe innocente de premiers communiants en goguette. La politique de libération conditionnelle dans l'espoir légitime d'une réinsertion sociale a peut-être sauvé un grand nombre de jeunes délinquants ; elle a créé également une génération de criminels bien plus endurcis que leurs aînés...

En 1964, à l'âge de vingt ans, Jo est condamné pour la première fois à trois ans de réclusion criminelle pour complicité dans une tentative de cambriolage de bijouterie. Libéré deux ans plus tard, en 1966, il ne profite guère de la liberté retrouvée ; l'escalade commence et il « replonge » au bout de vingt-deux mois : cinq ans de détention criminelle pour agression à main armée. Le cycle infernal est lancé : nouvelle libération anticipée, nouveaux crimes, nouvelle condamnation. En 1975, Jo passe devant les assises de la Seine, accusé cette fois d'un double meurtre.

Le palmarès a de quoi faire frémir. Il est typique, hélas, de la criminalité moderne qui se forge dans un mouvement perpétuel entre la jungle sauvage des grandes villes et les cabinets austères des juges d'instruction, les prisons surpeuplées et les locaux de police de plus en plus débordés.

Pour l'heure Jo purgeait dix ans de réclusion criminelle, prix d'un double meurtre, enfin... d'un règlement de compte, et il lui en restait sept au compteur.

La place d'un voyou aussi endurci était bien sûr ailleurs qu'à la Santé, à Poissy par exemple, d'où il venait, ou, mieux encore, à Melun ou à Clairvaux, ces bonnes vieilles Centrales, dites de force, réservées aux condamnés à de longues peines. La règle du travail en silence, l'isolement nocturne et un régime de haute surveillance doublé de sanctions disciplinaires musclées y assurent une sécurité que les simples maisons d'arrêt, toujours animées d'incessants va-et-vient, ne sauraient offrir.

Mais les poulets de la Police judiciaire et les juges d'instruction s'arrachaient Jo depuis sa condamnation, mêlé qu'il était, de près ou de loin, à tant d'affaires, jusque-là destinées à finir en V.R. [1]. Ah ! les V.R. ! Obsession permanente des péjistes [2] qui, malgré tous leurs efforts, en voient le nombre augmenter chaque année comme croît d'ailleurs dans le même temps la quantité des affaires qu'ils parviennent à mener à bien. Si les policiers admettent de passer par profits et pertes plus de

1. Vaines recherches.
2. Se dit des membres de la P.J. comme cégétistes de ceux de la G.G.T. ou jocistes pour ceux des J.O.C.

la moitié des affaires banales ou peu importantes, rares sont ceux qui envoient sans regret au classement les délits et crimes les plus graves, les plus sanglants ou les plus complexes. C'est comme un artisan horloger qui n'arriverait pas à remonter une pendule. Une frustration somme toute.

Depuis que Jo avait commencé à livrer quelques confidences au commissaire principal Le Flaour, chef de la 14e brigade territoriale de la Préfecture de police de Paris, un certain nombre de lueurs apparaissaient dans plusieurs mystères parmi les plus sinistres. Du coup Jo était devenu le témoin chéri de ces messieurs de la police. Oh ! Il savait distiller ses informations, au compte-gouttes qu'il les leur servait !

Le Flaour s'expliquait mal ce comportement. Il le connaissait bien, son Jo. Il l'avait arrêté deux fois et c'est en grande partie à lui que « Trois doigts » devait ses dix dernières années de prison. Le chef de la 14e brigade territoriale l'avait bien ficelé dans ce double assassinat et, connaissant son gibier, il s'attendait davantage à recevoir un coup de flingue que des confidences lorsque Jo lui avait fait savoir un jour qu'il souhaitait lui parler.

Le Flaour s'était rendu à Poissy et, tout de go, dans le sinistre parloir de la Centrale de force, Jo lui avait demandé si quelques informations ne pouvaient pas éventuellement permettre d'obtenir une réduction de peine. Le Flaour, surpris, n'avait pas bronché. Il n'avait rien promis, se contentant d'assurer le voyou qu'en tout état de cause il ne payait pas d'avance. Le cas échéant, si les informations données le justifiaient, d'accord, il ferait son possible...

Jo avait paru se contenter de cette assurance et Le Flaour l'avait revu trois fois. La confrontation des quelques informations reçues avec les dossiers en souffrance prouvait que Jo Trois doigts savait parfaitement de quoi il parlait mais, hélas, il parlait peu. Juste assez pour faire réactiver quelques affaires qui sommeillaient à l'instruction.

Peut-être Jo le lui avait-il suggéré — Le Flaour ne se le rappelait plus — mais, en accord avec la justice, il avait obtenu que son client fût provisoirement transféré à la Santé.

Dans cette prison surpeuplée, Jo avait dû partager la cellule 213 D avec trois compagnons. C'est ainsi qu'il avait connu Amiaux, Bonneville et Chauny. Quelque temps plus tard, les trois jeunes loulous s'inscrivaient à la préparation du B.E.P.C.

A la stupéfaction générale, Jo, que chacun savait plus apte au maniement des armes de poing en général et du Colt 11,43 en particulier qu'à celui du stylo, les avait imités. Avec ses trente-deux ans et ses trois séjours en prison, il ne paraissait guère récupérable mais, après tout, pourquoi lui refuser ce qu'on accordait aux autres ? Tout gardien de prison, du simple maton au directeur, sait qu'on court beaucoup moins de risques avec un détenu plongé dans les études, quelles qu'elles soient, qu'avec un condamné désœuvré. En outre, les nouvelles relations que Jo entretenait avec la police et la justice autorisaient à penser qu'il avait peut-être choisi, pour améliorer son sort, des moyens sans doute inattendus mais parfaitement légaux. Les voies de la rédemption ne sont-elles pas impénétrables ?

En tout cas, tout s'était remarquablement passé. Deux fois par semaine, les détenus avaient consciencieusement assisté aux cours. Leur cellule était parmi les plus calmes et, en dehors des promenades, les matons y voyaient seulement quatre élèves appliqués à réduire le retard qu'une vie aventureuse avait apporté à leurs études.

Le Flaour comprenait de moins en moins. Il préférait finalement l'ancien Jo. Avec le braqueur et le tueur, il savait à quoi s'en tenir. Avec Jo l'étudiant ou Jo la balançoire, il se sentait mal à l'aise. Oh ! certes les informations de Trois doigts étaient toujours aussi intéressantes mais, curieusement, elles ne débouchaient jamais sur une preuve concrète.

Et, depuis plusieurs semaines, Jo tournait autour de l'affaire du cercle de jeux Caumartin comme une mouche autour d'un pot de miel.

2

Une belle affaire en vérité. Trois morts au petit matin et un butin évalué, au bas mot, à une centaine de millions malgré des victimes qui se montraient étonnamment modestes dans leurs estimations.

Les auteurs ? Quatre tueurs masqués de cagoules du Ku-Klux-Klan et armés de mitraillettes qui avaient fait irruption dans le cercle et à propos desquels les témoignages des survivants divergeaient tellement que Le Flaour était convaincu qu'ils faisaient exprès de brouiller leurs souvenirs.

Les constatations minutieuses effectuées par les meilleurs enquêteurs de la brigade criminelle [1] n'avaient rien donné, elles non plus. Même les douilles éjectées par les pistolets-mitrailleurs avaient été soigneusement ramassées par l'un des tueurs. Tous avaient opéré gantés. Aucune empreinte nulle part. Nulle trace de pas sur les épaisses moquettes. Quant aux témoins extérieurs, à cette heure matinale et dans ce quartier élégant, ils étaient rares ou mal réveillés. D'ailleurs, dans des crimes aussi sanglants, les honnêtes gens ne se bousculent guère pour faire part de leurs observations à la police. Les enquêteurs de la Criminelle en avaient tout de même déniché quelques-uns.

---

1. La brigade criminelle est chargée à Paris des enquêtes relatives à la plupart des crimes de sang.

En pure perte. Ils ne permirent même pas de savoir si les tueurs étaient venus en vélo ou en hélicoptère ! Une enquête classique somme toute et, comme dans tous les règlements de compte, il avait fallu « aller à la pêche » dans les eaux troubles du Milieu et essayer d'y voir clair à la seule lumière des précédentes éliminations. Tâche impossible. Comme tout bon flic, Le Flaour connaissait par cœur la loi du silence compacte qui est la première règle du milieu du jeu et la condition même de sa survie. Jamais il n'avait vu, depuis qu'il s'y intéressait professionnellement, aucune des nombreuses affaires criminelles touchant aux cercles trouver son épilogue devant les tribunaux.

Les deux bandes adverses qui règnent tant bien que mal depuis des lustres sur cet empire restaient invulnérables pour la police, malgré les coups de calibre venus de nulle part qui remettaient en cause, deux ou trois fois l'an, leurs précaires accords. Des alliances inattendues se nouaient parfois pour éliminer un clan affaibli par la disparition d'un chef ou, au contraire, pour favoriser l'entrée sur le marché d'une nouvelle « famille ». On oscillait ainsi, au fil des années, entre de progressives appropriations parfaitement irréprochables au plan juridique et des bouleversements subits dus à de brutales éliminations.

Mais toutes ces tractations non écrites, pour violentes qu'elles pouvaient devenir, ne devaient à aucun moment bouleverser l'apparente tranquillité du monde du jeu, ni troubler surtout les fiévreux amateurs dont l'argent se dépose chaque petit matin comme une rosée bienfaisante dans les mains de ceux qu'il faut bien appeler, faute de mieux, les « animateurs ».

Curieuse structure juridique, en effet, que celle de ces cercles !

A l'inverse des casinos qui fonctionnent comme des sociétés commerciales classiques, les dix-huit cercles parisiens — sauf un situé à Montparnasse, ils sont tous implantés sur la rive droite et plus particulièrement dans les quartiers de l'Opéra, des Champs-Elysées et de l'Etoile — ne sont, en droit, que de banales associations créées en vertu de notre bonne vieille loi républicaine de 1901 ! Leur but est, officiellement, philantropique, social ou sportif. A condition d'obtenir une autorisation de jeux délivrée par le ministère de l'Intérieur toute association peut se procurer les ressources destinées à atteindre ses objectifs officiels en ouvrant un cercle de jeux.

Si l'association l'administre elle-même, à son seul profit et sans aucune rémunération pour ses membres, le cercle est dit « fermé » — il y en a seulement trois sur dix-huit — et n'offre pour la police ou les spécialistes du jeu aucun intérêt. Par contre, le cercle est dit ouvert quand son comité des jeux est présidé par un tiers qui prend le titre de directeur ou de fermier des jeux et se fait assister de collaborateurs pouvant n'avoir aucun lien avec l'association. La seule surveillance exercée à l'encontre de ces braves gens est alors celle du ministère de l'Intérieur qui dispose du droit, à tout moment, de requérir leur remplacement.

Ce directeur des jeux, au statut juridique assez mal défini, est en fait le vrai patron du cercle.

Les sommes souvent énormes ainsi brassées chaque nuit expliquent toutes les péripéties, toutes les trahisons et tous les silences. Sous les lambris dorés, des millions changent chaque soir de mains et, s'il existe parfois des joueurs chanceux, il n'est pas concevable, dans une maison bien tenue, que cette chance puisse dépasser les raisonnables limites d'une publicité bien comprise.

Kaléidoscopes colorés de la fortune et de l'argent, les cercles offrent ainsi comme un reflet de notre folle époque. Lorsqu'ils rouvrirent leurs portes en 1946 ce fut pour les spéculateurs de marché noir enrichis sous l'Occupation, les ferrailleurs milliardaires et les trafiquants de cigarettes blondes. Leur succédèrent ensuite les modernes brasseurs d'affaires, les rois du pétrodollar, et les trafiquants d'armes. Vedettes de cinéma, médecins, notaires et avocats y côtoyent de nos jours aussi bien des fortunes édifiées dans la promotion immobilière que des ténors parfaitement honorables, en apparence, du trafic international de la drogue ou de la traite des blanches. En revanche l'émancipation féminine, si elle a depuis quelques années forcé la plupart des portes des citadelles masculines, écoles de police y compris, elle n'a pas réussi même à entrebâiller celle des cercles privés. Ce privilège — hélas, pourquoi est-ce celui-là ? — donne donc aux seuls hommes la joie d'échanger, dans ces luxueux temples modernes, l'argent que chacun d'eux gagne à sa manière, contre les délicieuses et épuisantes angoisses du baccara ou de l'écarté. Tout ceci d'ailleurs sous le contrôle périodique et discret du représentant de la brigade des jeux de la Préfecture de police — le pauvre ! — chargé de veiller à la bonne tenue des uns et des autres et à l'éloignement des malheureux à qui des vicissitudes passagères interdisent l'accès de ces coûteux paradis [1].

Le Flaour n'ignorait rien des immuables scénarios qui venaient, de temps en temps, bouleverser ce petit monde si tranquille. Lorsque quelque bombe pulvérisait la façade d'un hôtel particulier, qu'une rafale de mitraillette exterminait un obscur fondé de pouvoir ou un garde du corps dévoué, la brigade criminelle se mettait en action. Un épisode nouveau s'ajoutait alors à l'histoire des cercles, mais, ô miracle, les suspects possédaient tous d'imparables alibis. Pas la moindre faille dans les récits. Aucun témoignage sérieux. Rien. Le désert. Le Sahara. Quelques semaines ou quelques mois plus tard, à la sortie d'une boîte de nuit de Pigalle ou à l'abri d'une palissade de chantier d'un immeuble en construction, on dénombrait simplement quelques morts de plus dont il fallait rayer les noms du Gotha de la pègre. Supprimés d'une rafale tirée par une arme encore inconnue des laboratoires policiers.

Et les cercles continuaient ! Luxe et raffinement, silence de cathédrale, tenue correcte exigée. Il y a quelque chose de britannique dans cette manière correcte de ne dépouiller correctement que des hôtes corrects !

---

1. Ce fut le lieutenant général Sartine qui, le premier, dans la seconde moitié du XVIIIe siècle, réglementa l'exploitation des jeux et en organisa la surveillance. Sa décision fut à l'origine de la police des jeux que l'ordonnance du 23 thermidor An VIII du préfet Dubois — eh oui, déjà ! — conféra au service qui est devenu l'actuelle direction des renseignements généraux.

En tout cas, pour le dépouillement — très peu correct, lui — du cercle Caumartin, la Criminelle avait dû finalement mettre hors de cause les concurrents traditionnels de la bande adverse. Leurs alibis étaient péremptoires et leurs mobiles inexistants.

Les victimes, à leur manière, coopéraient d'ailleurs à la recherche des tueurs, même si le patron de la Criminelle n'était guère persuadé de leur désir de livrer, le cas échéant, ces trublions à son service.

Les investigations des patrons des cercles n'avaient pas mieux abouti que celles de la Police judiciaire et la poussière commençait à se déposer sur le dossier quand Jo Trois doigts l'avait évoqué.

Avec un lugubre demi-sourire, Jo avait suggéré à Le Flaour de s'intéresser à Maurice l'Arménien, un barbiquet [1] dont le maigre cheptel s'échinait dans une maison d'abattage de Barbès.

Le Flaour s'était d'abord récrié :

— Tu te fous de moi, Jo ! L'Arménien en est presque réduit à marcher à côté de ses godasses ! Tu ne vas pas me faire croire qu'il était au décarpillage des cent briques ! Tel que je le connais, il se serait acheté une Lamborghini Urraco ou Jarama... Alors qu'après le braquage, il est resté aussi fauché qu'avant, claquant, aux courtines comme d'habitude, le fric de ses nanas !

Le sourire de Jo s'était légèrement élargi, rendant encore plus inquiétants son maigre visage buriné de rides et la fixité de ses yeux noirs.

— Ecoute, Le Flaour, tu fais ce que tu veux, mais imagine un moment que Maurice avait une grosse dette ! Pas une dette de fric, une vraie dette ! Celle qu'on paie de sa peau en cas de besoin ! Celle où on peut rien refuser à son créancier !

1. Souteneur de petite envergure.

T'es un bon flic, Le Flaour, je suis sûr que tu peux trouver. Moi, je ne peux pas t'en dire plus, tu sais, on peut mourir en prison, ça arrive, et je ne tiens pas à dévisser ici. J'ai des projets, si tu vois ce que je veux dire...

Et, là-dessus, le Jo avait effacé son sourire et s'était enfermé dans un épais silence.

Le Flaour avait sorti tous les dossiers concernant de près ou de loin l' « Arménien ». Les recherches d'archives sont rarement le travail d'un chef de brigade, mais au fil des années Le Flaour avait découvert l'incroyable richesse de la mémoire policière et les multiples entrées qui permettent de l'exploiter. Dans les affaires graves il ne laissait à personne le soin, à partir d'une chétive indication de nom ou de surnom, voire de signalement, de reconstituer une silhouette, un état civil, une vie entière avec ses enthousiasmes et ses déceptions, ses haines et ses amitiés, ses zones de lumière et d'ombre.

Il avait ainsi épluché tous les voyous figurant parmi les relations de Maurice Bakourian, dit l'Arménien, et toutes les filles qu'il avait pu connaître. Zéro. Pas la moindre lueur, pas le plus petit bout de ficelle pour dévider la pelote.

Le Flaour n'attendait plus qu'un dossier de province sur un banal accident de la route survenu à Fréjus, huit jours précisément après la tuerie du cercle Caumartin et où apparaissait l'Arménien. Par acquit de conscience, le commissaire l'avait demandé au fichier central de la rue des Saussaies sans rien en espérer de particulier, simplement parce qu'il n'y a jamais de détail inutile dans une affaire non résolue.

On n'était plus, Dieu merci, à l'époque où Sûreté nationale et Préfecture de police s'espionnaient mutuellement à travers leurs bulletins de recherches pour tenter de se couper l'une à l'autre l'herbe sous le pied. Devant la montée de la violence et du banditisme, chacun avait bien trop à faire et la fusion des deux vieux adversaires au sein d'une même police nationale, après être entrée dans les textes, s'était aussi implantée dans les faits.

Le Flaour pensait aussi aller rendre une nouvelle visite à

Jo, quand le truand lui avait demandé de le laisser en paix ces trois dernières semaines. Il était en pleine révision d'examens !

C'est pas vrai ! Un vrai gag pour qui connaissait Jo ! Le Flaour avait le sentiment douloureux d'être manipulé, mais la machine était lancée. Son directeur le tarabustait. Le juge d'instruction, qui avait réouvert à sa demande le dossier de l'agression du cercle Caumartin, entendait bien ne pas s'être donné cette peine pour rien. Bon gré, mal gré, il fallait continuer, voir sur quoi déboucherait ce que le commissaire pressentait de plus en plus comme une mascarade.

Et une mascarade avec Jo, ça pouvait être un fleuve de sang. Car Le Flaour en revenait toujours à ce postulat : quand un voyou professionnel et endurci du gabarit de Jo Trois doigts offre de se mettre à table, ce ne peut être que pour une effroyable vengeance.

Mais voilà : contre qui ?

Dans le double meurtre qui l'avait dernièrement opposé à la police, Jo n'avait été balancé par personne. Ses amis lui avaient fourni des alibis en béton que Le Flaour n'avait pu démolir qu'à grands coups de preuves matérielles indiscutables.

La chute de Jo n'avait été provoquée par aucun « indic » couleur de muraille, par aucune confession d'un complice trop porté aux aveux. Elle avait été consommée par l'étude scientifique de l'arme découverte sous le plancher de l'un de ses gîtes. La balistique avait établi que ce Colt 11,43 de l'U.S. Army avait laissé les rayures de son canon sur les balles extraites des corps des deux morts. Jo avait ricané. L'arme était vierge de toute empreinte, il avait affirmé qu'elle ne lui appartenait pas. Peut-être avait-elle été oubliée par un précédent locataire ? D'ailleurs il avait joué au poker avec des amis le soir du meurtre. Malheureusement pour lui, l'examen des cartouches demeurées dans le chargeur faisait apparaître des fragments d'empreintes suffisants pour établir, par les classiques dix-sept points de concordance, qu'il s'agissait indiscutablement des traces des doigts de sa main gauche.

L'instruction ne pouvait dès lors qu'entraîner sa défaite. Pendant sa durée, tout s'était pourtant normalement passé. Jo avait été grassement nourri, ses « ponnettes [1] » s'activant à payer le meilleur avocat spécialisé dans la défense des truands, et sa femme légitime usant largement du permis de visite que le juge lui avait accordé.

Bien sûr, après la condamnation, il y avait eu du relâchement dans l'affection, mais quoi, c'est ce qui se passe habituellement. Les nanas, si leur « jules » n'est pas là pour les stimuler, se laissent facilement aller au désœuvrement. Le fait d'être privées d'une bonne râclée périodique, ça leur fait comme un manque de tendresse. Et comme Jo en avait écopé pour dix ans, elles avaient sans doute été reprises en main.

Bref, tout cela ne conduisait nulle part. Sauf, peut-être, à une énorme tuerie. Et, de ce temps, Jo recopiait des dictées et tirait la langue sur l'accord des participes !

Jo Trois doigts préparait son examen !

1. Prostituées appartenant à la même « écurie ».

3

Peraldi vient d'allumer une cigarette. Se levant de son strapontin, il s'avance dans le couloir central du fourgon, pour proposer son paquet de Gauloises à son collègue.

Des coups violents et précipités frappés contre la porte du box de Jo Trois doigts suspendent son geste.

— Ouvrez-moi, je vous en supplie ! Je manque d'air ! J'étouffe !

La voix du truand est haletante.

Les deux gardes se concertent du regard. C'est vrai que ces boxes sont étroits. Soixante centimètres au carré, juste de quoi s'asseoir, bien droit contre la cloison, sur une étroite et inconfortable banquette. Et, en ce torride mois de juin, les tôles chauffent au premier rayon de soleil.

— Après tout, il est peut-être malade, pense tout haut Valentin Poivre.

— Ça doit être le trac pour son examen ! s'inquiète le jeune Peraldi qui n'est jamais parvenu lui-même à décrocher son brevet.

La main sur le loquet, il glisse un regard dans le judas. Jo, pâle et le souffle court, semble à la limite de l'étouffement.

Le taciturne Poivre ayant acquiescé du regard, Peraldi soulève le loquet.

Une tornade de tôle lui projette la tête en arrière. A demi

assommé, il crie, aveuglé par le sang qui ruisselle de son front ouvert et de son nez éclaté. Il jette ses mains devant lui, tant pour se protéger que pour chercher son agresseur. Il ne voit pas monter vers lui le Parabellum. Un coup de tonnerre lui traverse la tête. La balle de 9 mm ne fait dans son front qu'un petit trou qui ne se distingue même pas dans ses chairs ensanglantées. La bouche ouverte sur un cri qu'il ne poussera jamais, le jeune maton s'affaisse tout doucement sur lui-même comme une marionnette dont on aurait coupé les fils. Son cadavre reste coincé dans l'étroit couloir entre les deux rangées de cellules, les fesses sur les talons, la tête ballante contre la tôle, les yeux ouverts et vides, chavirant au gré des cahots, du tueur au gardien survivant.

Aussi pâle que le mort, Valentin Poivre, coincé à l'autre extrémité du couloir central, lève les mains.

— Ne me tue pas, Jo ! Ne me tue pas !

— Si tu ne veux pas que je te tue, jette-moi la clé de la porte.

— Tu es fou, Jo ! Tu es fou !

— Vite ! La clé ! Et pas de discours ou je vais la chercher !

Le P 38 se lève à nouveau.

Dans les trois autres boxes, les jeunes loubards vocifèrent.

Poivre jette la clé vers Jo. De toute façon, que peut-il faire d'autre ? Il n'est pas armé. Et quand bien même il le serait ! Il n'a pas l'âme d'un héros, l'administration ne le paie pas assez cher pour cela.

Jo s'empare de la clé et, l'arme toujours pointée sur le gardien, la glisse dans la serrure. Le pène joue. Jo vérifie que la poignée est débloquée. Tout va bien. La liberté est là, à quelques centimètres.

C'est le moment où le commissaire principal Le Flaour quitte, en maugréant, la salle des archives du quai des Orfèvres. Pour commencer sa journée, il est venu une fois de plus, à la maison mère de la police parisienne, respirer, avant la grande presse de 9 heures, la poussière des dossiers de Jo Trois doigts et de Maurice l'Arménien.

Avant de regagner son bureau de la 4e brigade territoriale, à l'ombre de l'église Saint-Roch, le commissaire décide d'aller saluer le directeur de la Police judiciaire, ou du moins de faire une tentative dans ce sens, car le grand patron de la Police criminelle parisienne n'a plus guère de temps à consacrer à ses chefs de brigades. La lampe rouge qui surmonte sa porte capitonnée ne s'éteint guère, et Le Flaour, lorsqu'il entrebâille le battant, s'attend toujours à lui découvrir une énorme oreille en forme de combiné téléphonique.

La plupart de ceux qui croient bien le connaître s'imaginent volontiers qu'il a aussi dans la tête un véritable ordinateur. Le grand directeur de la P.J. n'a pas son pareil, lorsqu'il rencontre dans les couloirs l'un ou l'autre des quelque mille deux cents policiers qui constituent son personnel, pour le mettre mal à l'aise par quelques observations caustiques sur la foudroyante progression ou le regrettable immobilisme de ses enquêtes.

Son couloir favori est celui de la galerie marchande du Palais de justice. Il l'emprunte sans doute pour des raisons de commodité puisqu'il lui permet, sans autre difficulté qu'un redoutable slalom entre les voitures qui encombrent à toute heure le boulevard du Palais, de passer de son appartement de fonction situé dans l'hôtel du préfet de police en face du Palais de justice, à son bureau du Quai des Orfèvres. Mais cette raison n'est pas la seule. Il est bien rare en effet que ces quelque trois cents mètres de promenade ne lui donnent pas l'occasion de rencontrer quelques magistrats, avocats ou policiers, et son art de la conversation — il préfère ce terme à « interrogatoire » — est tel qu'il en tire toujours quelque profit, ce qui lui permet en toutes circonstances de donner l'impression d'avoir passé la nuit à lire les dossiers des affaires criminelles passées, présentes et à venir.

Bref, chacun de ses interlocuteurs, policier ou non, éprouve, chaque fois, le sentiment inquiétant d'être traversé par le regard gris dont de fines lunettes cerclées d'or masquent mal l'éclat inquisiteur.

Quant au solliciteur, jeune avocat ou policier parfois tenté de l'intercepter sur sa trajectoire habituelle pour lui demander quelque faveur, le Pacha a mis au point pour s'en débarrasser une technique imparable. Lorsqu'il ne peut, sans manquer à sa constante courtoisie, lui échapper par quelque pirouette ou à la faveur d'une autre rencontre, il l'entraîne avec lui d'un pas vif dans les longs couloirs du Palais de justice puis dans les escaliers escarpés du Quai des Orfèvres, tout en le pressant de soumettre rapidement son cas. L'importun qui ne veut rien perdre d'une offre aussi alléchante se hâte de parler, s'embrouille parfois, s'essouffle toujours. S'il ne renonce pas avant, il arrivera hors d'haleine et incapable de proférer le moindre mot sur le palier de la P.J. où le directeur le quittera, souriant, ironique et le souffle paisible, en lui recommandant d'écrire, son exposé verbal lui ayant paru assez confus.

Le Flaour connaît bien, pour en avoir fait parfois les frais, ce côté sadique mais il en sait maintenant assez sur les difficultés quotidiennes du Pacha pour comprendre qu'il ne peut offrir au monde extérieur que cette façade invulnérable.

Une fois de plus le rouge est mis. Cécile, la secrétaire personnelle du directeur, esquisse un geste d'impuissance :

— Une minute plus tôt, c'était bon, monsieur Le Flaour. Maintenant, il faut patienter un peu. Dès qu'il est libre, je lui dis que vous êtes là.

Il l'aime bien, Cécile, malgré les airs de virago qu'elle se donne pour éloigner les importuns du sanctuaire directorial. Entre deux âges, et sans doute plus proche du second que du premier, elle a le cheveu gris et un soupçon de moustache, toutes choses qui renforcent encore son côté de vigilante gardienne.

Elle est depuis vingt ans dans la grande maison où elle est entrée lorsque son mari, un brigadier motocycliste de la Police municipal, fut abattu en arrêtant, au cours d'une patrouille, un malfaiteur qui venait d'attaquer un bijoutier. Le héros laissait à Cécile deux jeunes garçons. Le directeur était à l'époque chef de la brigade criminelle. Il fit engager la jeune veuve en vantant ses qualités de secrétaire et mit toute son influence en jeu pour qu'elle fût affectée à son service car en fait elle ne connaissait rien au secrétariat. Elle apprit, devint en peu d'années la meilleure et suivit son patron dans son ascension. Le directeur ne lui avait jamais parlé de ses obscures manœuvres et par pudeur elle ne l'en avait jamais remercié. C'est par hasard sans doute qu'il fut amené, les enfants de Cécile grandissant, à lui fournir quelques indications utiles pour leurs études. Elle fit semblant de ne pas être surprise par la facilité avec laquelle ils furent acceptés dans les écoles qu'il conseillait. Dans le domaine du travail, en revanche, il ne la ménageait pas et elle avait cessé depuis longtemps de tenir le compte des heures, des jours et des nuits dont l'administration lui était redevable. D'ailleurs ses enfants maintenant avaient pris leur envol. L'un d'eux était interne en médecine, l'autre avocat stagiaire. Elle pouvait se consacrer sans problème à un métier qui était insensiblement devenu, après ses garçons, sa seconde raison de vivre.

Formée à l'école du Pacha, elle avait inconsciemment copié ses attitudes, sa glaciale réserve, sa jovialité parfois feinte et son côté inquisitorial. Une maîtresse femme en vérité qui savait jauger son monde et ne pas faire de crédit au premier chien coiffé.

Le Flaour, qui connaissait son histoire, son dévouement et sa compétence, avait pour Cécile la plus grande estime. Sans le lui montrer elle le lui rendait bien.

Après avoir échangé avec elle quelques mots sur les nouveaux statuts de la police qui n'en finissaient pas d'incuber dans divers ministères, il prit le parti de la laisser travailler et s'en alla s'asseoir dans l'antichambre.

Dans le bruit de la circulation, le chauffeur n'a rien entendu. Il vient péniblement de franchir la porte d'Orléans et encore en roulant à gauche. C'est toujours pareil. Il a attendu un bon quart d'heure dans la cour de la Santé, que ses clients aient accompli tout le rituel de la sortie et maintenant il faut tricher avec les règlements pour arriver à Fresnes à 10 heures. Merde ! Encore un feu ! Le dernier ! Après, par le boulevard périphérique et l'autoroute du Sud, il en aura pour dix minutes.

Jo a senti le fourgon s'immobiliser. C'est le moment.

Ses trois compagnons d'examen se sont tus et Poivre, les mains en l'air, regarde le tueur avec une lueur terrorisée dans ses bons yeux de paysan auvergnat.

— Salut, les gars ! Excusez-moi si vous ratez votre brevet, mais j'ai mieux à faire que de participer à de telles conneries !

Trois doigts pousse la porte blindée, saute à terre, la referme à clé, jette celle-ci dans le caniveau. Il est 9 heures 45 quand il se perd dans la foule indifférente au moment où le fourgon cellulaire s'ébranle.

Un criminel s'enfonce dans Paris-sur-Crime...

4

Le Flaour parcourait distraitement le dernier numéro de *la Revue internationale de Police criminelle.* Ce n'était pas inintéressant de savoir qu'au Pérou on expérimentait une nouvelle formule de récupération des traces papillaires sur papier mais ces beaux articles, rédigés par des théoriciens qui n'avaient jamais vu de malfaiteur de toute leur vie, servaient rarement à quelque chose. Leurs théories ne se vérifiaient qu'en laboratoire, jamais sur le terrain.

Le Flaour bâilla et consulta sa montre.

Les cent vingt kilos de Marc Ferronaz, le bouillant chef d'état-major de la P.J., se matérialisèrent subitement auprès de lui, coupant la lumière diffuse qui tombait par la verrière sur l'antichambre de la direction. Ce salon d'attente, au deuxième étage du 36, quai des Orfèvres, attend ses visiteurs essoufflés en haut d'abrupts escaliers construits après l'incendie de 1871 quand les flics avaient, sans doute, de plus solides mollets que maintenant. Il a curieusement été baptisé « l'aquarium » par les policiers parisiens, sans doute par compassion pour les pauvres bougres qui marinent parfois des heures durant dans son éclairage de cité engloutie en attendant le « savon » directorial.

Un chouette collègue, Ferronaz, assez grande gueule pour animer l'armée de dactylos, de téléphonistes et de radios de la

Police judiciaire, mais aussi pour coordonner l'action de toutes ses brigades extérieures. La P.J. avait longtemps vécu, au plan de son travail quotidien comme à celui de ses infrastructures, au temps de Clemenceau. Ses installations téléphoniques et radio plus que vétustes, ses automobiles asthmatiques, ses inspecteurs vêtus de médiocres complets foncés et de l'inévitable gabardine restent célèbres et continuent à exciter l'imagination des romanciers qui exploitent sans vergogne les délicieuses langueurs de la mode « rétro ». Le Flaour avait lui-même découvert, lors de ses stages en divers commissariats, d'archaïques machines en fonte à vis et à encre, destinées à la reproduction des procès-verbaux. Quant aux poêles à charbon chers à Maigret et à Louis Jouvet, il avait fallu une guerre pour les faire disparaître.

Ferronaz avait conçu et en grande partie dirigé l'organisation du nouvel état-major. Il en avait fait, avec l'appui de la nouvelle génération des policiers qui président maintenant aux destinées de la P.J., un outil exemplaire et moderne. La Préfecture de police, cette vieille dame qui, depuis messidor An VII, veille avec plus ou moins de bonheur à la sécurité des Parisiens, s'était mise au goût du jour. Perfectionniste à l'extrême, Ferronaz pestait encore contre l'insuffisance des moyens du Quai des Orfèvres mais les liaisons étaient partout assurées à tout moment par télex, par fil ou par radio aussi bien avec les services intérieurs ou extérieurs qu'avec le ministère de l'Intérieur ou les autres directions — surtout celle de la police municipale qui, avec ses vingt mille gardiens de la paix se relayant sur le terrain, se trouve la première en contact avec l'événement.

Les brigades territoriales, elles aussi, s'étaient étroitement intégrées dans le système. Créées en 1949 pour démanteler définitivement le banditisme sauvage né de la dernière guerre et lutter notamment contre le gang des tractions-avant et ses nombreux imitateurs, elles avaient d'abord été un peu livrées à elles-mêmes. Les B.T. avaient improvisé, avec d'ailleurs beaucoup de réussite, puisque de 106 en 1946 le nombre des hold-ups commis dans la région parisienne était pratiquement — et provisoirement hélas ! — tombé à zéro dans les années 1955.

Mais l'escalade avait rapidement repris et le développement du banditisme, les formes nouvelles et déroutantes qu'il revêt dans la société de consommation, la violence systématique témoignée par les nouvelles bandes avaient rapidement nécessité de la part des brigades territoriales une action plus concertée qu'individuelles. Là encore l'état-major devenait l'indispensable lien, l'arbitre des conflits de compétence et le coordonnateur des actions à entreprendre sur une région parisienne qui, avec Paris et ses trois départements limitrophes, regroupe quelque sept millions d'habitants, et se trouve, depuis toujours et de très loin, largement en tête au coefficient de la criminalité française tous azimuts.

Bon an, mal an, c'est en effet trente pour cent des crimes et délits commis en France, qui ont pour théâtre Paris et sa banlieue. Et si la délinquance banale n'est que rarement évoquée au niveau des brigades territoriales et centrales, trente pour cent sur 1 800 000 infractions en tout genre ce n'est quand même pas une mince affaire...

Ferronaz voyait tout, veillait à tout. La nuit du fond de son lit, le jour dès 7 heures du matin à partir de son bureau, il lisait les dépêches et les télex, écoutait les appels radio, triait le tout en vociférant, se trouvant ainsi à même, quelle que soit l'heure, d'informer le directeur de tout événement important, inquiétant ou simplement insolite. Il lui arrivait aussi d'éviter au grand patron des prises de position parfois peu réalistes. C'est vrai, ça. Les directeurs, où qu'ils soient, en arrivent toujours, même s'ils sont de vieux routiers de la police, à oublier les réalités quotidiennes et à les sacrifier aux grandes théories qu'ils ont le privilège de recevoir d'en haut, des sphères éthérées de la grande politique et de la haute administration.

Le tonitruant Ferronaz ne s'en laissait pas conter. Il savait, pour en être le comptable permanent, que cinquante voitures-radio ne feraient jamais cent voitures-radio, et que, quand on avait mis quatre fois par jour tous les effectifs sur les quatre affaires du siècle quotidiennes, on sombrait rapidement dans le chaos et l'inefficacité.

Pour l'heure, tirant et soufflant alternativement sur et dans sa pipe, ce qui avait pour résultat d'asperger de cendre et la moquette verte de l'aquarium et le massif Le Flaour, il tenait à la main un télex qui l'excitait au plus haut point.

— Tiens, Le Flaour, ton pote a fait des siennes.

— Mon pote ! Quel pote ?

— Ton nouvel indic, mon vieux ! Jo Trois doigts ! Tiens, lis ça. J'ai prévenu le procureur de la République et tu es naturellement chargé de l'enquête.

Le Flaour lisait déjà. Après une bouffée d'angoisse, il se sentait comme libéré. Il sortait du brouillard qui l'étouffait depuis plusieurs mois. Jo avait abattu ses cartes. Celles-ci dégoulinaient déjà du sang du malheureux garde, mais Le Flaour savait d'instinct qu'il ne s'agissait que d'un prologue.

— Garde le message, Le Flaour, et passe chez le patron, il t'attend.

C'était bien la meilleure, celle-là ! Il s'endormait depuis quarante minutes sur les empreintes digitales péruviennes et c'était le directeur qui l'attendait !

Cécile qui pianotait sur sa machine à écrire I.B.M. lui jeta, par-dessus ses lunettes, un regard ambigu en lui désignant de la tête la porte de cuir.

Debout devant son bureau, le chef de la Police judiciaire parisienne enfournait dans son porte-documents divers papiers, épaisses synthèses des affaires en cours ou schémas colorés du développement de la criminalité. Il leva à peine sa tête grise et sans âge. Mince, presque maigre et de taille moyenne, son physique n'impressionnait guère. Mais il avait des nerfs d'acier qui lui permettaient de garder en toutes circonstances un étonnant sang-froid et un humour désarmant. La grande musique, dont il était passionné, lui servait de yoga et le tennis permettait à sa frêle carcasse de garder, malgré les horaires fantaisistes de ses occupations, une forme physique exemplaire.

— Le Flaour, asseyez-vous, je n'ai pas beaucoup de temps, on m'attend au ministère, mais je voulais vous parler de ce Jo. Jo comment déjà ?

— Jo Trois doigts, monsieur le directeur ! Ou, si vous préférez, René Georges Valadès pour l'état civil.

— Peu importe son nom ! Vous ne pensez pas que *nous avons* été imprudents à son sujet ?

Le Flaour vit s'avancer vers lui une montagne de reproches. Ce *nous* n'avait jamais été aussi menaçant. Il désignait, en fait, le seul Le Flaour, coupable non seulement de s'être trompé mais encore d'avoir trompé tout le monde, le directeur, le préfet de police, le ministre de l'Intérieur, le garde des Sceaux et j'en passe.

— Vous avez quand même été bien naïf ! poursuivait le directeur. Enfin, le mal est fait, mais il faut arrêter cet homme très vite. Mettez toute votre brigade là-dessus. La Pénitentiaire va encore s'agiter, et cette fois, ce n'est pas la justice qu'on va rendre responsable, mais *nous.*

Le Flaour abattit sa large main sur le bureau. Le lampadaire directorial tressauta, son propriétaire, qui continuait pendant son monologue à trier ses synthèses et ses schémas, suspendit son geste et, derrière les lunettes cerclées d'or, le regard gris se fit soudain attentif.

— Monsieur le directeur, je ne suis pas certain que vous ayez une vue exacte de l'affaire. Elle est déjà grave c'est vrai, mais je crains que ce ne soit qu'un début. Jo est un tueur-né. Je vous l'ai dit, je l'ai dit au juge. L'un et l'autre vous m'avez poussé à continuer mes entretiens avec lui. Alors ne venez pas me les reprocher maintenant !

Le directeur ne cillait pas et Le Flaour eut la déplaisante impression qu'il bourrait de coups de poing une porte d'acier.

— Quant à mettre toute ma brigade sur cette affaire, continua-t-il, ayant repris son souffle, je me permets de vous rappeler que vous m'en avez pris le quart pour des renforts divers à la Criminelle ou à la Voie publique [1] ! Vous m'avez demandé aussi un maximum d'efforts pour les cambriolages commis chez le comte de Vergalles et chez le député Chalard et qui intéressent si fort le cabinet du ministre ! Vous savez enfin que nous travaillons avec la BRI [2] sur une équipe de braqueurs et que nous planquons 24 heures sur 24 en quatre points différents de Paris et de sa banlieue. Alors, dites-vous bien qu'à part la femme de ménage et le secrétaire administratif, je n'ai plus personne à la brigade. Si vous voulez bien vous souvenir que ma brigade est censée enquêter annuellement sur quelque quatorze mille plaintes, vous admettrez que vous me demandez de décrocher la lune !

— Allons, calmez-vous, Le Flaour, fit d'une voix soudain adoucie le directeur. Bien sûr que je sais tout celà ! Je l'ai fait et je l'ai subi avant vous.

Il se leva de son bureau et vint vers Le Flaour.

— Mon vieux, demandez à Ferronaz de se débrouiller pour vous débloquer des voitures supplémentaires. Au besoin, prenez la DS de la direction. Pour le personnel, je ne peux vous donner personne. Récupérez celui qui travaille sur les cambriolages du comte et du député. Choisissez seulement des gars solides et expérimentés. Avec ce tueur en liberté et un Milieu qui sait sans doute pourquoi il s'est évadé, les armes risquent de partir vite. Bonne chance, mon vieux !

Un mince sourire accompagna ces mots et Le Flaour réalisa, une nouvelle fois, à quel point il aimait au fond ce vieil hypocrite.

Il arracha ses quatre-vingt-cinq kilos du fauteuil.

— Merci, monsieur le directeur, je vous tiendrai directement au courant.

— J'y compte bien.

---

1. La brigade de voie publique, devenue en 1975 la brigade de répression du banditisme, a pour mission de rechercher les malfaiteurs professionnels les plus redoutables dans les domaines du hold-up, du cambriolage et des vols spécialisés (esbrouffe, à la tire, etc.).

2. Brigade de recherche et d'intervention plus connue sous le nom de brigade anti-gang.

Lorsque Le Flaour laissa tomber le battant de cuir sur ses talons, le directeur de la police parisienne eut soudain l'accablante certitude que la réunion à laquelle on l'attendait au ministère ne présentait aucun intérêt.

Il jeta un regard désabusé sur les grands graphiques qui surmontaient sa cheminée. Soigneusement tenues à jour, les courbes représentaient l'évolution de la grande criminalité sur Paris et sa banlieue : Hold-up... Agressions diverses avec ou sans armes... Stupéfiants... Cambriolages importants... Les traits multicolores grimpaient ferme au fil des années. Seul le premier, celui des hold-ups, semblait s'essouffler et connaître, ces derniers temps, une relative stabilité et même, ô miracle, une légère régression.

La création et les résultats spectaculaires de la brigade anti-gang, qu'il avait imaginée en 1964, avaient à l'époque stoppé l'action des braqueurs, surpris et décontenancés par les méthodes nouvelles de cette police de choc. Le nombre des hold-ups était retombé à Paris de 88 en 1962 à 6 en 1966. Mais la rémission n'avait été que temporaire et l'éclatement déjà amorcé du Milieu en une galaxie de micros-milieux avait réactivé le phénomène de croissance. 69... 151... 269... 315... La progression avait repris. Frénétique. C'était presque un décollage à la verticale. Un jour particulièrement faste la même bande, celle dite du « Chinois », avait écumé à elle seule cinq banques parisiennes ! Il est vrai que l'excès même comporte sa propre thérapeutique et les banquiers, stimulés tout à la fois par la police et par leur personnel lassé de servir de cible, avaient, par des techniques de protection et d'alarme très élaborées, rendu moins vulnérables leurs guichets et leurs transporteurs de fonds. Comme d'autres corporations les avaient imités, pressés par le ministère de l'Intérieur et les compagnies d'assurances, une vague lueur d'espoir naissait de ce côté, la prévention relayant une répression essoufflée à une impossible tâche.

Le directeur ne se cachait pas que cette consolidation était encore bien fragile, bien précaire. Il n'y a pas, en matière de criminalité, de victoire définitive. Le Pacha le savait par expérience. Il avait lui-même dirigé, pendant plus de vingt ans, les plus grandes brigades de sa direction. Il avait connu, vécu et souvent mené les enquêtes les plus difficiles et les plus célèbres de ce quart de siècle. Ses échecs et ses réussites, et surtout son talent exceptionnel d'observateur, son sens politique de l'événement, sa connaissance des grandes mutations sociologiques de notre époque (il était licencié en psychologie et en sciences humaines) avaient fait de lui un chef de police redouté. Son assurance impassible, un certain cynisme et une étonnante habileté à naviguer entre les écueils que l'actualité criminelle faisait surgir à tout moment sous ses pas, lui avaient valu son surnom de vieux loup de mer au long cours.

Ambitieux ? Certes il l'avait été, si l'on peut appeler ambition la certitude qu'il avait acquise d'être meilleur que les autres. La direction suprême à quarante-cinq ans avait récompensé ses qualités. Il n'ignorait pas la jalousie qu'inspirait sa réussite mais il savait aussi pouvoir compter totalement sur les chefs de brigades qu'il avait lui-même choisis. Ainsi libéré des soucis causés par les intrigues intérieures, il pouvait se consacrer totalement à sa tâche d'impulsion et de coordination de la lutte contre le crime. Les préfets de police pouvaient changer et les ministres de l'Intérieur se succéder, il restait l'homme de barre.

Le Flaour avait vécu près de lui, à la direction de la P.J., les rudes journées et les nuits rougeoyantes de mai et juin 1968, durant lesquelles personne n'était plus sûr de rien. Personne hormis le Pacha. Du moins en avait-il donné à tout son personnel la tranquille certitude et c'était ce qui comptait.

Redouté il l'était et s'en félicitait. Pourtant nul mieux que lui ne savait trouver ou créer l'occasion du mot ou du geste qui assurait, chez ces hommes simples et durs que sont les policiers, le dévouement total pouvant aller parfois jusqu'au sacrifice.

Dans le fond du dernier tiroir de son immense bureau en forme de demi-lune, face à la Seine, le Pacha gardait un album de photos connu de lui seul. On aurait pu y voir tous ceux qui, sous ses ordres, avaient payé de leur vie leur exaltant métier. Il n'en parlait jamais mais, le 19 août de chaque année, la commémoration de la libération de Paris et l'hommage officiel rendu par le ministre de l'Intérieur aux policiers « victimes du devoir » le voyaient, toujours aussi impénétrable, déposer la gerbe de la Police judiciaire au pied du monument sur lequel s'allonge sans cesse, dans la cour de la Cité, la liste des morts en service commandé sur le front toujours mouvant de Paris-sur-Crime.

Comme à l'habitude, la salle de commandement crépitait, si l'on peut dire en silence.

Les télex et les claviers perforateurs moulinaient discrètement leurs bandes imprimées que le chef de salle lisait, découpait et triait à l'intention des services destinataires.

Derrière leurs glaces insonores les opérateurs radio et les téléphonistes, dont on devinait le vocabulaire glacé, maniaient avec une égale indifférence et une identique précision le détail le plus banal, comme l'événement le plus terrifiant.

Par une porte un instant entrebâillée quelques mots jaillirent dans la salle. « Je répète : « Le sexe et les testicules ont été séparés du bas-ventre par un instrument tranchant. La tête n'a pas encore été retrouvée. Les recherches continuent... » La porte se referma.

Infiniment plus discrète que celle de la Police municipale, la salle de commandement de l'état-major de la P.J., qui n'a pas à s'occuper a priori des problèmes d'ordre public, ne possède pas ces spectaculaires cartes lumineuses sur lesquelles clignotent les lampes multicolores qui annoncent les agressions, les accidents, les manifestations de rues, les appels à police-secours, les déplacements d'effectifs. L'univers du crime est beaucoup plus feutré, plus dépouillé, plus dense, plus mystérieux aussi.

Le Flaour acheva de traverser la salle, saluant au passage son chef, un inspecteur divisionnaire à qui il devait certaines nuits des réveils difficiles. Un énorme pupitre tremblait devant lui de ses douze douzaines de voyants lumineux contrôlant la liaison avec tous les services.

— Rien de spécial pour ma BT, cette nuit, Geoffroy ?

— Rien de spécial, patron. Votre courrier est parti.

— Merci ! Votre chef est là ?

Geoffroy inclina affirmativement la tête.

Dans la pièce voisine, celle des dactylos, ces demoiselles pianotaient presque sans bruit elles aussi sur les machines électriques dont elles avaient été récemment dotées. Une broyeuse de papier ronronnait en détruisant au fur et à mesure les documents devenus inutiles et qu'il eût été facheux et dangereux de confier aux corbeilles et aux éboueurs.

Le Flaour poussa la dernière porte capitonnée et passa sans transition du laborieux silence des salles opérationnelles à l'ambiance sonore du bureau du chef d'état-major.

Un récepteur multiple branché simultanément et en permanence sur TNZ 1 et TNZ 2 [1] informait Ferronaz sur-le-champ de tout ce qui se passait dans la capitale. Servi par un esprit remarquablement sélectif, le gros homme trouvait encore le moyen d'entendre ce qu'il y avait d'utile dans les mini-bulletins d'information des stations périphériques dont les signaux sonores déclenchaient automatiquement le fonctionnement de la radio. Le tout naturellement sans cesser de se consacrer d'une oreille et d'une voix tonnante aux multiples appels qui, surtout le matin, faisaient strider sur des modulations diverses les différentes lignes de son piano téléphonique.

Entre quelques vociférations Le Flaour réussit à placer son couplet. Il dut essuyer une nouvelle rafale d'imprécations et de cendres d'un Ferronaz indigné. Le chef d'état-major lui trouva cependant deux camionnettes et l'unique DS de la direction. Ceci après s'être copieusement enguirlandé avec le chef de la BRI qui ne voulait, sous aucun prétexte, lâcher son bien, occupé qu'il était à surveiller une équipe de braqueurs particulièrement musclés. Il céda cependant après que Ferronaz lui

1. Indicatifs radio respectifs des états-majors de la Police municipale et de la Police judiciaire.

eut promis, pour sa brigade anti-gang, une petite rallonge de frais le mois suivant.

Il fallait aussi enquêter sur l'évasion de Jo Trois doigts de la Santé, sur ses complicités éventuelles, interroger les témoins, les camarades de cellule du fuyard. Ne pas oublier non plus le corps du malheureux Peraldi et les enseignements qu'on pouvait tirer, au laboratoire, de la balle qui l'avait tué et de la douille de 9 mm découverte près du corps.

Ferronaz et Le Flaour se mirent d'accord avec la section criminelle du Parquet pour que ces recherches fussent confiées à Ostreichen, le nouveau et jeune chef de la 9e brigade territoriale dont dépendait la prison de la Santé.

— Demande-lui surtout de me communiquer tout ce qu'il pourra découvrir sur les projets de Jo ou sur ses complices.

— Ne t'inquiète pas, Le Flaour, l'état-major fera la liaison. Au besoin, Z 2 [1] te préviendra là où tu seras.

A 10 heures, Le Flaour arrivait à sa brigade devant l'église Saint-Roch. Pas plus que ses camarades des autres brigades territoriales, il n'avait pu obtenir de stationnement réservé devant son service et dut garer sa voiture sur l'emplacement destiné, devant l'église, aux convois mortuaires.

En répondant au salut du gardien de faction à la porte du poste de police, il lui désigna du pouce la DS. La galerie posée sur le toit, la couverture écossaise jetée sur le siège avant et l'absence d'antenne apparente n'évoquaient en rien une voiture de police et ne pouvaient qu'exciter le zèle des contractuels. A l'affût du moindre indice insolite dans la rue, les gardiens de la paix peuvent retenir les différents numéros minéralogiques qui travestissent sans cesse les voitures de la P.J., mais allez donc demander un tel effort à des aubergines attirées par les essuie-glace comme des mouches par le miel ou à des contractuels, véritables forcenés du carnet à souche !

Quant à régler l'épineux problème des contraventions, Le Flaour y avait renoncé depuis que leur recouvrement avait été confié à des ordinateurs.

1. Abréviation de TN Z 2, indicatif radio de l'état-major de la P.J.

Quatre à quatre, il escalada les deux étages qui conduisaient à la BT.

L'immeuble était construit dans ce style dit « bourgeois » du début de siècle et à deux pas de l'endroit où s'élevait le cabaret des *Trois-Pigeons* où coucha Ravaillac la veille du jour où il assassina Henri IV.

Ce bâtiment, qui avait abrité une mercerie en gros que l'industrie moderne du textile avait conduite à la faillite, n'avait jamais été conçu pour abriter des services de police mais, malgré la hauteur insolite des étages et les marches en bois sonore qui transformaient en roulements de tonnerre les galopades incessantes des policiers, Le Flaour s'en était accommodé. Il en était même arrivé à considérer ces rudes escaliers comme le baromètre de sa forme.

Il n'avait pas menti au directeur : tout le personnel de sa brigade était en planque et, le long du grand couloir désert, ne s'ouvraient que des pièces vides dotées de machines à écrire silencieuses. Seuls le secrétaire administratif et les deux hommes de permanence donnaient un semblant de vie au service et surtout en assuraient la garde.

Arrivé à son bureau, d'un grand geste rageur, Le Flaour débarrassa des dossiers des affaires en cours la table de travail en formica acajou qui, avec une bibliothèque tout aussi fonctionnelle et deux fauteuils où personne n'avait envie de s'attarder, avaient récemment remplacé le vieux mobilier second/Empire qui était jusque-là de tradition pour les chefs de services.

Comme tous les matins, il pesta contre l'odeur de pipe refroidie qui empuantissait son bureau. Quand il avait débuté dans le métier, il s'était amusé de la manie qu'avaient ses chefs de fumer la pipe. Pis, la tension des enquêtes l'amenant à avaler plus de trois paquets de cigarettes par jour, il avait fait comme eux, moins pour entretenir l'imagerie du policier à la Simenon plongé dans de fructueuses méditations que pour essayer, malgré la fièvre continuelle des investigations, de limiter sa consommation de tabac. Il ouvrit la fenêtre mais la referma aussitôt car le bruit de la rue s'y engouffrait, agrémenté du claquement des portières des cars de police. Encore une chance que l'église ait cédé ses cloches au Sacré-Cœur ! Du côté des carillons religieux, la tranquillité était au moins assurée.

S'étant accordé quelques secondes de réflexion pour mettre au point son mensonge, Le Flaour entreprit de convaincre, par téléphone, le comte de Vergalles et le député Chalard qu'une piste intéressante s'offrait pour démasquer leur cambrioleur et qu'il mettait sur elle tout son monde.

Un peu honteux, il coupa court aux remerciements et, ayant raccroché, brancha le pupitre radio dont sa brigade venait d'être équipée. Avec l'accord de Z 2, dont elles utilisaient la fréquence, les brigades territoriales les plus importantes pouvaient ainsi communiquer directement avec les postes mobiles montés sur les voitures.

La radio de l'inspecteur divisionnaire Lenotre se manifesta bientôt et Le Flaour, en peu de mots, le mit au courant de l'évasion de Jo Trois doigts. L'inspecteur et l'équipe de quatre policiers qu'il commandait n'étaient pas mécontents d'abandonner une enquête oiseuse sur des cambriolages sans intérêt.

Avec Jo de nouveau en liberté, il y avait apparemment pour eux mieux à faire.

A 11 heures, ayant parcouru en diagonale les rapports du jour — « Rien de particulier » lui avait dit le secrétaire administratif, un vieux fonctionnaire rôdé à tous les pièges et à toutes les tempêtes — Le Flaour entreprit l'examen de son courrier.

Une grande enveloppe brune, en provenance du ministère de l'Intérieur, accrocha tout de suite son regard. C'était bien ce qu'il attendait, ce dossier d'accident de la route concernant Maurice l'Arménien. Il lut :

Maurice BAKOURIAN — Accident de la route — Délit

de fuite — Conduite sous l'empire d'un état éthylique — FREJUS le 17 mai 1974.

Rien d'intéressant là-dedans. Si, quand même, tiens, l'Arménien conduisait une Porsche Carrera immatriculée dans les Alpes-Maritimes.

A qui appartenait cette voiture de grand luxe ? Les minutieux gendarmes avaient bien dû le vérifier, elle devait coûter environ dix briques et n'était sûrement pas à Maurice, fauché comme il l'était de façon chronique. Les pages tournèrent une à une et, d'un seul coup, une grande lumière. Les mots lui parurent écrits en majuscules :

Propriétaire du véhicule : Nathan Khenchela, né en 1920 à Zellidja (Maroc) — Industriel — Paris.

— Nom de Dieu ! jura Le Flaour en jaillissant de son fauteuil de skaï qu'il fit basculer bruyamment contre sa bibliothèque. Le voilà, le commanditaire inconnu du braquage du cercle Caumartin !

Pour faire bonne mesure il ajouta quelques jurons en breton.

Les frères Khenchela ! Il ne manquait plus qu'eux dans le tableau !

5

Le Flaour connaissait depuis longtemps les trois Khenchela. Des seigneurs de la nouvelle génération du Milieu qui avaient peu à peu remplacé les figures redoutables mais assez folkloriques d'Emile Buisson, Pierrot le fou, François Marcantoni ou autres René la Canne. Depuis la fin de la guerre d'Algérie, la tribu s'était taillé, en traversant la Méditerranée, un empire qui ne cessait de s'agrandir.

Algérois, Oranais, plus rarement Constantinois mais le plus souvent juifs et pieds-noirs, les nouveaux patrons de la pègre ont tous compris, en effet, qu'il faut donner à leurs activités une dimension internationale. La France s'est mise enfin à l'heure de la société industrielle. Pour survivre et prospérer, les voyous doivent suivre le mouvement, quitte à sacrifier les inutiles bravades et les exhibitions ostensibles d'artillerie qui, de vengeances en règlements de compte, ont peut-être enrichi la mythologie des films français de « série noire » mais décimé définitivement le Milieu corse.

Parmi les survivants de l'ancien régime, certains se cramponnaient encore à leurs privilèges : proxénétisme, rackets en tout genre, exploitation en sous-main des boîtes de nuit ou des hôtels de passes. D'autres, en liaison avec des camarades moins heureux exilés en Amérique du Sud, s'étaient laissés tenter par la démente aventure des stupéfiants. Intégrés dans des filières qui aboutissaient aux Amériques, ils commençaient à regretter leurs gains démesurés non en raison de quelque morale mais à cause des coupes sombres opérées dans leurs rangs par l'action concertée des polices française et américaine. En France même, des condamnations exemplaires sanctionnaient leurs faux pas depuis que la justice et la police avaient été dotées des moyens répressifs adaptés au péril qui guette la jeunesse française après avoir empoisonné celle des USA.

La loi du 31 décembre 1970 en aggravant spectaculairement les châtiments et en confiant à la police des pouvoirs d'enquête exceptionnels, notamment dans le domaine de la garde à vue et des perquisitions, avait donné le signal d'une répression féroce, qui, une fois n'est pas coutume, ralliait tous les suffrages. Les effectifs spécialisés de la P.J. avaient quintuplé. En même temps, des moyens matériels, automobiles, techniques et parfois scientifiques étaient mis à sa disposition pour mieux dépister, filer et surveiller les suspects ou les produits et matériaux que les trafiquants doivent forcément utiliser dans les officines où la morphine-base se transforme en héroïne.

Les Américains, qui n'avaient eux-mêmes jusque-là obtenu que de maigres résultats contre la trop fameuse « *French Connection* », acceptaient d'oublier leurs rancunes, et un protocole d'accord franco-américano-canadien permettait de dégager, par-delà les lois propres à chaque pays, des règles efficaces et rapides de coopération. Habitués à profiter des distorsions juridiques qui ralentissent à l'excès et parfois même paralysent la répression au plan international, les spécialistes des laboratoires et du trafic en restèrent tout désemparés.

Durant les deux années qui suivirent cette remise en ordre, la plupart des bandes de trafiquants se virent démantelées par l'action menée par l'OCRTIS [1]. Incarcérés. Condamnés. En

1. L'Office central de répression du trafic illicite des stupéfiants anime et coordonne l'action de tous les services qui ont à connaître de la répression du trafic de la drogue : douanes, gendarmerie, Police judiciaire.

fuite. Il ne restait aux survivants de l'ancien Milieu reconvertis dans la drogue qu'à trouver d'autres moyens d'existence. Certains, repoussant avec lucidité à des temps meilleurs leurs ambitions déçues, avaient fait acte d'allégeance devant les nouveaux industriels de la pègre. Foulant au pied cet honneur particulier qui, en d'autres temps, ne pouvait se laver que dans le sang de l'adversaire, ils s'étaient mis au service des patrons new-look venus d'Alger. Seuls quelques récalcitrants — il y en avait — ou des isolés réfractaires à tout esprit d'équipe, continuaient à brouiller les cartes. Du « julotage » au braquage ils vivotaient avec plus ou moins de bonheur, ayant tout à la fois à se défier de la police et des chefs de gangs modernes qui toléraient mal les coups inconsidérés qui risquent à tout moment de nuire à l'indispensable planification de leurs grandioses projets.

Les Khenchela n'étaient sans doute pas les seuls à occuper le haut du pavé en Europe ou simplement en France, mais ils étaient sans doute les industriels de Paris-sur-Crime dont la réussite avait été la plus spectaculaire. Les arrestations de la police et l'auto-extermination avaient laissé un Milieu exsangue. Les nouveaux venus avaient su en profiter pleinement après avoir envoyé au paradis des truands un certain nombre de petits chefs nés du chaos avec des dents en forme de baïonnette mais une cervelle quelque peu atrophiée sur le plan de l'organisation.

Ayant, par cette brutale mais efficace intervention chirurgicale, limité la balkanisation de la pègre que risquaient de provoquer la faiblesse des anciens et la rapacité des nouveaux, les Khenchela, soudés autour d'un chef de file incontesté, avaient entrepris une restructuration des domaines où règnent traditionnellement les voyous.

L'aîné : Nathan. Une solide cinquantaine, bourgeois, respecté, appartement dans le 7e arrondissement, P.-D.G. de plusieurs affaires importantes, import-export, chaîne de motels et de snacks-bars, agences immobilières. Veuf, père d'une jeune fille. Fréquentant et recevant la meilleure société et surtout celle des affaires. Aucun contact connu avec la pègre. Plusieurs fois suspecté cependant par les services de la P.J. d'animer une filière internationale de proxénétisme et de réinvestir les immenses bénéfices que procure cette nouvelle forme d'esclavage dans un trafic hautement spécialisé d'héroïne entre la France et les USA, et ceci grâce à son entreprise d'import-export de pièces mécaniques et d'outillage de précision.

Chaque fois l'enquête s'était terminée en impasse. Personne ne savait rien. Les brigades du Quai des Orfèvres et de la rue des Saussaies ne pouvant aboutir ni en matière criminelle, ni dans le domaine des « stup » ou celui du proxénétisme, le directeur avait eu recours à sa brigade financière. L'administration américaine avait, la première, imaginé de s'attaquer par cette voie aux entreprises criminelles les plus solides et c'est bien souvent en les étranglant au plan fiscal, qu'elle avait réussi à les démolir : l'argent est, comme on le sait, le nerf de toutes les guerres, même celle des gangs. Peut-être les comptabilités de Nathan livreraient-elles l'indice, l'erreur, la piste décisive ! Bernique ! Les enquêteurs financiers hautement qualifiés du Quai des Orfèvres passèrent plusieurs semaines à éplucher les multiples comptabilités des affaires de la tribu. Rien ! Aucune rentrée de fonds qui ne fût parfaitement expliquée ! Aucune importation ou exportation douteuse de nature à couvrir des mouvements illicites de capitaux ! Même une enquête fiscale téléguidée en désespoir de cause avait tourné court. Les policiers spécialisés savaient pourtant bien comment s'organisaient, sous l'impulsion de ces industriels du crime, leurs fructueux trafics.

Dans le domaine du proxénétisme par exemple, la manipulation des « gagneuses » à l'unité ou par petits groupes de deux ou trois est devenu de l'artisanat même si, pour se donner de l'importance, les « julots » au petit pied font voyager leur cheptel.

De nos temps, c'est tout un réseau de pensionnaires qui évolue, sous l'impulsion des nouveaux organisateurs et dans l'ordre rigoureux d'un planning, entre les meilleures « maisons » françaises, les *Eros Center* allemands et les bordels à grand débit d'Amérique du Sud, d'Abidjan ou du Moyen-Orient. Un personnel sélectionné, hiérarchisé, compartimenté et connaissant l'irremplaçable valeur de la discipline et de la discrétion, assure à tous les échelons la fourniture des passeports vrais ou faux et des visas, la sécurité des transits, la bonne réception des « demoiselles » et l'acheminement des devises.

Pour les stupéfiants, l'organisation est encore plus rigoureuse. L'époque est révolue où il suffisait, pour alimenter les USA en belle héroïne marseillaise, de truffer de came les pneus, les portières, le plancher et même le chassis de voitures préalablement apprêtées par un spécialiste. Ni le BNDD [1] américain, ni l'OCRTIS français, ni même les douanes de ces deux pays ne se laissent plus prendre à des ruses aussi grossières.

La nouvelle astuce réside dans l'utilisation des produits qui bénéficient normalement des privilèges attachés aux marchandises destinées à l'exportation. La police avait ainsi découvert plusieurs dizaines de kilos d'héroïne pure dans des pièces d'outillage servant à la construction de détecteurs de séismes. Une autre fois il s'agissait d'articles dits de Paris. De pleines caisses de tours Eiffel miniatures, de Panthéon et de Sacré-Cœur acheminaient le même poison. Pendant que les garnitures de chapeaux et d'articles de mode très « chic parisien » constituaient autant de réservoirs.

Naturellement de multiples sondages avaient été effectués sur les containers destinés par l'entreprise de Nathan Khenchela à ses acheteurs américains. Tous étaient restés infructueux. Il est vrai qu'on ne peut pas, en l'absence de certitude, détruire quelques centaines d'oscilloscopes au risque de déchaîner simultanément et le courroux justifié et coûteux d'un honnête exportateur, et les inquiétudes logiques d'un gouvernement soucieux de l'équilibre de sa balance des paiements. Aussi

---

1. *Bureau of Narcotic and Dangerous Drugs* : Organisme spécialisé aux U.S.A. dans la lutte contre le trafic des stupéfiants et devenu maintenant le D.E.A. (*Drug Enforcement Administration*).

des deux côtés de l'Atlantique, les policiers en étaient-ils réduits, en ce qui concerne Nathan, à une attente vigilante.

L'Office central de répression du banditisme [1] avait même envisagé sérieusement l'hypothèse selon laquelle Nathan Khenchela serait le cerveau de quelques braquages et casses célèbres tels le hold-up de Strasbourg ou les cambriolages du bureau de poste de Mulhouse et de la banque Rothschild à Paris. La petite armée de professionnels engagée dans ces opérations, la minutie des préparatifs et la précision quasi scientifique de l'exécution attestaient en effet de la présence aux leviers de commande d'un organisateur de premier ordre. Ils étaient peu nombreux dans le Milieu les hommes pouvant disposer, sans la moindre indiscrétion, d'une main-d'œuvre aussi importante et aussi spécialisée. Et, dans la petite cohorte de ces heureux privilégiés, l'un des premiers noms à venir à l'esprit des policiers était, bien sûr, celui de Nathan Khenchela.

Mais là encore, pour séduisante qu'elle était, l'hypothèse restait une hypothèse.

Si l'aîné des Khenchela offrait ainsi l'apparence d'un vrai cristal de roche avec sa vie limpide, ses affaires prospères et son comportement de citoyen-au-dessus-de-tout-soupçon, ses deux frères Elie et Zaccharie, dit Zacco, apparaissent plus douteux.

Rapatriés d'Afrique du Nord, à la fin de la guerre d'Algérie, en même temps que l'aîné, ils avaient eu quelques démêlés avec la justice. Oh ! rien de grave. Pour Elie, une affaire d'exportation frauduleuse de devises s'était soldée par une amende fiscale, mais les patrons de la P.J. savaient bien que ces devises étaient, en fait, le produit de l'activité galante d'une bonne centaine de pensionnaires d'*Eros Center* de Munich,

1. Comme l'Office central des stupéfiants mais dans le domaine du crime organisé, l'OCRB anime et coordonne l'action de tous les services de police et de gendarmerie qui concourent à la répression du banditisme.

Hambourg et Hanovre. Le Flaour l'ignorait moins que quiconque, car une mission d'information en Allemagne lui avait permis de retrouver quelques « demoiselles » parisiennes qui avaient bien voulu dissiper pour lui les illusions que le créateur de ces modernes bordels entretenait dans le public sur la liberté totale de ses belles officiantes. En fait le jour de sortie accordé à ces filles « libérées » n'avait d'autre but que de leur permettre de rejoindre, dans une auberge frontalière, le protecteur à qui elles remettaient leurs gains. Ces « julots » *modern style* n'étaient ainsi considérés comme proxénètes ni en Allemagne ni en France.

On suspectait aussi Elie d'avoir exécuté un bordelier de la rue Quimcampoix, coupable de lui avoir refusé l'hébergement de quelques demoiselles. Avant de mourir égorgé, le malheureux n'avait pu articuler qu'un seul mot : « Elie ». La Criminelle avait dû se contenter de ce maigre indice. Personne n'avait rien vu, rien entendu. Les demoiselles en litige ne connaissaient même pas Elie, chaperonnées qu'elles étaient par un homme de paille qui ne rendait lui-même de comptes qu'à un autre paravent plus élevé en grade.

Quant à l'interrogatoire de Elie Khenchela, il avait tourné court : le frère de Nathan avait prouvé qu'au moment du crime il se trouvait à Torremolinos en Espagne, où il rendait visite à son vieux père dont c'était justement l'anniversaire.

Que Torremolinos fût devenu le rendez-vous de toute la pègre d'Afrique du Nord en difficulté avec les autorités françaises, et que les témoignages recueillis par la police espagnole fussent dénués de toute crédibilité ne démolissait en rien son « alibi ».

Le cadet, Zaccharie, avait été arrêté, lui, une fois, pour avoir mis au tapin son épouse légitime. Il n'y a pas de petits profits...

Apparemment effondré par la découverte de son infortune, Zacco avait tenté de se suicider en prison. Si le suicide avait été manqué, le simulacre, par contre, avait parfaitement réussi et valut à son auteur d'être libéré aussitôt grâce à une campagne de presse parfaitement orchestrée. Le truand avait ensuite divorcé spectaculairement et nul n'avait jamais entendu parler de la pauvre femme. Il y a tant de gens qui disparaissent !

Zacco avait repris goût à la vie lorsqu'il avait bénéficié d'un non-lieu, fondé essentiellement, et pour cause, sur l'absence de l'épouse. Depuis, on le voyait chaque jour sur les champs de courses et chaque soir dans les salles de jeux.

Vaguement administrateur dans une des sociétés de Nathan, il voyageait pour le compte de l'aîné et justifiait ainsi de ses ressources, d'ailleurs dûment déclarées. De temps en temps, il encaissait aussi aux courses quelques gros rapports qu'il se faisait payer par chèques. La chance, on le sait, ne sourit qu'aux audacieux. Tous les flics adultes connaissent pourtant bien ce moyen de redonner une virginité à un fric mal acquis. On achète à un heureux parieur ses tickets gagnants. Le vendeur est généralement heureux de se voir payer en espèces, et l'acheteur peut ensuite faire virer très officiellement son gain sur son compte bancaire.

Assis derrière son bureau en formica débarrassé de tout dossier, tournant et retournant la mince chemise cartonnée sur le banal accident qui lui avait, soudain, livré la clé de tout le mystère, Le Flaour réfléchissait. Un trio de gangsters d'envergure internationale, voilà ce qu'étaient les frères Khenchela. Indiscutablement à la tête d'un trafic de stupéfiants, ils comptaient, de façon non moins certaine, parmi les industriels les plus importants du proxénétisme. Mais, à cet échelon-là, on ne se compromet plus soi-même et quand les sous-fifres se font pincer, même s'ils se mettent à table, ils n'en savent jamais assez pour mouiller les gros bonnets.

Ce n'était pas étonnant que les frères Khenchela aient voulu étendre le champ de leurs activités en s'implantant dans les cercles de jeux. Fruit juteux, et parfaitement légal, ce qui ne gâtait rien. Le Flaour avait appris que quelques tapis clandestins fonctionnaient déjà sous l'autorité de certains de leurs amis dans les sous-sols accueillants de cafés proches des Grands Boulevards et de la Bourse. Les deux clans qui se partageaient vaille que vaille les cercles officiels voyaient certes d'un mauvais œil ces initiatives qui creusaient dans leur édifice autant de fissures par où s'échappait une part de leur profit. Mais ils redoutaient une guerre ouverte avec les Khenchela et avaient laissé faire.

Un peu lassés de vivre dans l'ombre de leur grand frère, Elie et Zacco cherchaient peut-être, aussi, après quelques années d'acclimatation parisienne, à échapper à l'autorité pesante de Nathan. Ils désiraient, en somme, se mettre à leur compte, dans un domaine d'une dérisoire facilité et où la crainte inspirée par leur tribu pouvait favoriser leurs projets d'émancipation.

Sans doute, les maîtres du cercle Caumartin, aussi conciliants fussent-ils, n'avaient-ils pas voulu faire entrer des loups aussi voraces dans leur bergerie officielle. D'où les représailles sanglantes, le braquage du cercle par des tueurs professionnels, les trois morts et les cent millions envolés. Tout cela s'enchaînait remarquablement.

Savoir pourquoi et comment Maurice l'Arménien, petit barbiquet sans envergure avait été entraîné dans cette grande aventure ne présentait, dans l'immédiat tout au moins, aucun intérêt. Seule comptait la folle cavale de Jo Trois doigts.

6

L'inspecteur divisionnaire Lenôtre, suivi des quatre hommes qui composaient avec lui l'équipe de Voie publique [1] de la 14e brigade territoriale, entra dans le bureau de son patron.

Comme tous les chefs des quinze brigades territoriales chargées en tout premier lieu de la répression du banditisme sur Paris et les trois départements de sa banlieue, Le Flaour avait organisé son service de façon à posséder une antenne dans chacun des douze commissariats répartis sur les quatre arrondissements de son ressort. A raison de trois hommes dans chacun de ces commissariats, cela lui faisait trente-six inspecteurs de tous grades qui enquêtaient sur toutes les affaires portées à leur connaissance. Quatorze mille l'année écoulée, ainsi qu'il venait de le rappeler au Pacha dans un mouvement d'humeur. Il aurait pu ajouter que son tableau de chasse comprenait pour la même période mille neuf cents arrestations, ce qui constituait somme toute une moyenne plus qu'honorable. Malgré le dynamisme de ses troupes, Le Flaour était pourtant moins satisfait des résultats obtenus que soucieux du nombre toujours croissant des enquêtes qu'il lui fallait bâcler faute de

1. Groupe d'enquêteurs sélectionnés parmi les meilleurs à qui, comme à la direction, est laissée, au niveau des brigades, l'initiative des recherches sur la criminalité organisée.

temps, d'hommes et de moyens. Il lui arrivait même de se dire que si l'inflation n'était pas jugulée, en particulier dans la petite et moyenne délinquance, son personnel suffirait à peine, dans quelques années, à enregistrer les plaintes des victimes.

Bien entendu les crimes les plus graves bénéficiaient, à la 14e brigade comme dans les autres, d'un régime privilégié.

Le Flaour avait apporté tous ses soins à sélectionner, dans les cinquante hommes relevant de son autorité, les policiers qui lui paraissaient les meilleurs pour constituer ce qu'on appelle habituellement une équipe de « voie publique », c'est-à-dire une équipe de flics soudés, se connaissant bien, possédant un sens aigu de la discipline et de l'esprit de camaraderie, capables d'initiatives spontanées, rapides et opportunes. Ce n'avait pas été un mince travail. Oh ! Les cow-boys ne manquaient pas parmi les jeunes, mais c'est tout le contraire qu'il recherchait. Il avait ainsi sélectionné cinq policiers et son ambition eût été de porter leur nombre à dix. Ambition démesurée sans doute : outre les critères rigoureux qu'il imposait à sa sélection, il ne pouvait, sans provoquer le courroux de ses collègues des quartiers et de la direction, dépouiller de leur personnel d'enquête les commissariats de plus en plus débordés.

Les « quarts » [1], comme on les appelle encore depuis le temps de Vidocq, continuaient à vivre d'une vie intense. Les victimes s'y pressaient tôt le matin et durant toute la journée, en rangs serrés. Mais lorsqu'elles repartaient après que leurs doléances eurent été hâtivement consignées, elles avaient le sentiment que leurs malheurs n'intéressaient guère le policier à peine entrevu. Elles n'avaient pas tout à fait tort dans la mesure où leur plainte n'était que l'un des un million huit cent mille faits identiques ou voisins enregistrés dans l'année sur l'ensemble du territoire. Elles ignoraient que, faute de pouvoir enquêter systématiquement sur chaque vol d'auto ou de cyclomoteur ou sur chaque chèque disparu, contrefait ou simplement sans provision, la police s'était mise à l'heure de

1. Commissariat de « quartier ».

l'ordinateur. Nécessité oblige ! Devant une délinquance globalement décuplée en dix ans les effectifs des forces de police restaient inchangés. A peine 100 000 hommes, soit tout juste le nombre de sœurs en religion dont l'œuvre pour salutaire qu'elle soit n'offre pas en toutes circonstances la même imminente nécessité...

Heureusement, si les possibilités humaines piétinaient et s'embourbaient dans le marécage des tâches impossibles, le traitement par l'informatique des enquêtes laissées pour compte prenait le difficile relais. Les ordinateurs triaient, classaient, sélectionnaient et rapprochaient, systématiquement et dans l'instant, toutes les données de leurs prodigieuses mémoires pour offrir finalement à l'enquêteur parfois une solution toute prête et indiscutable, parfois des indications qu'il lui eût fallu une année entière pour découvrir.

Malgré le scepticisme des policiers grandis dans la religion d'un métier d'artisan tenace et méticuleux, Le Flaour était conscient que cette voie nouvelle méritait d'être explorée.

Mais l'heure n'était pas aux problèmes de fond : après être passés à l'état-major du Quai des Orfèvres et avoir vérifié le fonctionnement de leurs véhicules, de leurs radios et de leurs armes, l'inspecteur divisionnaire Lenôtre et ses hommes étaient prêts et même impatients d'apprendre ce qu'on attendait d'eux.

Le Flaour invita les policiers de la VP à s'asseoir, offrit des cigarettes et demanda au planton de leur apporter des bières. Les grandes lignes d'un plan s'élaboraient dans son esprit. Si Jo lui avait balancé Maurice l'Arménien, c'était en réalité les Khenchela qu'il visait.

En plus de ses activités de braqueur, Jo était proxénète et Le Flaour avait établi que cinq filles travaillaient pour lui dans le quartier Saint-Denis lors de son arrestation. Ses recherches aux archives lui avaient appris que trois d'entre elles avaient été récemment interpellées par la brigade mondaine [1] chez un certain Tony les planches, tenancier près des Halles d'un bar « anglais », discret et accueillant.

Ces chères petites avaient oublié depuis longtemps l'existence de Jo Trois doigts. Il restait à savoir pour qui elles monnayaient maintenant leurs juvéniles ardeurs. Il eût été en effet parfaitement ridicule de supposer qu'elle aient pu continuer à « tapiner » sans qu'un autre « tuteur » prenne la place de l'empêché. De nos jours, aucun taulier conscient de ses responsabilités et des risques encourus ne se hasarde à permettre à une fille de « travailler » à son propre compte.

Le Flaour n'était pas loin de penser que tout ce cheptel avait été repris en main par les Khenchela. C'était une bonne explication à la rancune de Jo Trois doigts, à la minutie avec laquelle il avait préparé son évasion, au sang qu'il n'avait pas hésité à faire couler.

Quant à la femme légitime de Jo, il faudrait aussi voir ce qu'elle était devenue. Au moment de l'instruction, lorsqu'elle avait demandé un permis de visite, Le Flaour l'avait suspectée de se « défendre » [2], mais il ne l'avait pas établi de façon certaine. Une enquête poussant l'autre, il avait totalement perdu de vue cette femme dont il se souvenait seulement qu'elle était aussi garce que belle.

Les bières bues et renouvelées dans les verres, Le Flaour commença l'exposé du plan qu'il avait conçu. Jo Trois doigts plus Nathan Khenchela, plus Elie et Zacco, plus Tony les planches, plus les inévitables inconnus, ça faisait une sacrée équation à résoudre.

---

1. La brigade mondaine est chargée à Paris de la lutte contre le proxénétisme et le trafic des stupéfiants. Créée en 1912, elle porte depuis 1975 le nom de « Brigade de répression des stupéfiants et du proxénétisme ».

2. Se prostituer.

7

Jo Trois doigts s'est noyé dans la foule. Il gagne la porte d'Orléans et s'enfonce dans le métro alors que retentissent les premières sirènes des cars de police et des ambulances. Deux minutes plus tard, au milieu des paisibles employés qui se rendent à leur travail, il roule vers la porte de Clignancourt.

Sa main mutilée, serrée dans la poche de l'imperméable sur la crosse de son arme, Jo sent se relâcher peu à peu la terrible tension qui l'habitait depuis son départ de la Santé. L'intervention inattendue du directeur au moment du départ lui avait fait très peur mais, finalement, tout s'était déroulé selon le plan qu'il avait conçu depuis huit mois.

Il y avait une bonne année qu'il s'était juré d'exterminer ces fils de pute qui l'avaient dépouillé. Il y avait d'abord eu ce morpion de poulet : Le Flaour ne l'avait lâché qu'après avoir scientifiquement démoli le système de défense qu'il avait laborieusement élaboré mais, après tout, il faisait son boulot de flic et Jo reconnaissait qu'il le pratiquait sportivement. D'ailleurs, c'est toujours instructif pour un truand professionnel que les leçons d'un bon poulet. Correct, le père Le Flaour. Pas de coup vachard, pas de chantage. Mais les autres !

Jo était resté un de ces individualistes qui déplaisaient tant au nouveau « Milieu ». La gloire personnelle que lui rapportaient ses braquages lui paraissait presque plus chère que le profit qu'il en tirait. Tant qu'il était en liberté il jouissait littéralement de la crainte qu'il inspirait et les nouveaux maîtres du Milieu connaissaient si bien son comportement de loup solitaire que les Khenchela eux-mêmes n'avaient tenté à son égard aucune manœuvre de récupération.

Lorsqu'il avait organisé ses coups il n'avait rendu compte à personne, il avait lui-même choisi ses hommes en ne laissant à aucun d'eux le soin de mettre au point les opérations ou l'envie d'en discuter les détails. En fait il appartenait à l'espèce en voie de disparition des chefs de bande d'après-guerre et il comprenait mal ses adversaires qui recherchaient davantage l'abri d'un bureau, d'une armée d'intermédiaires, de conseillers juridiques, d'avocats et d'une batterie de téléphones que celui d'un bon flingue. Mais tel qu'il était il se plaisait assez à lui-même et déplorait la hiérarchisation, le cloisonnement et l'industrialisation qui enlevaient au « mitan », à son avis, tout le panache que lui avaient donné de vrais « hommes », même si ceux-ci — *Dura lex, sed lex* — en étaient morts prématurément.

Chaque fois, en tout cas, qu'il évoquait les gueules pourries des Khenchela, Jo faisait une attaque ! Trois doigts était à peine condamné que les trois frères avaient entrepris de le mettre sur la paille. Comme si celle, symbolique, de sa cellule ne lui suffisait pas !

Les filles qu'il avait placées chez Tony les planches avaient bien commencé par jouer le jeu. Le fric rentrait et il cantinait [1] au poil. Il s'était aussi fait en Centrale quelques amis qui lui rendaient le séjour supportable et avec lesquels il préparait déjà de nouveaux hold-up. Et puis progressivement la source s'était tarie.

Un jour, il avait reçu un message d'Alex, son protecteur de toujours, qui lui expliquait tout.

---

1. Faculté donnée aux détenus disposant de ressources personnelles de se procurer à la cantine de la prison des suppléments au régime pénitentiaire.

Elie et Zacco Khenchela avaient d'abord entrepris Tony les planches.

C'était pourtant son pote, à Jo, Tony les planches. Il veillait sur les filles de Trois doigts comme sur sa propre écurie, mettait à leur disposition son luxueux « pub » aux lumières tamisées de la rue des Petits-Carreaux, encaissait les passes qu'elles allaient faire dans les petits hôtels des Halles avec la clientèle huppée qui fréquentait son bar.

Le coup dur vint de là où on ne l'attendait pas : la légitime de Tony s'était prise de passion pour un jeune client, cave comme pas un mais beau comme un Adonis, et lui avait fait la valise. Petit bordelier, Tony n'était pas en mesure de retrouver, tout seul, l'infidèle. Comme Jo était en Centrale, il avait été contraint de s'adresser à Zacco Khenchela.

Les Khenchela avaient aussitôt mobilisé le gratin national du mitan. Point besoin de télex, de diffusion de photos, quelques coups de téléphone judicieusement donnés aux correspondants les plus sûrs, quelques « missi dominici » expédiés, avec des pouvoirs verbaux mais réels, aux hésitants, et les refuges les plus discrets devinrent transparents. Promptement découverte, la nana avait été ramenée à son homme, et l'Adonis s'était pris une tannée telle qu'il n'oserait plus jamais lever les yeux sur la femme des autres.

Après avoir puni son épouse comme il convenait et lui avoir accordé trois semaines de convalescence pour se retaper, Tony lui avait fait reprendre le tapin. Oh ! Pas dans une maison de luxe, ni surtout dans son propre bar, mais dans un bordel à Nord-Afs de la Chapelle où elle faisait, de gré ou de force, ses quatre-vingts clients, cent à cent vingt les dimanches et jours de fête.

Tout était rentré dans l'ordre et l'honneur était sauf. Mais quand il avait voulu s'acquitter de sa dette, Tony s'était heurté à un refus indigné de la part des Khenchela.

— Comment ! Nous payer ! Payer des amis pour un service rendu ! Tu n'y penses pas, Tony ! N'insiste pas, tu nous offenserais, avait dit Elie.

— A charge de revanche, Tony, avait renchéri Zacco. Tu pourras sûrement un jour nous renvoyer l'ascenseur.

Tony avait senti la menace, sans réaliser toutefois le projet mûri par les deux frères.

Deux mois avaient passé. Elie et Zacco étaient venus le voir un dimanche dans sa petite propriété du Vésinet. Ils l'avaient trouvé tondant sa pelouse et taillant ses espaliers comme un bon bourgeois, pendant que sa nouvelle ponnette, une caille de vingt ans à peine, une dactylo délurée qu'il venait de lever à Saint-Tropez, lui préparait, au bord de la piscine, des boissons fraîches, vêtue, si l'on peut dire, d'un monokini qui ne cachait rien de son intelligence.

Tony avait servi à boire et envoyé Suzy refaire son maquillage et passer une robe.

Elie avait alors abattu ses cartes.

— Voilà ce qu'on est venu te dire à la demande de Nathan, notre frère aîné et chef de la famille :

« Jo Trois doigts a morflé ses dix ans de ballon. Avec la prévention, il lui en reste sept à faire. Même s'il bénéficie d'une réduction, ce qui est loin d'être couru avec son palmarès à rallonge, on ne le reverra pas avant cinq ou six ans. Il en a déjà trente-deux. Il aura perdu tout crédit et se retrouvera complètement sur la touche à sa sortie.

Le raisonnement d'Elie se tenait et Nathan en était sans doute l'auteur. C'est vrai que les voyous sont, comme les athlètes de haute compétition, rapidement débordés par leurs cadets. Mais là s'arrête la ressemblance. D'abord parce que les successeurs des voyous sont de plus en plus nombreux, à l'inverse des athlètes et, ensuite, parce que la moyenne d'âge du malfaiteur reste très en dessous de celle des sportifs qui auraient tendance, et c'est justice, à vivre plus vieux. Bien sûr il y a chez les malfrats quelques exceptions. Une poignée de sédentaires empâtés trouvent dans leur cervelle les moyens de survivre en faisant s'entretuer les autres. Mourir jeune ou « réussir » c'est aussi une des lois du nouveau Milieu.

— Alors, avait continué Zacco, relayant son frère, ce serait dommage de laisser se gaspiller, sans une direction solide, les nanas que Jo a dressées. Tu sais ce que c'est, tu sors d'en prendre ! Même une légitime, on ne peut plus compter dessus. Alors, des tapins, tu te rends compte ! Elles sont à la merci du premier venu...

— Ça risquerait même de t'attirer des ennuis, avait repris Elie. Tu as une maison bien tenue, une clientèle choisie et qui ne fait jamais de salade. A cinquante ans, ce serait dommage que tu replonges...

— Tout ça, avait terminé d'une voix douce le gentil Zacco, pour te dire qu'à partir de maintenant, c'est nous qui relèverons les compteurs des demoiselles de ton copain Jo. Tu te chargeras de leur annoncer la bonne nouvelle. C'est pas la peine qu'on apparaisse en clair. En filigrane, ça suffira ! Du moins pour l'instant. Mais s'il y a des salades, bien entendu tu peux compter sur notre personnel. D'ailleurs, on te laissera Fernand l'Américain. C'est un peu comme qui dirait notre contremaître.

Tony avait écouté sans broncher mais le sang avait progressivement reflué de son visage et de ses mains. Certes, il n'était pas un saint. Il s'en fallait même de beaucoup et, depuis le temps où il était un comédien minable, ce qui lui avait valu son surnom, il avait trompé, trahi, vendu et volé pas mal de monde. Mais, l'âge venant, il s'était rendu compte que l'on ne pouvait, même dans le métier marginal qu'il avait choisi, construire sa carrière sur la trahison.

Ainsi, il était devenu pour le Milieu, progressivement et paradoxalement, un homme d'honneur, au fur et à mesure que, de barbiquet, il se transformait d'abord en vrai « Jules », puis en bordelier, c'est-à-dire pour le commun des mortels en une répugnante fripouille. Bétail stupide, libellules inconscientes, pauvres filles terrorisées : tout est bon, en effet, pour les tenanciers de maisons de passes, ces négriers du XXe siècle, pour transformer en actions de la Royal Dutch, de la Goldfields ou de la Deutsche Bank l'avilissant labeur de leur triste troupeau.

Répugnant mais intelligent, Tony avait mesuré à leur juste valeur les propos patelins et venimeux des Khenchela et savait qu'il risquait gros à renvoyer les deux frères bredouilles dans leur foyer.

Pourtant, il le devait. Pas seulement pour Jo Trois doigts qui était un ami, mais pour sa dignité personnelle.

Sa colère explosa :

— Vous êtes bien les plus belles ordures que j'aie jamais connues ! Ma parole, y'a rien qui compte pour vous que le fric ! Vous n'en gagnez pas encore assez avec toutes vos combines ! Vous pouvez pas foutre la paix aux autres ! Est-ce que je me mêle de ce que vous faites ? Est-ce que je m'intéresse à vos petits voyages en Amérique et au contenu des caisses que votre frangin y exporte sous l'appellation de mécanique de précision ? Est-ce que je vous ai jamais fait une réflexion à vous ou à l'un de vos hommes à propos de vos nanas ? Est-ce que je me mêle de savoir qui a organisé le coup du cercle Caumartin ? Non mais, ma parole, vous vous croyez déjà aux USA ! Dites-vous bien, sales petits enfoirés, que si vous voulez vivre vieux et riches, y'a des jeux où faut pas tricher ! Votre combine tordue vous pouvez vous la mettre où je pense ! Allez expliquer ça à votre grand frère. Dites-lui aussi que si j'ai de la reconnaissance pour le service qu'il m'a rendu, je ne suis pas une tante !

Il était presque beau, le Tony, dans sa fureur. Sa gueule de César dépravé devenait presque noble, et bien malin qui aurait pu dire les parts respectives qu'occupaient dans sa tirade l'indignation réelle et le sens de la comédie qui lui était resté de son premier métier.

Les deux frères s'étaient levés. Tony les imita.

Froid comme une dalle funéraire, Elie, qui le dominait d'une tête, le saisit par le col de son polo de jardinier et lui passa au ras des yeux un rasoir qu'il avait sorti ouvert de sa poche. Sans dire un mot, il referma la lame d'un coup sec, la mit dans sa poche et, suivi de son frère, regagna la Chevrolet Camaro qui les avait amenés.

Lorsqu'il se rendit dans la salle de bains pour s'y inonder le visage et calmer le tremblement qui l'avait saisi, Tony réalisa que sa glorieuse colère risquait de lui coûter cher. Il pensa tout à coup à la « clinique » dont parlait parfois « Moumoute », l'homme à tout faire d'Elie, lorsqu'il avait un verre dans le nez. C'était un géant chauve qui faisait fonction à la fois de garde du corps et de majordome du benjamin des Khenchela. Il ne s'était jamais déboutonné à ce sujet, même lorsque seul le bar lui permettait de tenir debout. Mais Tony et les autres malfrats avaient cru comprendre que les frères Khenchela disposaient, dans un coin inaccessible de Paris-sur-Crime d'un cachot ou d'une salle de torture où étaient « traités » les ennemis qui manquaient de conversation ou d'esprit coopératif.

Deux jours plus tard, Tony était découvert ensanglanté dans la luxueuse chambre qu'il s'était aménagée au-dessus de son bar de la rue des Petits-Carreaux.

On lui avait tracé, au rasoir, dans le cuir chevelu, la raie qui séparait en deux sa splendide crinière argentée. Nul ne sut ce qui lui était arrivé. Il justifia le vaste pansement qu'il porta plus d'un mois par une chute stupide dans l'escalier de sa cave.

C'est de ce jour-là, en tout cas, que Jo dut cesser de cantiner et que Fernand l'Américain, le « bosco » des Khenchela, devint le plus fidèle client du bar de Tony, surveillant d'un œil vigilant l'activité de ces « demoiselles ». Sans doute Tony n'avait-il échappé au séjour à la « clinique » de Moumoute qu'en échange de son revirement salutaire.

Fernand était bien connu de Jo comme de tous les voyous de Paris et d'ailleurs. Comme Jo, il avait débuté le flingue au poing mais, moins ambitieux ou plus fataliste, il n'avait pas cultivé des rêves de révolte. Après une malencontreuse expédition à Miami qui lui avait confirmé l'impossibilité de travailler en solitaire dans la grande truanderie moderne il s'était laissé récupérer par les nouveaux patrons.

A son retour de Floride, son passé, sa réputation d'efficacité et de discrétion lui avaient valu une place de choix. S'il n'était pas en relation directe avec l'empereur Nathan, il avait quand même le privilège de recevoir ses ordres des deux frères Khenchela et il constituait, avec quelques homologues qui opéraient avec la même discrétion sur des territoires différents, l'état-major dont dépendaient quelques dizaines de porte-flingues à qui la curiosité était interdite.

Bref, un tueur nouvelle vague, endurci par son stage aux Etats-Unis et auquel il ne faisait pas bon de se frotter.

Jo ne lui en voulait pas personnellement — à vrai dire, il éprouvait même pour lui une certaine admiration de professionnel — mais, après avoir lu et relu les messages d'Alex, une irrépressible envie de meurtre l'avait envahi. Il avait eu beaucoup de peine à se dominer et deux ou trois crises de fureur lui avaient valu le mitard à Poissy. Finalement, c'est dans l'excès même de son malheur qu'il avait puisé la force de se venger.

Peu de temps en effet après que les Khenchela lui eurent coupé les vivres, sa femme — légitime celle-là : il lui avait donné son nom — lui annonçait sa décision de divorcer. La garce ! Elle oubliait tous ses devoirs d'épouse ! Et dire qu'il lui avait permis de devenir une dame après l'avoir sortie du tapin ! Envoyé de nouveau aux renseignements, le fidèle Alex lui expliquait le topo.

La belle Francette s'était fait draguer par un cave millionnaire qui avait promis de l'épouser. Encore fallait-il pour cela qu'elle divorçât. Avec un mari en taule pour dix ans, rien de plus facile. Francette avait mené les choses tambour battant et, pour assurer sa prise, s'était fait engrosser par son prétendant, mais, lorsqu'elle lui avait annoncé la bonne nouvelle, le cave l'avait gentiment plaquée. Adieu veau, vache, cochon, fric et couvée ! La belle Francette s'était retrouvée seule, divorcée et mère de famille.

Que vouliez-vous qu'elle fît ? Elle reprit bravement du service et, comme sa maternité n'avait détérioré ni son corps, qu'elle avait fort beau, ni son visage de madone, elle se refit rapidement une clientèle dans le quartier de l'Etoile.

Alex avait appris encore qu'elle avait progressivement sélectionné ses relations. Ses consœurs la voyaient de moins en moins sur les Champs-Elysées et elle avait confié à ses copines qu'elle travaillait à domicile et surtout sur rendez-vous.

Finalement, on avait cessé de la voir. Et ni les filles, ni les protecteurs de putes en vison et en Alfa Roméo de l'avenue George-V n'avaient pu dire à Alex ce que Francette était devenue. Les uns pensaient qu'elle était entrée dans un réseau de call-girls chez une « Madame » ; d'autres affirmaient qu'elle avait levé un nouvel amant fortuné qui l'avait mise sous cloche. En fait, personne ne savait rien.

Ces nouvelles avaient encore augmenté la fureur de Jo. Se faire plaquer de la sorte par une femme qu'on a découverte et formée, il y avait de quoi se flinguer ! Le comble, c'était que cette conne, au lieu d'envoyer le moufflet à son père, l'avait gardé ! D'après les confidences recueillies par Alex, elle l'adorait. Nul n'avait pu cependant lui dire ce qu'elle en avait fait.

Jo sentait bien qu'il y avait comme une faille dans l'idée qu'il se faisait de la psychologie des femmes. Elles avaient toujours été pour lui des compteurs plus ou moins perfectionnés. Il avait décidé, une fois pour toutes, de ne pas s'occuper de ce qui se passait dans leur tête. La seule chose importante était le talent qu'elles avaient dans la fesse. Et il n'en avait encore levé aucune qui ait résisté longtemps à ses méthodes éducatives, dont le fondement était le châtiment corporel systématique.

Jo choisissait généralement pour cela l'époque de leurs règles, de façon à ne pas bouleverser son planning. Outre la nouvelle ardeur au travail que ces corrections inspiraient à ses protégées, elles lui procuraient aussi à lui-même comme un léger apaisement lorsque ses migraines le prenaient. Il savait depuis longtemps que ces crises étaient l'héritage que lui avait laissé un père épileptique mais ne s'expliquait pas pourquoi la violence le calmait. C'était ainsi.

Sa pensée revenait sans cesse à Francette. Il avait d'abord décidé de la tuer comme les frères Khenchela. Mais, quand il avait appris sa nouvelle vie, il s'était accordé un délai. Il lui faudrait, d'abord, la retrouver et voir aussi quel genre d'existence elle menait. De toute manière, il lui fallait liquider les trois autres ordures en priorité.

C'est pour réaliser ce projet qu'il avait mis au point son évasion.

Jo avait d'abord dû surmonter une fureur qui le conduisait à la folie furieuse. Le jeune interne qui avait succédé au vieillissant médecin de la Centrale dont l'arsenal thérapeutique se limitait à l'aspirine l'y aida à coups de chimiothérapie. C'est ainsi que Trois doigts, après avoir essayé successivement le Phenarbitol, la Primocline et le Zediopan, avait découvert les vertus des suppositoires d'Olepsol. Ils faisaient refluer les vagues furieuses qui lui secouaient le crâne sans altérer sa lucidité ni ses réflexes. Il en eut toujours dès lors une boîte à portée de la main.

L'humanisation relative des prisons lui ayant ainsi fait retrouver le calme, Jo avait fait de l'élimination des Khenchela son objectif unique. Alors, avec une lucidité de plus en plus aiguë, il avait cherché le moyen de s'évader.

A Poissy, il avait étudié toutes les possibilités. Dans cette Centrale de haute surveillance, aucune ne lui parut présenter la moindre chance de réussite. L'idée lui était alors venue de jouer les « balançoires ». Nul doute que ses confidences intéresseraient les flics et les juges ! A lui de doser ses effets pour ne pas laisser la poulaille lui gâcher sa vengeance. Et puis, toutes ces conversations entraîneraient des extractions, des transferts qui pourraient lui donner l'occasion attendue...

En fait, celle-ci vint toute seule quand Le Flaour le fit incarcérer à la Santé pour l'avoir plus près de lui. Le hasard fit qu'il dut partager la cellule des trois jeunes loulous dont l'apprentissage dans le braquage avait été brutalement interrompu par une condamnation à cinq ans.

Fort de ses précédentes expériences carcérales et de sa connaissance des usages en matière de liberté conditionnelle, Jo leur suggéra de demander à étudier. D'abord ils s'ennuieraient moins, ensuite ils seraient bien considérés, ce qui ne pouvait que hâter leur sortie. Tertio enfin, un peu d'instruction, même si ça ne sert pas directement dans le métier de braqueur, ça ne peut pas, de toute façon, être gravement nocif.

Enthousiasmés, les trois jeunots avaient marché comme un seul homme.

Avec la dignité qui convenait à un homme de son âge et à un voyou de son rang, Jo avait sollicité une entrevue avec le sous-directeur pour lui demander s'il ne serait pas ridicule, de sa part, de se joindre aux trois demi-sels. Mis au courant, le directeur et le JAP [1] s'étaient longuement consultés. Certes Jo ne semblait plus récupérable, mais sait-on jamais ? Ils avaient finalement décidé de l'encourager dans ses projets éducatifs et c'est ainsi qu'il s'était trouvé, deux jours par semaine, transporté avec les trois autres guignols, jusqu'à la salle des cours. Comme il n'était pas plus idiot que le commun des détenus et qu'il avait surtout une puissante raison de persévérer dans son projet, il abandonna ses bandes dessinées, s'appliqua à son rôle et vit s'endormir progressivement la méfiance et la vigilance des matons.

Son plan prit un tour décisif le jour où il découvrit le moyen de se procurer une arme.

Les travaux scolaires des occupants de la cellule 213 D nécessitaient du matériel et surtout du papier ; et chacun sait que l'administration ne brille pas dans ce domaine par sa générosité. Comme les discours coûtent moins cher que la réalisation des promesses qu'ils contiennent, elle est moins avare des programmes de réadaptation des délinquants que des moyens de les mener à bien.

Jo demanda donc l'autorisation de commander des fournitures au prix de gros à une papeterie. C'est ainsi qu'on lui apporta, un jour, huit gros paquets de cinq cents feuilles de papier de format 21 × 30 livrés directement par la papeterie Verzille, « fournisseur attitré des lycées et des facultés » ainsi que l'indiquait la raison sociale.

1. Juge d'application des peines. Il est chargé, dans le système judiciaire moderne, d'adapter l'exécution effective des peines au double intérêt de la société et des condamnés éventuellement récupérables.

Jo était le seul à savoir que le livreur n'était autre que son ami Alex, qui avait, pour la circonstance, remplacé un de ses vieux copains. Oh ! bien sûr ce n'est pas de gaieté de cœur que Jules Ballotet avait accédé à la demande d'Alex. Mais quelques années passées ensemble à la Centrale d'Eysses avaient cimenté une amitié d'autant plus solide qu'Alex avait, pendant ces trois ans de réclusion, pris à sa charge non seulement la cantine de son ami Jules mais encore la longue hospitalisation de sa femme frappée de paralysie pendant la détention de son mari. Le brave Jules, égaré sur les mauvais chemins du cambriolage par la nocive fréquentation de la plupart des comptoirs du quartier de la Bastille, avait bien été surpris par la générosité de son codétenu et plus encore par l'amitié particulière qu'il lui témoignait. Mais c'était un être simple et comme il n'avait jamais été gavé d'affection, celle d'Alex, pour singulière qu'elle fût, l'avait touché. Il lui avait voué une reconnaissance éternelle. A sa sortie, le comité post-pénal l'avait recasé en lui trouvant une place de garçon de courses dans une imprimerie. Depuis cinq ans tout le monde y louait sa serviabilité et sa probité, mais sa reconnaissance et son amitié de taulard l'avaient emporté sur ses scrupules. On échappe difficilement au Milieu. Et puis il ne pouvait pas se douter de ce que contenaient les paquets de copies blanches qu'il avait sur sa demande remis à Alex.

Jo, pour sa part, savait bien que le paquet sur lequel le nom de l'imprimerie était souligné, abritait une cavité soigneusement découpée par Alex et dans laquelle dormait un calibre tout neuf. Un P 38 et son chargeur plein.

Les paquets avaient naturellement été contrôlés par les matons, mais l'emballage déchiré ne révéla rien de la cachette du P 38. Il eût fallu éventrer complètement le colis et, franchement, une telle brimade ne se justifiait pas à l'égard d'élèves aussi bien intentionnés.

Un soir de mai, pendant que les autres dormaient, Jo inventoria le paquet qu'il avait mis de côté et y préleva le pistolet.

En possession d'une arme il se sentit revivre. Dans l'obscurité de la cellule, il la reconnut millimètre par millimètre. Finement polie et bronzée, il la classa tout de suite dans les fabrications d'avant-guerre. Pas la moindre trace d'usinage ni de tournage sur le canon long et fin. Il tâta et manœuvra silencieusement le chien extérieur à tête striée et les deux plaquettes de crosses en bois guilloché. Du bout des doigts il découvrit et lut, comme un aveugle en braille, sur le côté gauche de la culasse après l'oriflamme, Walther Zelle-Mehlis Thur cal. 9 mm. C'était bien cela ! Une arme antérieure à 1938 ! La meilleure série des P 38 lorsque ces pistolets devinrent l'arme réglementaire dans les armées nazies ! Il fit rouler dans ses doigts, une à une, les huit cartouches de 9 mm parabellum extraites sans bruit du chargeur et les remit en place.

Bien chaussée dans sa main mutilée, l'arme lui fit chaud au cœur. Il se prit à rire silencieusement. Malgré l'industrialisation du Milieu, on n'avait pas fini de parler de Jo Trois doigts.

Il regretta d'avoir à dissimuler son trésor, mais il le fallait. Il retira les quatre vis qui fixaient au sol la cuvette des waters de sa cellule et dégagea ainsi un espace que vous trouverez sous n'importe quelle cuvette en faïence et dont vous pourrez constater qu'il est suffisant pour cacher une arme de poing.

La cuvette remise en place et les vis soigneusement enduites de savon pour pouvoir être enlevées sans bruit à tout moment, il ne restait plus qu'à attendre le jour de l'examen. Jo avait estimé que ce jour-là les gardiens, un peu déroutés par les réformes en cours et instinctivement respectueux de ceux qui étudient, seraient encore moins tatillons. Quant au paquet de papier, rendu presque totalement inutilisable par le découpage en forme de pistolet, Trois doigts s'en débarrassa petit à petit, en le déchirant en menus morceaux qui furent évacués par la chasse d'eau.

Deux fouilles générales et systématiques effectuées dans le quatrier de la cellule 213 D, suivant une technique pourtant bien mise au point par l'administration pénitentiaire, restèrent évidemment négatives.

Et ce matin même, Jo emportait vers la salle d'examens de la prison de Fresnes son habituelle sacoche d'écolier. En fait de matériel scolaire, elle contenait le Walther P 38 dûment approvisionné.

Tout avait marché pour le mieux, et Trois doigts ne considérait même pas comme une bavure l'assassinat du jeune Peraldi. Il avait prévu l'exécution du convoyeur, considérant que c'était le seul moyen de terroriser suffisamment le second maton.

Dans la rame sur pneus qui l'emporte vers la porte de Clignancourt, Jo pense à la tête que doit faire Le Flaour avec les tuyaux trop courts qu'il lui a livrés. Il doit fumer, le flic, de s'être fait ainsi repasser... Il va sans doute se déchaîner et, avec lui, toute la P.J.

Il ne s'agit pas de s'amuser en route, s'il veut, tout à la fois, conduire sa vengeance à son terme et garder une petite chance d'assister libre et vivant à son propre triomphe.

Le métro le dépose à Château-Rouge, une station discrète derrière la gare du Nord, près de laquelle il a donné rendez-vous à son ami Alex.

8

— Allons, les gars, tout le monde en piste ! Chacun a bien compris sa mission ? Surtout n'oubliez pas de me rendre compte, par radio, de ce que vous découvrirez. Je préviens Z 2 pour que nos messages passent en priorité. Surtout n'annoncez aucun nom, ni aucun lieu en clair.

« Lenôtre, avec Poli, vous êtes TV 210. Le Dentiste et Timor, vous êtes TV 257. Quant à moi, la DS répond sur TV 300. Vu ?

L'expérience avait appris à Le Flaour que pour garder le secret, on ne prend jamais assez de précautions. Ils se rappelait notamment qu'une fois, dans une affaire de rapt d'enfant, alors qu'il était commissaire-adjoint à la Criminelle, il avait trouvé, en arrivant à l'endroit où il était censé déposer la rançon, les reporters d'une radio périphérique. Les journalistes avaient tout simplement capté les messages radio de la police. Sans doute la bande des 450 Mgh [1] était-elle réservée à la police parisienne mais précisément ce n'était un secret pour personne, la répartition des ondes courtes faisant l'objet de très officiels et très publics accords européens. Et il se trouvait régulièrement quelques bricoleurs avertis et indiscrets pour découvrir, identifier et écouter le trafic radio policier sur l'un ou l'autre

1. Megahertz, équivalent de mégacycle.

des quarante canaux attribués suivant des normes, elles aussi très officielles, aux différentes directions actives. Si certains amateurs agissaient par simple curiosité, d'autres essayaient de gagner les policiers de vitesse et faisaient ainsi, volontairement ou non, le jeu de la pègre. C'est ce qui était arrivé, quelques reporters ayant précédé le porteur de la rançon sur les lieux imposés par les ravisseurs pour l'échange de l'enfant contre l'argent. Cet incident avait failli coûter la vie au jeune kidnappé. Il avait, en tout cas, provoqué chez Le Flaour une furieuse colère et plusieurs jours d'angoisse.

Si de tels faits ne s'étaient plus reproduits, les policiers savaient bien cependant que leurs messages étaient captés et Le Flaour avait même lu récemment dans un hebdomadaire à grand tirage une publicité offrant à la vente un appareil permettant de les écouter tranquillement pour une somme modique. Une fois de plus, il avait vitupéré cette société masochiste qui inventait à tout moment des techniques nouvelles pour se détruire et puis, comme d'habitude, lui et les autres policiers avaient peu à peu mis au point une riposte sous forme d'un langage-radio codé que seuls pouvaient comprendre les hommes engagés dans l'action.

Ceux-ci étaient là, attentifs autour de lui.

Il y avait, dans le bureau du patron de la 14e BT, dominé par la curieuse église Saint-Roch sans clocher, l'inspecteur Léonard Heinkel ; Alsacien solide et silencieux de 30 ans, surnommé « le Dentiste » en raison du stage qu'il avait fait à l'école d'art dentaire avant de se déciser, faute de ressources suffisantes pour mener à bien d'aussi longues études, à devenir policier.

Marié et père de famille, 1 mètre 80, 80 kilos, sportif, le cheveu court et roux, le Dentiste était le meilleur tireur de la brigade qu'il représentait d'ailleurs régulièrement dans tous les challenges de tir qui opposaient chaque année les meilleurs tireurs de la police parisienne à leurs collègues de province. Un sang-froid à toute épreuve et une tenacité exceptionnelle dans les filatures et les planques en faisaient un flic tous terrains extrêmement efficace. Formé dans les brigades territoriales parisiennes, il gardait un souvenir ému de son premier chef d'équipe, un vieil inspecteur divisionnaire qui lui avait appris, dans d'interminables marches, à la recherche de malfaiteurs en « flag »[1], à développer son sens de l'observation. Surnommé TPN, abréviation sommaire et mystérieuse de « Trop Parler Nuit », le vieux flic lui avait aussi inculqué le prix de la discrétion. Faire parler les autres sans jamais se livrer soi-même était sa règle d'or. Déjà naturellement réservé, le Dentiste en avait fait la sienne et, bien qu'il adorât sa femme et son petit garçon, il n'évoquait jamais sa famille, estimant qu'elle n'avait pas à être mêlée à ses problèmes professionnels.

Inscrit au prochain tableau d'avancement et attendant sa nomination d'inspecteur principal, le Dentiste formait équipe, depuis deux ans, avec l'inspecteur Anthime Carré et on les voyait rarement l'un sans l'autre.

Après avoir été longtemps charrié sur son prénom assez insolite pour un métier aussi viril, Anthime Carré, à la suite de ce mécanisme diffus et intuitif qui préside au choix des sobriquets policiers, avait été finalement baptisé Timor par ses camarades, probablement à cause d'un insecticide auquel son slogan publicitaire donna son heure de gloire. Ce surnom donnait régulièrement lieu à un certain nombre de calembours minables du genre : « où Timor passe, l'infect trépasse », ou, en plus miteux encore, « ouvrez le Bal-Timor ».

Avec à peine quatre ans de métier, « Timor » s'était révélé un chercheur remarquablement doué. Vingt-cinq ans, taille moyenne, corpulence moyenne, nez moyen, cheveu châtain moyen, un visage d'adolescent encore boutonneux, presque insignifiant, il passait partout inaperçu. Il fallait bien le connaître pour savoir la promptitude de son regard et la fidélité de sa mémoire.

La police était pour lui un jeu de patience sans cesse renouvelé et toujours passionnant pour lequel, étant célibataire, il était toujours disponible. Il avait quand même, outre celle de

---

1. Flag : abréviation de flagrant délit. La plus belle réussite pour un policier : l'arrestation la main dans le sac.

son métier, deux grandes passions. La première était son pays natal, la Franche-Comté, où il avait passé son enfance et où son père, vieux policier en retraite, s'était retiré. La seconde était son saxophone dont il jouait en virtuose. Il avait même, avant d'entrer dans la police, appartenu à une formation de jazz. Mais il aimait la musique pour la musique et la chasse au cachet lui avait gâté son plaisir de se produire en public. Il consentait quand même, quand quelque banquet réunissait toute la brigade, et après qu'on l'eut longuement supplié, à jouer pour ses amis. L'ambiance alors montait d'un coup de plusieurs tons et Timor, se prenant au jeu, entraînait derrière lui, sur des rythmes de Sydney Bechet, la joyeuse farandole de ses jeunes camarades de la 14e BT.

Xavier Lenôtre, inspecteur divisionnaire, chef du groupe de la Voie publique, était lui âgé de quarante-cinq ans. Né à Paris de parents parisiens, il avait en vingt années de métier — « de bigamie », disait-il en plaisantant, tant il est vrai qu'il était à la fois marié à la police et à son épouse — roulé sa bosse dans toutes les brigades actives.

Spécialiste du banditisme et encyclopédie vivante de la pègre, le cheveu gris et ondé, de taille moyenne, mince, l'œil vif derrière des lunettes d'écaille, il ressemblait davantage à un professeur qu'à un policier. Sa voix grave et son calme imperturbable renforçaient encore cette impression. Son autorité sur ses hommes était indiscutée et ils n'avaient jamais réussi à l'affubler d'un surnom, manie pourtant chère aux poulets de la P.J. Tous les essais avaient échoué sur la distinction naturelle de Lenôtre et aussi, il faut bien le dire, sur son âge, considéré comme déjà respectable dans une brigade active où les jeunes étaient en majorité.

Lenôtre faisait équipe avec le Corse Antoine Poli.

Récemment promu inspecteur principal, Poli, trente-deux ans, promenait d'un air ennuyé une immense silhouette osseuse et disloquée d'un mètre quatre-vingt-dix, et on avait toujours l'impression qu'il allait en perdre des morceaux. Fagoté d'une manière invraisemblable dans des vêtements que sa femme s'obstinait à confectionner le plus souvent elle-même par mesure d'économie, il témoignait d'une indifférence totale pour ce genre de détail et d'un rare mauvais goût dans le choix des couleurs que ce soient celles de ses jean's, de ses éternels polos ou de ses chaussettes. De Poli, il était donc rapidement devenu Polychrome pour ses collègues.

C'est seulement dans l'action qu'on voyait Polychrome se regrouper, si l'on peut dire ; ses membres épars devenaient alors un embiellage de course et de précision. Son masque d'ennui tombait. Il pigeait vite et agissait de même. Courageux jusqu'à la témérité, il fallait parfois lui tenir la bride courte. Au demeurant, un bon policier comme on en fait maintenant trop peu.

Il est vrai que la plupart des nouveaux poulets sont plus économes de leur temps et de leurs efforts que les anciens. Si ce phénomène n'est pas propre à la police, la recherche frénétique du bien-être personnel entraîne, en matière de P.J., des conséquences infiniment graves : l'efficacité dans la lutte contre le crime nécessite plus qu'ailleurs l'oubli de soi-même et de son petit confort. Hélas ! même les flics les plus consciencieux peuvent se laisser décourager par une opinion publique plus prompte, en toute occasion, à les blamer qu'à les louer.

Heureusement, Poli ne s'intéressait pas plus aux jugements versatiles de l'opinion qu'à la couleur de ses rares cravates.

Le dernier homme de l'équipe de Voie publique — et celui-là Le Flaour avait décidé de le garder avec lui — était l'inspecteur William Wurth.

Flamand, né d'une mère italienne comme son nom ne l'indiquait pas, Wurth était le meilleur pilote de la brigade. Il avait été d'abord surnommé Volkswagen à cause de l'analogie entre ses initiales et l'insigne de cette marque et aussi à cause de son amour immodéré des voitures. Mais ce surnom de Volkswagen obligeait à un effort de prononciation qui fatigua vite ses camarades. Ils préférèrent très rapidement l'appeler Teuf-Teuf.

La passion de Teuf-Teuf pour les voitures — il courait régulièrement des rallyes — lui avait valu de se voir abandonné par son épouse qui estimait plus que suffisantes les servitudes policières et refusait de supporter en outre celles de la compétition automobile dans laquelle son mari engloutissait l'essentiel de son maigre traitement.

Teuf-Teuf n'avait pas son pareil pour identifier d'un seul coup d'œil n'importe quelle automobile française ou étrangère. Qu'elle fût ou non de série, il en indiquait d'un seul trait la marque, le type, l'année de fabrication et les principales caractéristiques. Les Zastava ou les Cimos yougoslaves, les Zil, Lumz ou Azlk soviétiques ne lui posaient pas plus de problèmes que les Melex polonaises, les Subaru ou les Nissan japonaises. Quant aux Alfa-Romeo, Jaguar, Lancia, Maserati, Ferrari ou Matra elles lui étaient aussi familières qu'une Peugeot, une Citroën ou une Renault. Cette faculté que le jeune inspecteur cultivait soigneusement dans les salons de l'automobile, sur les circuits de compétition ou pendant ses rallyes se révélait souvent d'un intérêt capital dans les enquêtes et les filatures. Le Flaour la mettait aussi à profit pour repérer les maquillages par lesquels les trafiquants essayaient de redonner une virginité à des voitures volées.

Vingt-neuf ans, beau, brun, athlétique, Teuf-Teuf, son épouse partie, pouvait dorénavant se partager entre son métier et l'automobile. L'un et l'autre lui offraient suffisamment d'occasions de ne pas se trouver en retard d'affection et plusieurs de ses fiancées éplorées ou vengeresses étaient déjà venues le relancer à la brigade. Comme le beau William avait bon goût, ses camarades s'étaient empressés de les consoler et il n'y avait pas eu d'incident.

Bref, une équipe comme Le Flaour les aimait : efficace, enthousiaste, dynamique. Depuis qu'il avait dévoré les bouquins qu'un policier américain avait consacré aux patrouilles qui sillonnent les rues des villes des Etats-Unis, il arrivait à Le Flaour d'appeler, lui aussi, ses hommes « les nouveaux centurions ». Cela ne le satisfaisait pourtant pas entièrement. La France ne souffre pas du gigantisme et de la démesure américaine. La criminalité n'y est pas encore la maladie cancéreuse d'une société dominée par la recherche frénétique du plaisir et du profit. Et, fort heureusement, les policiers ne sont pas devenus, dans un climat de violence exacerbée, des mercenaires excités par toutes les formes de chasse à l'homme. Malgré les titres de l'actualité quotidienne et les réelles menaces que des statistiques affolées faisaient peser sur l'avenir, Le Flaour se refusait à admettre le pire comme inéluctable. Le pire, c'est-à-dire les rues impraticables sans risques le soir tombé, les théâtres ouvrant à 18 h pour fermer à 20 h 30, des quartiers entiers abandonnés par la police à la pègre, les conducteurs verrouillant de l'intérieur les portières de leurs voitures climatisées pour ne pas être agressés aux feux rouges.

Le Flaour priait le ciel que les Américains continuent à nous envier longtemps encore nos bilans criminels de fin d'année. L'inquiétude des responsables policiers de Paris-sur-Crime était certes fondée mais notre bonne capitale n'en continuait pas moins à rester bien plus saine que la plupart des autres gigantesques métropoles du monde industriel. Question d'habitude, sans doute. La lutte de la police parisienne contre le crime se poursuit depuis des siècles et, pour ramener l'embrasement actuel à ses justes proportions, Le Flaour avait encadré et fixé au mur de son bureau, en manière de consolation le célèbre quatrain de Boileau :

Le bois le plus funeste et le moins fréquenté
Est au prix de Paris un lieu de sûreté.
Malheur donc à celui qu'une affaire imprévue
Engage un peu trop tard au détour d'une rue.

Il sentait bien d'ailleurs que les Parisiens, malgré les alarmistes et détracteurs, gardaient une entière confiance à leur police. Oh ! certes ils ne se privaient pas de la critiquer mais curieusement ils ne concédaient ce droit à personne d'autre. Cette confiance, Le Flaour l'avait pleinement mesurée un soir que le directeur l'avait envoyé parler du banditisme moderne aux *Dossiers de l'écran.* Il s'était trouvé face à un bataillon serré de bonnes âmes armées d'irréalisables suggestions. Il se sentait perdu quand, à sa grande surprise, les télespectateurs, par leurs questions pleines de bon sens avaient volé à son secours. Comme souvent, l'opinion profonde avait raison : le dévouement des policiers (comme d'ailleurs de l'ensemble du grand corps des fonctionnaires) au service public et au bien de l'Etat, des traditions administratives et une discipline remontant à la Révolution et à l'Empire, une collaboration de tous les instants avec une justice elle-même en pleine mutation permettaient d'espérer que la France résoudrait, une fois de plus, la difficile synthèse entre la liberté et l'ordre, la continuité et le changement qui caractérise si bien sa tumultueuse histoire.

Oui, on pouvait rêver d'une police moderne « à la française », dont le Dentiste et Timor, Lenôtre, Poli et Teuf-Teuf étaient, déjà, de dignes représentants.

Les cinq hommes étaient dans ce qu'ils avaient coutume d'appeler leur tenue de campagne. Blousons de peau ou de cuir sombre, jeans et mocassins silencieux. Tous avaient été dotés récemment du revolver Smith et Wesson 357 Magnum.

Sans incident de tir possible, contrairement aux pistolets automatiques trop souvent enrayés, le 357 Magnum, avec son canon de quatre pouces et ses balles blindées de calibre 38 spécial, permet dans une main exercée et solide, car l'engin est lourd, la neutralisation instantanée de n'importe quel adversaire touché en n'importe quel point du corps. D'abord réservé à la brigade anti-gang où elle avait fait ses preuves, cette arme avait progressivement été attribuée, après des stages sérieux de perfectionnement, aux meilleurs tireurs des brigades actives.

Les équipiers de Lenôtre portaient le Magnum, suivant la nouvelle méthode dite de tir rapide, à la ceinture et sur la fesse droite. Le holster sous l'aisselle avait fait son temps. Plus discret, il avait contre lui l'inconvénient de faire perdre au tireur de précieuses fractions de seconde. Quelques voyous lui devaient la vie et quelques policiers la mort.

Si Heinkel était le meilleur d'entre eux, tous les hommes de la VP étaient d'excellents tireurs. Ils avaient d'ailleurs suivi des stages spéciaux de formation des brigades anticommando constituées à la suite de quelques prises d'otages particulièrement spectaculaires. C'était là pour eux une servitude supplémentaire, puisqu'à leurs fonctions quotidiennes s'ajoutaient des permanences périodiques durant lesquelles ils pouvaient, au gré de l'actualité, se trouver propulsés par *Mystère 20* sur n'importe quel point du territoire.

Une sacoche de toile ou de cuir complétait leur équipement. Elle contenait un imperméable léger pour les cas de pluie en cours de planque, un petit en-cas, des munitions de réserve et de quoi fumer ou mâcher selon les goûts de chacun. On y trouvait aussi généralement un sifflet, une clé d'avertisseur de police et des jetons de téléphone — toutes choses précieuses pour demander une aide proche ou lointaine...

En y regardant de plus près, on aurait sans doute découvert encore d'autres objets plus singuliers : la photo de sa femme et de son fils dans le sac du Dentiste, un miroir dans celui du vieux routier Lenôtre (il s'en servait comme rétroviseur dans ses surveillances) et un « Saint-Christophe » béni à Rome pour Teuf-Teuf. Poli, quant à lui, s'était attaché, Dieu seul sait pourquoi, à une fausse pièce d'un dollar qu'il avait, un jour de chance, traversé à 25 mètres d'une balle de Colt.

Mais ne sondons pas davantage les replis intimes de l'âme de chacun. Que les heureux hommes, qui n'ont jamais eu à surmonter leur peur, imaginent ce qu'ils voudront...

Le Dentiste et Timor prirent place dans une fourgonnette 204 Peugeot qui portait en bandeaux la raison sociale d'une entreprise d'asphaltage de sol. Lenôtre et Polychrome gagnèrent la camionnette bâchée qu'ils étaient allés chercher au garage des Services techniques de la P.J., cette sombre bâtisse du boulevard de l'Hôpital où sur cinq étages se répare, se modifie et parfois s'invente le matériel auto souvent spécial de la police parisienne. Quant à Le Flaour et Teuf-Teuf, ils démarrèrent dans la DS 21.

Pour différentes qu'elles étaient en apparence, ces trois voitures super-banalisées avaient au moins en commun une installation radio indécelable. Les antennes, que la fréquence utilisée avait permis de rendre très courtes — vingt centimètres environ — étaient incorporées dans les rétroviseurs, les gouttières de portières ou les dégivreurs de glace arrière. Les combinés et micros classiques avaient été remplacés par ce qu'on appelait pudiquement des micros discrets dont seuls les utilisateurs apprenaient l'emplacement avant leur départ en mission. Quant aux émetteurs-récepteurs eux-mêmes, tous des Thomson-C.S.F. d'une puissance de 15 watts, ils étaient les mêmes que partout ailleurs, à ceci près qu'ils étaient rigoureusement invisibles.

Essais radio concluants. Les trois voitures s'entendaient. Le temps dégagé et le matériel bien réglé permettaient un trafic parfait sur l'étroit canal de 25 kilohertz réservé à la P.J. dans la bande VHF de la police parisienne.

Dans une prière muette, Le Flaour invoqua le dieu des flics.

9

Le nez chaussé de lunettes noires, la main sur son P 38 au fond de la poche de son imper, Jo pénètre dans la brasserie anonyme en retrait de la place du Château-Rouge.

Le soleil déjà chaud du mois de juin tape sur les vitres de la terrasse, et Jo se sent traversé d'une douce chaleur qu'il a oubliée derrière les murs froids, épais, et toujours vaguement humides de la prison.

L'horloge au-dessus du comptoir indique 10 h 45 et il y a peu de monde. L'heure du café et des croissants est passée. Il faut attendre celle de l'apéritif pour que vienne s'agglutiner autour des tables et du comptoir la foule des employés des commerces et des grands magasins de meubles voisins des boulevards Barbès et Ornano. Les garçons, le torchon à l'épaule, flânent entre les rares clients.

Alex est déjà là. Dans l'angle le moins clair, face à la porte, Jo aperçoit sa face ronde et lisse, presque lunaire sous son crâne chauve. D'un demi-sourire, son vieil ami lui fait signe que tout va bien. Jo gagne sa table et prend place près de lui. Alex lui saisit les mains et les serre longuement.

— Je suis content de te voir, Jo ! Tout a marché ?

— Comme prévu, Alex, mais j'ai dû dessouder un des

matons. La maison « Royco »[1] doit s'agiter. Tu as ce que je t'ai demandé ?

— Je l'ai dans une tire dans la rue d'à côté. C'est une 504 bleue, louée sous un toc[2] et payée pour une semaine. T'es tranquille de ce côté-là. Dans le coffre, tu trouveras le matériel, mais ça n'a pas été commode. Pour un peu tu m'aurais demandé un sous-marin nucléaire ! Mais dis-moi, Jo, tu ne crois pas que tu pourrais discuter maintenant que t'es dehors ? C'est utile d'aller allumer les Khenchela a priori ?

L'âge — Alex approche d'une soixantaine qu'il porte d'ailleurs superbement — a appris au vieux voyou l'art de la prudence et il se sent tiraillé entre son affection pour Jo et la peur que lui inspirent les Khenchela.

— Ecrase, Alex ! s'enflamme Jo, le visage durci. Je ne vis que pour ça depuis des mois ! Ces fils de putes, je veux me les faire moi-même. Je m'en fous si je me fais buter. Mais je te jure qu'ils vont regretter ce qu'ils m'ont fait. Alors pas de sermon ! Tu as les clés et les papiers de la tire ?

Un garçon indifférent posa sur le guéridon de marbre deux pastis embués. Alex attendit qu'il se fut éloigné et glissa vers Jo une pochette publicitaire d'Europcar.

— Tiens, tu as là-dedans les clés et les papiers, ainsi qu'un permis de conduire avec ta photo au nom de Paul Lompré. Je t'ai mis aussi un plan pour trouver ma roulotte au camp de Marville. Je crois qu'actuellement c'est pour toi la planque la plus sûre, tu vas avoir au train les perdreaux mais aussi toute la bande des Khenchela.

— Ça va, Alex, je me suis préparé à cette idée. Ne t'en fais pas. Dis donc, tu t'es renseigné sur les habitudes de ces fumiers en ce moment ?

Embarrassé ou hésitant, Alex tourna un moment son verre dans ses doigts y faisant tinter les glaçons.

— Il n'y a pas de problème particulier, lâcha-t-il finale-

1. Ce dérivé du potage au poulet désigne la P.J.
2. Sous un faux nom.

ment. Nathan passe ses journées à son bureau de l'avenue des Ternes, tu sais, au Consortium.

— Ça va, je connais.

— Il n'en sort même pas à midi. Il doit déjeuner sur place. Quant à Elie et Zacco, c'est un peu plus compliqué. Il se pointent, en général, chez Tony en début d'après-midi, prennent un verre, s'assurent que tout va bien. Ensuite ils disparaissent jusqu'au soir, soit aux courtines, soit dans un tapis quelconque. On les revoit au « Black John » où ils ont quelques nanas. Vers 2 ou 3 heures du matin, ils rentrent chez eux comme des bourgeois. Je n'ai pas besoin de te donner leurs adresses, tu les connais ?

— Par cœur, Alex ! Je peux même te dire que j'ai là-dedans la photo de tous ces pourris.

Jo se frappa la tête de sa main mutilée.

— Et ma femme, la Francette, toujours pas de nouvelles ?

— Non, mais j'ai posé des jalons un peu partout. Je pense savoir bientôt où elle est. Je te tiendrai au courant.

« Je crois que c'est tout, acheva Alex. Ah si, encore une chose ! Si tu as besoin de moi, tu m'appelles *Aux Peupliers,* tu sais, mon bistrot des Gobelins. Bigophone-moi de temps en temps. Je peux avoir des tuyaux pour toi et ça me fera plaisir de t'entendre. J'y suis tous les jours à l'heure de l'apéro.

Jo inclina affirmativement de la tête.

— Tu demandes Alex de la part... disons de « Maxime ». Comme je ne connais personne de ce nom-là, il n'y aura pas d'erreur possible.

Jo lui serra le bras.

— Merci, Alex, tu es un pote, un vrai. Maintenant tiens-toi à l'écart de ce qui va suivre. Si tout va bien, on se reverra plus tard. Sinon...

Trois doigts eut un geste fataliste et se leva.

— Je te laisse l'addition. *Ciao !*

Sans se retourner il gagne la porte. Alex le suit des yeux jusqu'à ce qu'il ait disparu.

Dans la déserte rue Myrrha, Jo trouva comme prévu une 504 bleue.

Entrebâillé, le coffre révéla la présence d'un petit arsenal. Il y avait là, sur une couverture, un pistolet automatique Merkuria CZ modèle 75 à quinze coups, chambré en 9 mm parabellum. Jo n'avait pas demandé cette arme par hasard. C'était un modèle tout récent, fabriqué en Tchécoslovaquie, arme de combat remarquablement compacte et précise eu égard à sa puissance de feu. Compte tenu de la douceur de la détente, c'était presque un PM, mais en moins encombrant.

Deux chargeurs pleins l'accompagnaient, ce qui représentait trente cartouches. Il y avait encore un autre P 38 identique à celui que Jo serrait dans sa poche, mais de fabrication plus récente, comme en témoignaient les plaquettes de crosse en bakélite. Deux grenades défensives et un fusil d'assaut M 16 américain muni d'une lunette de visée et accompagné de quatre chargeurs pleins complétaient la collection.

Il fallait s'appeler Alex pour savoir à quelles portes frapper utilement pour se procurer une telle artillerie. Seuls des receleurs de son envergure savent comment s'évade, des circuits officiels de tous les pays, une part souvent importante des armes généreusement fournies par les fabricants et négociants occidentaux aux belligérants d'Afrique, du Moyen-Orient ou d'Asie. Ancien casseur reconverti dans le recel de haut vol, Alex connaissait même les chemins complexes qui conduisent en pièces détachées des avions et des chars français ou américains, prématurément et très sommairement « démilitarisés », jusqu'à certains pays d'Afrique noire déchirés par les convulsions du Tiers Monde. Pourtant garanti non utilisable, ce matériel voyait guérir miraculeusement ses plaies et ses bosses durant le parcours et retrouvait, à l'arrivée, un armement dont il avait été amputé lors de sa vente. Une banque en Suisse ou au Liechtenstein assurait le règlement en dollars naturellement, au mieux des intérêts des vendeurs et des utilisateurs.

Quant aux revolvers, fusils et pistolets-mitrailleurs de toutes marques et de toutes nationalités, on pouvait à la rigueur, et à condition de connaître quelqu'un dans la filière, en acheter des cargos entiers dans certains ports du Proche-Orient...

Jo mit le Merkuria et les deux chargeurs dans la poche de son imper. Puis il claqua et verrouilla la porte du coffre, se réservant d'examiner plus tard ces distributeurs de mort subite qu'Alex avait rassemblés suivant ses instructions précises.

Il s'installa au volant. C'était la première fois depuis bien longtemps. Il lança le moteur, vérifia l'emplacement des vitesses, et prit le temps de mettre dans sa poche le permis de conduire. En rangeant les autres papiers dans la boîte à gants, il fit tomber de la pochette *Europcar* remise par Alex une liasse de billets et un papier plié en quatre, ainsi que quelques pièces de monnaie.

Alex avait pensé à tout, même à l'argent et à la monnaie sans laquelle on ne peut plus, nulle part, de nos jours, franchir tranquillement un péage, garer sa voiture, ou seulement aller pisser ! Les cent mille francs d'Alex ne seraient peut-être pas de trop car Jo n'entrevoyait guère dans l'immédiat de rentrée d'argent. Quant au papier plié, c'était le plan du bidonville de la Courneuve avec l'emplacement de la planque qu'Alex y possédait.

Brave type, cet Alex ! Pendant sa grande époque de casseur, il avait été condamné plusieurs fois et il l'aurait été une fois de plus si Jo n'avait pas su se taire lors de sa première arrestation.

A l'époque Trois doigts avait vingt ans et débutait dans le métier. Il faisait équipe sur un casse avec Alex qui lui apprenait à travailler. Pendant qu'Alex défonçait silencieusement au vérin le plancher d'une bijouterie, Jo faisait le guet à l'entrée de l'immeuble. Mais ils avaient été repérés par une équipe de la brigade de Voie publique qui s'était depuis plusieurs semaines attachée avec ténacité et discrétion aux pas d'Alex.

Après plusieurs douzaines de soirées perdues en planques et filatures et de dîners-sandwiches pris à la sauvette, les policiers tenaient enfin leur homme sur un de ces « flags » qu'ils affectionnent car ils ne laissent planer aucun doute sur la culpabilité de leur client.

Voyant les trois poulets jaillir brusquement de l'ombre et foncer sur lui, Jo avait réussi à gueuler assez fort pour alerter son équipier. Il avait ensuite mobilisé contre lui les trois flics et, si force était restée à la loi, comme disent les journaux, celle-ci en avait vu de sévères.

Jo s'était battu comme un forcené, assommant l'un des policiers. C'est finalement à coups de crosses que les deux autres s'en étaient rendus maîtres après avoir laissé quelques dents et même, pour l'un d'eux, un morceau d'oreille dans la bagarre. Pendant ce temps Alex avait pu décamper.

Ni à la brigade de Voie publique, ni chez le juge d'instruction, Jo n'avoua quoi que ce soit. Il ne réussit naturellement à convaincre personne qu'il se trouvait par hasard devant une bijouterie qu'on éventrait. Mais son avocat, ayant brandi vigoureusement le spectre de l'erreur judiciaire pour le cambriolage, et accusé d'énervement les poulets cabossés, obtint, en fin de compte, une condamnation relativement légère. Trois ans de prison. Trois années qui se réduisirent à deux, compte tenu du fait qu'à l'époque Jo était « primaire » [1].

La détention de Trois doigts fut considérablement adoucie par la reconnaissante sollicitude que lui témoigna Alex. Et, lorsqu'il sortit, ce fut encore Alex qui finança sa réinsertion dans le Milieu en vantant sa « moralité » et en lui baillant un petit capital qui lui permit de faire bonne figure parmi les truands.

Son amitié, depuis, ne s'était jamais démentie. Il avait parfaitement résolu le problème du vieillissement des voyoux professionnels en passant du cambriolage et du vol à main armée au recel et à la carambouille, domaines dans lesquels il excellait et qui faisaient de lui une mine de renseignements sur le monde des truands. Une mine fermée d'ailleurs car Alex ne

---

1. L'argot de la police et du Milieu considère comme « primaire » un homme qui n'a jamais encore été condamné.

pratiquait que la religion du silence. Les rares tuyaux qu'il donnait étaient reçus avec respect et Jo avait pu ainsi, à plusieurs reprises, éviter quelques pièges sérieux tendus par des équipes de concurrents jaloux ou déloyaux. Très individualiste, Jo avait en effet repoussé avec indifférence et parfois un peu de mépris les propositions d'intégration faites par les nouveaux caïds qui commençaient à craindre ses entreprises. Leurs offres ainsi négligées, ces messieurs avaient envisagé l'élimination physique du récalcitrant. Alex, toujours bien informé, l'avait appris et son protégé savait ce qu'il lui devait.

Pourtant Jo éprouvait parfois comme un malaise lorsqu'ils se rencontraient. La vie privée d'Alex lui restait totalement inconnue. Son protecteur lui avait seulement confié qu'il vivait seul mais Jo savait aussi, pour l'avoir parfois rencontré au bar de Tony, que les femmes lui étaient parfois nécessaires.

Trois doigts en était arrivé à conclure qu'Alex le considérait comme son fils. C'était la seule explication logique, même si le vieux recéleur lui tenait un peu trop longtemps les mains ou si, avec trop d'insistance, il lui passait parfois le bras autour du cou comme s'il eût voulu l'embrasser.

En raison de cette attitude, qu'il ressentait instinctivement comme équivoque, Jo se montrait volontiers brutal dans ses propos. Le bonhomme ne s'en offusquait pas et rien ne semblait devoir le décourager.

Après avoir vérifié l'emplacement des commandes, Jo démarre. La pendule du tableau de bord indique 11 h 30. Pour se familiariser à nouveau avec la conduite après trois années de prison, il gagne d'abord la porte de Clignancourt et, par Saint-Ouen et Saint-Denis, ces banlieues de sa triste enfance, il se dirige vers la Seine.

Sur un quai désert, il s'arrête quelques secondes. Le temps de jeter à l'eau, sans témoin, le Parabellum de l'évasion. Le meurtre du garde, il pourra difficilement s'en disculper et il le sait. Le cas échéant il invoquera l'accident mais, pour la tuerie qui va suivre, il est inutile de laisser une signature que la balistique — il vient d'en faire l'amère expérience — aurait tôt fait d'identifier.

Il revient ensuite sur Paris par Clichy et Asnières et prend la direction de l'avenue des Ternes. Une petite douleur qu'il connaît bien se réveille dans sa nuque.

Trois doigts secoue la tête et décide de l'oublier.

10

Nathan Khenchela était à son bureau. Il avait loué depuis deux ans tout le quatrième étage d'un immeuble de l'avenue des Ternes qui n'abritait que des locaux commerciaux.

L'aîné des Khenchela avait ainsi rassemblé dans ce luxueux local meublé en design italien tous les fils le reliant à ses multiples activités licites. Une batterie de téléphones multicolores en disait long sur la prospérité de ses entreprises.

Cinquante ans, de taille moyenne, les épaules larges et la panse rebondie, Nathan était totalement chauve. Les mains en revanche étaient velues et on devinait à la barbe, bleutée dès midi, et aux poils qui s'échappaient par le col et les poignets de la chemise de soie marquée à ses initiales, un système pileux particulièrement fourni. Ses frères, entre eux, l'appelaient le gorille, tant à cause de sa toison que de sa force physique. Etant à la fois l'aîné, le plus costaud et le plus intelligent, Nathan s'était depuis longtemps imposé comme le chef unique de la tribu et nul ne discutait ses décisions.

La réussite du clan avait d'ailleurs été fulgurante.

Dix ans après avoir quitté les faubourgs d'Alger, les Khenchela avaient pratiquement éliminé, par la force ou la persuasion, les quelques demi-grossistes qui, en se cramponnant à leurs revenus étriqués, multipliaient les obstacles à l'industrialisation rationnelle du proxénétisme. Les artisans n'intéressaient les Khenchela que dans la mesure où leur obscur labeur servait leurs ambitions. Certes il ne fallait pas décourager le talent chez les individualistes qui restaient quand même les meilleurs agents recruteurs, en mettant sur le marché des produits frais et immédiatement consommables. Mais il arrivait de temps en temps que ces « julots casse-croûte » comme les appelaient les policiers fussent dénoncés par des voies anonymes et efficaces avec un luxe de détails tel que l'intéressé se voyait privé de soleil pendant deux à cinq ans. C'était sans nul doute une simple coïncidence si sa petite et charmante écurie se trouvait tout aussitôt reprise en main par une entreprise mieux structurée qui lui assurait, en même temps qu'une autorité sans défaillance, une sécurité et un rendement bien meilleurs. Duplicité des filles ? Manœuvres des nouveaux maîtres du marché ? Qui le saura jamais ?

En ce qui concerne les bordeliers, Nathan leur avait imposé, par Fernand l'Américain et ses fondés de pouvoir habituels, des contrats occultes et léonins qui faisaient des tenanciers de maisons de passes des vassaux dont la prospérité et la vie ne tenaient qu'à leur soumission totale.

Le chemin de la réussite était parfois semé de quelques cadavres. Les défunts présentaient le double avantage d'avoir pour seuls légataires de leurs bars, de leurs hôtels ou de leurs troupeaux, la tribu des Khenchela et de constituer, en même temps, des exemples hautement dissuasifs pour les voyous imprudents et peu disciplinés qui auraient été tentés par quelque initiative intempestive.

Néanmoins quelques têtes enflées n'en continuaient pas moins le combat. A la fois traqueurs et traqués, ils harcelaient dans l'ombre l'armée khencheléenne s'offrant de temps en temps l'inutile gloire d'éliminer quelque modeste porte-flingue, les gros bras de Fernand l'Américain étant hors d'atteinte de leurs petits moyens. Cela irritait néanmoins Nathan qui eût préféré offrir du Milieu parisien l'image lisse d'un lac paisible plutôt que celle d'une mer sans cesse agitée par les combats des requins qui s'y entre-dévoraient. Fin politique, Nathan savait bien que chaque cadavre supplémentaire était pour la police, même si les preuves manquaient, l'occasion de rapprochements utiles et de déductions d'autant plus dangereuses que les poulets aussi s'étaient mis à l'heure de l'informatique.

Les enterrements eux-mêmes étaient pleins d'enseignements car les Khenchela ne pouvaient sans déchoir se contenter d'obsèques semi clandestines dans un quelconque cimetière de province. Tous les morts étaient somptueusement portés en terre, et même lorsqu'il s'agissait d'adversaires, les Khenchela finançaient les funérailles qui consacraient leur triomphe. Les caméras des policiers de la brigade criminelle avaient ainsi filmé, à maintes reprises, des convois où les tueurs d'aujourd'hui fraternisaient avec les victimes de demain. Mais la loi du silence n'avait jamais été enfreinte et le règne des Khenchela n'avait jamais été aussi solide : ils étaient l'incarnation bien vivante de la mainmise du Milieu algérois dynamique et efficace, sur la pègre métropolitaine amollie par les facilités de l'après-guerre.

Pour l'heure Nathan travaille à un dossier concernant un motel très honorable qu'il projette de conduire à la faillite pour le reprendre et étendre l'activité de sa chaîne de snack-bars.

Il sait déployer dans ce genre de démarche toute la ruse et la cruauté d'un requin des grands fonds de la finance. Le chantage est son arme favorite. Il suffit généralement de découvrir le point faible du gibier. Le plus souvent le piège est une jolie femme, de préférence une mineure, vraie ou fausse d'ailleurs. Si le sujet est homosexuel les choses sont encore plus faciles.

Dans les deux cas, quelques photographies accablantes justifient l'intervention indignée et menaçante d'une famille recrutée pour la circonstance et l'étau commence à se refermer. Pris en tenaille entre sa position familiale et sociale et l'horrible menace de révélations infamantes, le malheureux commerçant ne se débat pas longtemps. Les uns se suicident. D'autres laissent péricliter leurs affaires et accueillent comme un sauveur le voyou qui leur en offre, en même temps qu'un prix dérisoire, la certitude du silence. Dans d'autres cas, lorsque la vertu de la victime retenue est inattaquable, c'est le racket systématique, ou la multiplication des incidents provoqués par des clients inconnus et violents qui conduisent l'établissement à sa ruine.

D'une manière comme d'une autre le domaine des Khenchela s'agrandissait et ce n'était plus qu'un jeu de procéder au remplacement des actionnaires et des administrateurs. Des opérations somme toute parfaitement honnêtes et légales, dont d'ailleurs personne ne s'était jamais plaint à la justice.

La pendule électrique placée dans le vestibule émit une sonnerie modulée sur trois notes annonçant midi. Les portes des bureaux s'ouvrirent et le personnel, une dizaine de personnes en tout, s'achemina vers la sortie dans le bruit et les bavardages.

La secrétaire personnelle de Nathan, qu'il avait à dessein choisie laide mais compétente, passa sa tête dans le bureau du patron.

— Vous n'avez besoin de rien, monsieur ? Je peux aller déjeuner ?

— Merci, Pauline, allez-y. Je reste là, je vais vous préparer un peu de courrier au dictaphone. On est mercredi aujourd'hui et j'attends ma fille d'une minute à l'autre. Inutile de brancher l'alarme électrique. Cela m'évitera de me déranger.

— Bien, monsieur. A tout à l'heure.

La porte se referme sur la peu gracieuse Pauline. Petite, grosse, les jambes torses et les dents proéminentes, elle ne risque guère de perdre du temps à repousser les assauts des soupirants. Ainsi libérée des tentations dont les Khenchela font commerce, elle se consacre totalement à son travail et Nathan n'a qu'à se louer de sa compétence et de son dévouement de tous les instants.

Nathan ne déjeune que rarement. Depuis quelques années il prend de l'embonpoint. Aussi juge-t-il préférable d'aller plus souvent au bain de vapeur qu'au restaurant tout proche de *la Marée* ou à la brasserie *la Lorraine* où sa gourmandise naturelle l'entraîne toujours à trop d'excès.

Mais cet après-midi, sa fille unique Corinne a congé et doit venir le chercher en sortant du lycée Victor-Duruy. Il lui a promis un ensemble de cuir bleu électrique qu'elle a repéré chez *Mlle Dior,* avenue Montaigne.

Enfant gâtée, Corinne est bien la seule à faire de son père ce qu'elle veut. La mère est morte en la mettant au monde en Algérie et Corinne est pour Nathan un bien plus précieux que sa vie.

Il la tient soigneusement à l'écart de ses activités clandestines et ne veut être pour elle qu'un papa gâteau. Elle lui offre, en échange, un havre de joie permanente. D'instinct elle a depuis longtemps compris qu'il ne faut pas le questionner sur ses occupations. Son père est industriel, la fait vivre dans le luxe avenue de Breteuil, et cela lui suffit, même si l'allure, le langage et les occupations de ses deux oncles lui paraissent parfois assez singuliers.

11

Jo gare sa 504 devant un parcmètre libre à proximité de l'immeuble. Sous le regard vide d'une aubergine plantée à quelques pas, devant l'église romano-byzantine dédiée à saint Ferdinand, il glisse deux pièces d'un franc dans l'appareil. Pour tuer Nathan Khenchela, il dispose d'une heure sans risquer de contravention. D'un pas dégagé, il gagne l'entrée de l'immeuble.

L'ascenseur rapide et silencieux le dépose sur le palier du quatrième étage. Tout est calme. L'architecte a particulièrement réussi l'isolation phonique ; même les bruits de la circulation, pourtant intense sur l'avenue des Ternes, ne pénètrent guère ces murs.

La grande plaque de cuivre fixée sur la porte palière à deux battants et curieusement gravée *Consortium des Houblons d'Alsace,* indique à Jo qu'il se trouve à pied d'œuvre. Il pose déjà le doigt sur le bouton de la sonnette lorsqu'il s'avise que la porte blindée n'est que tirée. Sous une légère poussée, le lourd battant d'acier s'ouvre sans bruit.

D'un rapide coup d'œil, Jo embrasse l'entrée. Ou il est déjà attendu, ce qui est peu vraisemblable, ou bien Nathan, sans méfiance, lui a littéralement préparé son entrée.

— Pauvre con ! ricane Jo. Ça veut jouer les « Parrain » et ça ne sait même pas se protéger !

Jo repousse doucement la porte derrière lui. Personne. Il sort le Merkuria et l'arme en silence. Puis il écoute. Un vague bruit de voix le guide vers une porte marquée « Secrétariat ». Il l'ouvre sans bruit. Le murmure s'amplifie, venant sans nul doute du bureau voisin qu'une porte de cuir sépare de celui des secrétaires.

Jo prête l'oreille. Il reconnaît la voix de Nathan. Il s'approche. Les mots se précisent.

— Je vous serais obligé de bien vouloir tenir compte, à l'avenir, de ces instructions qui ont valeur permanente. Vous voudrez bien également me tenir au courant des résultats obtenus par l'application de ces...

Décidément la chance lui sourit ! Nathan est seul dans son bureau et il n'aura pas à flinguer une armée de gardes du corps. Le Merkuria risque de n'avoir pas à donner toute sa mesure ! Le chef des Khenchela est manifestement accaparé par le courrier qu'il dicte à un magnétophone. Jo perçoit distinctement les déclics des arrêts et mises en marche de la télécommande.

Brutalement, Jo tire vers lui la porte capitonnée et jaillit dans le bureau, le Merkuria bloqué dans son poing difforme.

Les mots s'éteignent sur les lèvres de Nathan, qui de saisissement laisse tomber la commande du dictaphone.

— Salut, ordure ! dit Jo.

— Bon... Bon... Bonjour Jo. Ma parole, tu es li... li... libéré !

Nathan bredouille et, malgré son teint mat, son visage empâté prend une teinte livide. L'aîné des Khenchela tente de quitter son fauteuil. Jo le cloue sur place.

— Reste où tu es ! Pose tes deux mains à plat sur ton bureau. Là... Si tu essaies de bouger, je t'allume tout de suite. Si tu es bien sage, tu gagneras au moins une minute, le temps d'apprendre que je me suis évadé pour vous tuer tous les trois, toi et tes deux salauds de frangins. Tu seras le premier. C'est normal, non ? Tu as toujours été le premier, Nathan !

Nathan s'est mis à trembler. Ses joues grasses tressautent

et un tic qu'il n'arrive pas à maîtriser agite sa paupière droite.

— Ecoute, Jo, tu... tu... ne vas pas faire ça ! On peut s'arranger. Bien sûr, on te doit de l'argent, mais tu... tu... sais, il valait mieux que ce soit nous qui nous occupions de tes affaires, plutôt que des morveux sans organisation. Avec nous, tu étais sûr de retrouver, à ta sortie, ce qui te revient. Tu sais ce que c'est, les filles. On les aurait laissé faire, elles étaient reprises en main par n'importe quel cave...

Au fil des mots, Nathan reprend un peu d'assurance et surmonte sa panique initiale. Excellent dialecticien, il a toujours su retourner les événements à son profit. Il a déjà connu des situations aussi apparemment désespérées face à des tueurs ou à des casseurs. Son talent, face à ces manuels du crime, c'est le verbe. Il estime que si le meurtre est une péripétie nécessaire, surtout lorsqu'il l'ordonne, il ne constitue pas à lui seul une politique. C'est encore là, sans nul doute, une de ses supériorités sur les anciennes terreurs du Milieu. Dans l'immédiat il faut, à tout prix gagner du temps. Il va faire un pont d'or à ce petit tueur à qui l'action donne curieusement un visage immobile au regard lisse.

— Ecoute, Jo, range ton calibre et discutons. Je te jure que je ne veux que ton bien, mais je ne peux pas parler avec ce truc sous le nez.

— Ne te fatigue pas, Nathan ! Ça fait des mois que je rêve de cette minute. Je vais te faire péter la tronche, fils de pute ! Je serais crevé en taule si je n'avais pas espéré te buter un jour.

Jo lève son pistolet. Paralysé par la terreur, Nathan voit le trou noir du canon le regarder. Il voit aussi l'index de Jo appuyer lentement sur la détente. Puis il ne voit plus rien.

Atteint en pleine tête par la balle, Nathan Khenchela est rejeté contre le dossier de son fauteuil. Deux ou trois secondes passent et pesamment il s'écroule, face en avant, sur la glace de son bureau directorial qu'il inonde de son sang.

Jo, le cœur cognant contre les côtes et dans les tempes, remit son arme dans sa poche et attendit. Il y avait peu de chances, dans cet immeuble insonore et désert pendant l'heure du déjeuner, que quelqu'un eût entendu le coup de feu.

Effectivement rien ne bougeait. Son cœur se calma. La première partie était jouée et gagnée.

Il se dirigeait vers la porte lorsque des pas menus et rapides lui parvinrent, en même temps que le bruit de la porte palière que quelqu'un claquait sans ménagement.

— Papa, tu es là ? C'est moi !

La voix claire et jeune éclata dans le secrétariat.

Jo jura sourdement. C'était la fille de Nathan, Corinne, s'il se souvenait bien. Elle devait avoir dans les seize à dix-sept ans. Il fit des yeux le tour du bureau. Rien. Pas une seule planque dans cette saloperie de pièce moderne où il n'y avait qu'un bureau, des fauteuils, une table basse et une bibliothèque.

Jo se jeta derrière la porte de cuir au moment où celle-ci s'ouvrait sur la jeune fille. Elle fit deux pas vers le bureau et, soudain terrifiée à la vue de son père ensanglanté, ouvrit toute grande la bouche pour crier. Jo se jeta sur elle en lui plaquant sauvagement sa main mutilée sur les lèvres.

Les yeux exorbités, Corinne fixait le cadavre de son père affalé sur le bureau où le sang s'était répandu.

Tout en la bâillonnant de la main gauche, Jo lui planta brutalement son arme dans les reins.

— Ma petite, si tu cries, tu y passes aussi.

Terrorisée, la jeune lycéenne réussit néanmoins à vaincre sa panique, sentant bien au timbre de la voix de l'homme qu'il y allait de sa vie.

Jo sent contre lui le corps frémissant de la jeune fille. C'est bien ça, elle doit avoir à peu près 17 ans. Sa poitrine, qu'elle a haute et ronde, palpite sous le chemisier léger.

Jo serre un peu plus fort. Le parfum léger de la jeune fille, avivé par une fine odeur de transpiration, l'étourdit. Il sent son ventre s'enflammer contre la croupe tiède qu'il maintient bloquée contre lui. La fille est belle, jeune, musclée. Sa jupe courte en jean dégage largement les cuisses longues et fermes.

Il y a trois ans que Trois doigts n'a pas tenu contre lui un corps de femme. Oh ! Bien sûr, il a fait comme tous les prisonniers du monde. La première année, au temps où il était encore un caïd, il a bénéficié des complaisances de quelques codétenus, lopailles plus ou moins terrorisées qui voyaient dans une totale soumission sexuelle le moyen d'obtenir quelques miettes des festins que permettait à Jo son aisance financière, ou une protection qui les mettrait à l'abri des assauts de pensionnaires moins riches et considérés.

On s'étend assez peu, chez ceux qui vocifèrent contre les rigueurs des prisons, sur le phénomène de l'homosexualité carcérale. Dans les prisons de courtes peines il n'est guère qu'accidentel. Mais a-t-on idée de la façon dont pourraient se satisfaire autrement les besoins sexuels des hommes comme des femmes qui purgent, jeunes encore pour la plupart, quelques années de réclusion ou d'emprisonnement ? Le sujet est difficile et l'étaler ne servirait ni ceux qui prêchent pour une plus grande libéralisation des régimes pénitentiaires, ni ceux qui revendiquent, au nom de la vengeance, une sévérité accrue.

Hélas ! La chose existe et les détenus le savent bien. Certains pays d'Europe septentrionale, friands d'expériences aventureuses, ont imaginé d'y remédier en installant des « chambres d'amour » dans les prisons où se dérouleraient des rencontres entre hommes et femmes. En France même, on expérimente depuis peu un système qui permet à quelques condamnés de recevoir leur épouse légitime. Une certaine humanité y trouvera sans doute son compte, mais quelles merveilleuses occasions constitueront ces tristes « bons de saillie » pour ceux qui veulent faire organiser de l'extérieur leur évasion !

Classé parmi les criminels dangereux, Jo Trois doigts n'avait pas bénéficié de cette faveur et il avait dû se contenter des expédients qu'il connaissait bien.

Mais n'est pas pédéraste qui veut. Cette prostitution, comme l'autre, se paye et depuis qu'il a, si l'on peut dire, perdu sa situation et surtout ses revenus, Jo Trois doigts a vu s'écarter de lui, un à un, les détenus qui lui tenaient lieu de femmes. Il a dû, comme beaucoup d'autres, se contenter de se masturber. Il l'a fait avec fureur en rêvant de sodomiser un jour ceux à qui il devait son malheur. Et voilà que le destin lui envoie la fille de son ennemi !

Son ventre lui fait mal. Il faut qu'il prenne cette fille. Une jouissance supplémentaire lui est offerte, complétant sa vengeance. Il va la violer devant le cadavre chaud de son père, comme il a violé jadis la fille de l'artisan imbécile dont les stupides machines lui ont sectionné deux doigts.

Poussant la jeune lycéenne vers le bureau, Jo attrape ses cheveux courts et pèse sur sa nuque. Il amène son visage et sa poitrine au contact de la glace où s'écoule le sang du mort. Tout en lui appuyant le pistolet dans le dos, il relève la courte jupe.

Corinne, le visage barbouillé du sang tiède de son père, dont l'odeur âcre lui donnait la nausée, perdit connaissance.

Sur le bureau le magnétophone continuait de tourner à vide.

Jo regagna le vestibule puis le palier. Par prudence il emprunta l'escalier. Il était à peine 13 heures lorsqu'il prit place dans sa voiture. L'aubergine n'était plus là. Jo passa la marche arrière, puis la première, et démarra.

Au moment où il s'engageait dans la file des voitures qui se dirigeait vers l'Etoile, une fourgonnette Peugeot bleue portant l'enseigne d'une entreprise d'asphaltage s'arrêtait devant l'immeuble.

D'instinct, Trois doigts la photographia des yeux, se demandant à quoi pouvait bien servir dans une entreprise d'asphaltage de sol l'aérateur qui tournait lentement sur le toit du véhicule.

12

— Allô, Z 2 ! Allô, Z 2 ! Ici TV 210. Appel urgent. Puis-je parler ?

— Ici Z 2. Allez-y, TV 210 !

— Ici TV 210 ! Ici TV 210 ! Appel urgent à TV 300 et 257. Etes-vous à l'écoute ?

D'une simple pression sur la commande des clignotants, Le Flaour brancha son émetteur. Il s'adressa à son pare-soleil où étaient dissimulés quatre micros.

— Oui, 210. Ici 300. Je vous écoute.

Le Dentiste avait pour mission de se rendre chez l'aîné des Khenchela pour l'aviser de l'évasion sanglante de Jo Trois doigts et prendre, malgré tout ce que la police pouvait lui reprocher, les dispositions nécessaires pour le protéger. C'est en montant au bureau de Nathan qu'il venait de découvrir le carnage. Le père mort et la fille violée, évanouie sur le bureau. L'état de Corinne ne laissait aucun doute sur ce qui s'était passé. Le Dentiste avait téléphoné au commissariat des Ternes, appelé Timor par la fenêtre et regagné en courant sa fourgonnette d'asphaltage de sol pour prévenir son patron.

Le Flaour recommanda par radio à Lenôtre, qui avait suivi la conversation depuis sa camionnette bâchée, de ne pas relâcher son attention. Puisque les filles de Jo Trois doigts travaillaient chez Tony les planches, il lui avait assigné la surveillance du pub anglais de la rue des Petits-Carreaux.

Le commissaire, quant à lui, avait entrepris la visite systématique des bars et établissements où les quelques indics qu'il conservait encore avaient quelques chances d'obtenir des informations sur les intentions de Jo.

Il agissait ainsi surtout par acquit de conscience et pour ne rien avoir à se reprocher mais, depuis quelques années, il devait bien s'avouer que cette pêche en eau trouble lui attirait plus de désagrément que de profit. En échange d'un renseignement, il n'avait guère à offrir que sa considération distinguée. Fini le temps où le « tricard » [1] vouait une reconnaissance efficace au policier qui lui permettait de ne pas quitter le pavé parisien où il avait ses relations et sans doute quelques activités non reconnues par la Sécurité sociale. Il lui suffisait maintenant de solliciter quelque autorité administrative ou judiciaire post-pénale pour obtenir le même privilège sans aucune compensation.

Par ailleurs les relations entre les flics et les voyous étaient de plus en plus mal considérées. Quelques exemples fâcheux ou démesurément grossis en faisaient même une tare honteuse. Ce qui n'empêchait d'ailleurs pas les mêmes professionnels du contre-tout de vitupérer un jour les contacts compromettants des policiers avec le Milieu et le lendemain leur méconnaissance d'une pègre dont ils ignoraient de plus en plus les mécanismes.

Le Flaour, élevé à l'école des renseignements minutieusement collectionnés, avait comme les plus anciens poulets peu à peu renoncé à la plupart de ses contacts dans le Milieu. Il y avait certes gagné en tranquillité car la fréquentation de ces gens-là n'est pas de tout repos, mais faute de pratiquer couramment la magie ou l'art de se rendre invisible il sentait bien qu'il y perdait de son efficacité. Il était d'ailleurs pétrifié par la superbe ignorance de quelques jeunes collègues chez qui les noms les plus sinistrement prestigieux de l'histoire crimi-

---

1. Interdit de séjour.

nelle contemporaine ne déclenchaient rien d'autre qu'une interrogation du sourcil ou l'achat d'un roman de l'inspecteur Borniche. Comme il était bon camarade il espérait, sans trop y croire, que la seule perfection glacée de leur technique criminologique et juridique pourvoirait à leur notoire insuffisance en sciences humaines appliquées.

Le Flaour sortait de chez Fanfan, rue de Lappe lorsque l'appel du Dentiste lui parvint. Fanfan était un ancien casseur reconverti avec succès dans une honnête limonade qu'il vendait le plus cher possible à une clientèle anglo-saxonne venant chercher chez lui, dans les circuits des *Paris by night,* le décor disparu des anciens apaches. Le Flaour s'était acquis sa reconnaissance éternelle en assurant la sécurité de sa femme lorsque celle-ci avait failli être mise au tapin par les hommes des Khenchela pendant une incarcération de son mari. Il savait que Fanfan allait déployer intelligemment ses multiples antennes d'ancien voyou, mais dans l'immédiat le limonadier ne savait rien.

Pendant que Teuf-Teuf extirpait sa voiture, en roulant sur les trottoirs, du magna enchevêtré sur la place de la Bastille, Le Flaour s'adressa à nouveau à son pare-soleil :

— Attention, Lenôtre. Le fauve ne fera pas de cadeau. S'il vient chez Tony, c'est pour tuer. Alors soyez plus rapides que lui. Je fais un saut chez Nathan pour voir s'il y a quelque chose qui puisse nous servir et je vous rejoins.

La DS mit à peine vingt minutes, dans une circulation quasiment bloquée sur les Grands Boulevards, pour parvenir avenue des Ternes. Teuf-Teuf se surpassa. Il faillit provoquer une bonne dizaine de carambolages et déchaîna vingt furieuses rafales de coups de sifflet des agents de la circulation. Par prudence, Le Flaour avait bouclé sa ceinture de sécurité mais, malgré ses deux pieds bien calés, il s'attendait à tout moment à être catapulté vers le pare-brise.

— Tu restes à la radio, lança Le Flaour en faisant gicler ses quatre-vingt-cinq kilos de la voiture. Je monte chez Nathan.

Les bureaux du Consortium étaient déjà pleins de monde. Les employés avaient appris la nouvelle en regagnant leur travail. Pauline pleurait et montrait des yeux d'albinos sur un maquillage raviné qui lui donnait l'air d'un pauvre clown.

Le commissaire des Ternes — c'était précisément Lefèvre, un camarade de promotion — était déjà là. Avec un de ses hommes, il s'efforçait de calmer la crise de nerfs dans laquelle Corinne avait sombré en reprenant connaissance.

Le Flaour regarda autour de lui et son regard accrocha le magnétophone, la télécommande tombée à terre et la bande depuis longtemps achevée. En évitant de déposer ses empreintes sur l'appareil, il engagea la bande en marche arrière et entreprit de rechercher à quel moment Nathan avait cessé pour toujours de parler.

— Vous voudrez bien également me tenir au courant des résultats obtenus par l'application de ces...

Un court silence suivit, puis la chute d'un objet. « Sans doute celle de la télécommande », pensa Le Flaour.

— Salut, ordure !

Le Flaour reconnut aussitôt la voix rocailleuse de Jo Trois doigts. Il l'avait assez entendue depuis quelques mois dans les parloirs de Poissy et de la Santé.

La bande continuait, restituant la conversation.

— ... Je me suis évadé pour vous tuer tous les trois, toi et tes deux salauds de frangins...

Le Flaour avait eu raison. Il ne s'était pas trompé sur les véritables raisons de la folle cavale du tueur. Il n'avait eu que le tort d'arriver trop tard.

Le coup de feu les fit tous sursauter.

Témoin fidèle, ce dictaphone ! Corinne en profita pour s'évanouir à nouveau. Peut-être cela valait-il mieux que de revivre son viol.

Le Flaour en savait assez : Jo avait signé ces crimes et ses prochains objectifs étaient annoncés. Il n'y avait plus de temps à perdre. Une douille de 9 mm sur le sol près de la porte d'entrée retint un instant son attention, mais la marque Geco était parmi les plus répandues depuis l'époque où des circuits clandestins avaient été mis au point par les belligérants du conflit algérien. La paix revenue, la pègre n'avait pas manqué d'exploiter à son compte, à partir de l'Italie, une chaîne de distribution aussi intéressante.

Le commissaire prit à part son collègue Lefèvre et lui exposa rapidement ses instructions.

— Mets la fille à l'hôpital sous bonne garde... Envoie le corps à l'IML [1] et surtout n'oublie pas de saisir le magnétophone et sa bande ainsi que la douille de 9 mm sur la moquette. OK ?

— OK, fit Lefèvre. Je te ferai passer une copie de ma procédure dès demain et un jeu de photos. Bonne chasse et garde-toi.

— Merci, je me charge de prévenir la famille.

Le Flaour et Timor regagnèrent leurs voitures, croisant sur le palier les spécialistes de l'identité judiciaire qui allaient passer les lieux au peigne fin pour rechercher une hypothétique empreinte du tueur et constituer l'un de ces merveilleux albums de photographies qui font le régal des jurés des cours d'assises lorsque vient, pour le malfaiteur, l'heure de payer sa dette.

Un bref conseil de guerre réunit les policiers dans la DS de Le Flaour.

— Bon, les gars, on s'est fait avoir. On l'attendait chez Tony d'abord et il a commencé par Nathan, le chef du clan. Les deux frères survivants vont s'armer jusqu'aux dents, eux et toutes les gâchettes qu'ils vont pouvoir rassembler. Si nous n'arrivons pas à intercepter le Jo, ça va faire un sacré pastis.

Le Flaour appela Lenôtre sur sa radio. Il apprit ainsi qu'Elie et Zacco venaient d'arriver chez Tony, escortés de leurs gorilles habituels. Ils n'avaient pas changé leurs habitudes et

1. Institut médico-légal.

manifestement ignoraient encore le sort de Nathan, ainsi que l'évasion de Trois doigts.

— Bon, Lenôtre, vous restez en planque chez Tony. Les instructions précédentes demeurent valables. Si notre client se pointe, serrez-le ! Au moindre geste, abattez-le ! Surtout ne le laissez pas entrer. Nous arrivons.

— OK, patron.

Le Flaour coupa l'émission. Le Dentiste et Timor regagnèrent leur fourgonnette et les deux véhicules démarrèrent en trombe vers les Halles.

Alors qu'ils approchaient du bar de Tony, un nouveau contact radio apprit à Le Flaour qu'il n'y avait rien à signaler.

Teuf-Teuf gara la DS à quelques encâblures de l'établissement en amont de celui-ci, et à quelques mètres de la camionnette bâchée où Lenôtre et Polychrome montaient une garde aussi vigilante qu'invisible. Le Dentiste stoppa sa fourgonnette d'asphaltage en aval du bar, devant une porte cochère, seul emplacement libre dans ce quartier toujours encombré.

Assez étroite mais très commerçante, la rue des Petits-Carreaux donne encore, en matinée, malgré la disparition des Halles, le spectacle coloré et bruyant d'autrefois. Les marchands de quatre saisons s'y interpellent et racolent leurs clients dans cette langue pittoresque où se retrouvent aussi bien les accents de la Kabylie que ceux de l'Auvergne. Mais, passé midi, l'activité va décroissant, livrant la rue à la règle commune et ses hôtels ou ses troquets à des activités qui le sont moins. Le bar de Tony, qui n'ouvrait qu'à midi, se trouvait près de l'immeuble où se situait autrefois, à l'une des entrées de la Cour des Miracles, le tripot Dupressoir qu'animait une certaine demoiselle Lange, future comtesse du Barry. L'histoire a parfois de singulières résonances...

Le Flaour gagna rapidement la porte aux petits vitraux fumés qui constituait l'entrée discrète du « pub ».

13

Jo conduisait lentement. Sa tension retombait, son cœur avait repris un rythme normal, mais il se sentait encore la tête douloureuse. Il vérifia dans sa poche la présence de sa boîte de suppositoires. Il lui faudrait s'arrêter quelque part.

Les employés du Consortium allaient trouver le chantier et commencer par prévenir les flics. Ceux-ci allaient aviser la famille. Il disposait donc, à tout casser, d'une petite heure devant lui. Avec un peu de pot, il pouvait piéger Elie et Zacco chez Tony avant qu'ils ne soient informés. C'était une chance à courir mais il y avait aussi la possibilité que les deux frères soient déjà parfumés [1] auquel cas il aurait droit à ce que l'on appelle, dans l'argot coloré du Milieu, un « ragoût de pruneaux au sang frais ».

De toute manière, d'après Alex, les deux frères Khenchela n'arrivaient qu'à 14 heures au bar de Tony. Il était inutile qu'il allât traîner là-bas trop tôt.

Alors Jo gagne l'Etoile et prend par les Champs-Elysées, se remplissant les yeux de ce spectacle presque oublié. Il décide de réfléchir plus commodément à la situation devant un verre. Il trouve une place sur la contre-allée. Avant de s'installer, il

---

1. Renseignés.

traverse la terrasse du *Normandy* et gagne les toilettes du sous-sol. Pendant quelques minutes, il est pris de violents tremblements puis le suppositoire d'Olepsol commence à faire son effet. Quand il sort de la cabine la glace du lavabo lui renvoie une image qu'il juge satisfaisante. D'ailleurs la préposée ne le regarde même pas.

Revenu à la terrasse il se sent tout à fait dispos et s'assied face à l'avenue.

D'un coup d'œil expert, Trois doigts repère immédiatement quelques demoiselles isolées. Elles le regardent à peine. Sûrement pas des professionnelles. Plutôt quelques manucures, coiffeuses ou dactylos désargentées cherchant à se faire draguer par un généreux quinquagénaire. En d'autres temps il leur aurait proposé de s'occuper de leur avenir immédiat dans un cabaret, un bar ou quelque corps de ballet moderne. Classique, le procédé reste toujours aussi efficace.

Mais présentement il a vraiment mieux à faire.

La chasse qu'il vient d'ouvrir n'est pas celle de la volaille.

Jo commande un whisky et s'absorbe dans ses réflexions en regardant couler le double flot des carrosseries et des promeneurs.

Lorsqu'il reprit son auto, la circulation était très dense et il mit près de quarante-cinq minutes à gagner le Châtelet par la Concorde et la rue Saint-Honoré.

Les énormes travaux qui bouleversaient le quartier des Halles le surprirent. Bien sûr, il avait entendu parler en prison du gigantesque trou qui éventrait un secteur que, comme tout voyou, il connaissait si bien, mais il n'avait pas pensé que les plans des urbanistes pourraient le gêner pour approcher du bar de Tony. Il décida d'effectuer une première reconnaissance en taxi. Il trouva un parcmètre libre sur un trottoir aménagé dans l'avenue Victoria, gara sa 504. Un taxi stationnait quelques mètres plus loin.

Le chauffeur renâcla quelque peu devant le petit parcours

qui lui était demandé. Il n'accepta que lorsque son client lui eut demandé de le ramener ensuite à son point de départ.

Après de multiples détours autour de l'immense chantier, le taxi arriva finalement au bout de la rue des Petits-Carreaux. En sens unique, comme les autres, elle était aussi encombrée. Mais si elles roulaient collées l'une à l'autre, pare-chocs contre pare-chocs, les voitures avançaient quand même.

Ayant ramené son chapeau sur ses yeux, Jo, calé au fond du taxi, observe. Il voit la devanture du bar anglais là-bas sur sa droite, tout de suite après l'angle de la rue de Cléry. Toujours aussi discrète.

Tout à coup, une petit lampe rouge clignote dans son subconscient. Une fourgonnette 204 stationne à gauche, une vingtaine de mètres avant le bar. Un aérateur tourne sur son toit. Trois doigts sait, avant d'arriver à sa hauteur, qu'elle va lui montrer sur son flanc le bandeau publicitaire d'une entreprise d'asphaltage. Il est donc attendu par ces messieurs.

Le Flaour n'a pas perdu de temps ! Son piège est déjà en place et il l'a échappé belle en sortant de chez Nathan.

Une autre camionnette, bâchée celle-ci, retient aussi son attention, un peu plus loin que le pub et du même côté que la 204. C'est sans doute la deuxième branche de la tenaille. Il n'aurait même pas le temps d'entrer chez Tony qu'il serait déjà truffé de plomb et d'acier.

D'ailleurs Le Flaour a dû affranchir Elie et Zacco. Il lui faut donc étudier un autre plan et, pour commencer, se planquer en attendant que s'apaisent un peu les vagues qu'il a provoquées.

Jo décide de gagner la tanière prévue par Alex.

Revenu au Châtelet, il y reprend sa 504 et, par le boulevard Sébastopol, se dirige vers la porte de Clignancourt.

Le camp des nomades du chemin de Marville à La Courneuve a toujours découragé la police parisienne par ses dimensions et l'importance de sa population.

Une opération efficace de bouclage et de fouille supposerait, au bas mot, une mobilisation d'un millier d'hommes. Autant dire qu'elle serait inutile. Une telle armée ne se met pas en marche sans que le bruit de ses bottes et de ses camions soit entendu longtemps avant son arrivée. Lorsque apparaîtraient les képis, il ne resterait guère dans le bidonville que quelques centaines d'infirmes, de femmes enceintes, d'enfants et peut-être aussi une poignée d'innocents égarés dans cette cour des miracles par quelque méchante destinée. La presse unanime ne manquerait pas de s'enflammer contre la persécution de ces pauvres gens par les forces de l'ordre.

Fortes de cette situation, quelques équipes de casseurs, de fourgues et autres malfrats plus ou moins recherchés, en rupture de trique ou d'IP [1] ont élu domicile dans cet îlot sordide. Ils y coulent des jours tranquilles sinon heureux.

C'est là qu'Alex possède une roulotte où il abrite une partie de ses activités de receleur.

Si le monde des malfrats a beaucoup changé, son complément naturel, celui des receleurs a dû suivre le mouvement. Fini le temps du bric-à-brac entassé dans l'antre où le vieil Arménien tremblait de peur chaque fois que s'ouvrait la porte de son infâme boutique. Rationalisation et spécialisation sont devenues les clés de la richesse en même temps que la sécurité. La marchandise doit être vendue sitôt achetée, et de véritables réseaux commerciaux clandestins se sont organisés avec leurs démarcheurs, leurs fournisseurs et leurs livreurs. Les meilleurs « fourgues » arrivent ainsi à réinjecter dans les circuits officiels, en les shuntant en amont et en aval, les marchandises qui les ont un moment quittés. A ce niveau ce n'est plus du recel mais de l'art. Les limiers des compagnies d'assurances connaissent ces techniques mais, là encore, comme à la P.J., il y a loin de la conviction à la démonstration.

Ceux qui « font » dans les tableaux ont leurs techniques. Dans ce domaine hautement spécialisé on trouve d'abord l'acheteur et le vol se pratique ainsi, si l'on peut dire, sur

1. Interdiction de séjour et de paraître.

commande. Quant aux expéditions sur l'étranger, rien de plus simple. Un artiste de talent, mais peu scrupuleux, recouvrira la toile d'une peinture nouvelle qui lui permettra de voyager sans danger et au moindre coût. Arrivée à destination elle sera débarrassée de sa croûte et retouvera son authenticité.

Ancien casseur, Alex a commencé dans le recel de bijoux. Démontées, les pierres sont retaillées et livrées aux soins discrets et efficaces des courtiers aussi clandestins que compétents qui, de la rue Cadet à la Hollande, brassent sur parole de véritables fortunes. Quant aux montures, elles disparaissent vendues au poids dans le complexe négoce des métaux précieux où, à un stade quelconque, l'or, le platine et l'argent retrouveront dans une fonderie officielle leur virginité première.

Séduit peu à peu par les techniques plus élaborées de la carambouille, Alex a étendu peu à peu ses activités à la fourrure et à l'électroménager. Lui aussi est devenu un industriel et sa roulotte du bidonville de La Courneuve n'est qu'un de ses nombreux bureaux d'achat clandestins.

Jo a laissé par précaution sa 504 hors du camp, et s'engage à pied dans le dédale des baraques et des roulottes, emportant, roulé dans sa couverture, le petit arsenal prélevé dans le coffre.

Les indications données par Alex sont suffisamment précises et imagées. Il trouve sans peine la roulotte sale et déglinguée qui va provisoirement lui servir de refuge. Extérieurement, elle ne se distingue pas de ses voisines, mais l'intérieur est finalement plus habitable qu'on ne l'eût cru du dehors. Le lit est propre. Une table, un camping-gaz, un réfrigérateur garni de conserves et de boissons diverses, un poste de radio permettent de survivre sans trop de peine. Jo trouve aussi une réserve d'eau et un mini-lavabo en tôle émaillée. Dans une armoire-penderie il découvre même du linge, des vêtements et des accessoires qui devraient lui permettre de modifier quelque peu son apparence. Un génie de l'organisation, ce vieil Alex !

Après avoir fait le tour du propriétaire, il prend le parti de commencer par dormir un peu. La journée a été rude et l'inaction forcée qu'il subit depuis trois ans ne l'a pas préparé aux efforts. L'excitation nerveuse qui l'habitait depuis le matin le quitte brusquement.

En quelques minutes, Jo, tout à fait en paix, calmé par l'Olepsol, s'enfonce dans un lourd sommeil sans rêve.

14

Francette n'avait jamais été une fanatique du travail. Lorsqu'elle était tombée sous la coupe de Jo, elle avait 18 ans et, depuis près de deux ans déjà, « bricolait » en bordure du bois de Vincennes surtout en fin de mois, pour pouvoir, sans trop se priver, nourrir une mère et un père devenus, par la boisson, la première débile mentale, le second physiquement délabré.

Comme beaucoup de ces occasionnelles qui gagnent en une soirée l'équivalent de leur salaire mensuel d'employée ou de vendeuse, elle avait vite réalisé qu'elle pouvait rapidement faire fructifier son capital naturel. C'est alors, sur le chemin particulier qu'elle avait choisi, qu'elle avait croisé Jo qui, à l'époque, cherchait lui aussi sa voie. La devinant déjà affranchie, Trois doigts ne s'était pas embarrassé d'inutiles préliminaires. Il l'avait trouvée dans le bois alors qu'elle était aux prises avec une grosse prostituée habituée des lieux et spécialiste des coïts bucaux ; s'estimant propriétaire du fonds, elle n'admettait pas une concurrence qui ne lui laissait aucune chance. Le visage ravagé maquillé à outrance, le ventre ballonné se confondant avec les seins avachis, la vieille pute offrait un contraste saisissant avec Francette dont la silhouette mince, la poitrine haute et ferme et la fesse altière représentaient un investissement particulièrement séduisant. Jo était à la recherche d'une de ses protégées du moment qui venait de le quitter sans préavis ni dédommagement. La fille, débauchée sans grande peine d'un Monoprix d'Alfortville, représentait la moitié de son « capital » de débutant. Sa fureur était grande mais il oublia les sombres projets de correction exemplaire qu'il ruminait. Stoppant sa voiture à hauteur des deux furies qui, des obscénités, en venaient aux mains, il interpella brutalement la « pipeuse », l'invitant, avec l'exquise délicatesse des macs, à aller promener ailleurs ses « ovaires avariés ». Puis ouvrant de l'intérieur la portière de sa voiture il avait, d'un signe de tête, appelé la belle Francette. Impressionnée par l'autorité tranchante de Jo et soumise à un interrogatoire en règle, Francette s'était racontée.

Le lendemain, après une nuit qui les avait laissés tous deux épuisés, il l'emmenait en vacances sur la Côte. Ils avaient passé huit jours merveilleux à Nice et Jo lui en avait promis d'autres si elle répondait à ses espérances. Oh ! il ne lui avait laissé aucune illusion et ne lui avait rien caché de ses projets. Elle avait accepté en totale connaissance de cause. Avait-elle eu tort ou raison ? Aujourd'hui encore, elle ne pouvait le dire. Trois doigts lui avait donné la tranquillité et la sécurité à un moment où elle risquait de devenir, en raison de sa beauté, l'enjeu d'une partie où les dettes se règlent à coups de calibre. Elle lui reprochait, par contre, d'être resté ce qu'il était : un primitif, un rustre dévoré par la violence. Pourtant elle lui était attachée : c'était seulement avec lui qu'elle se trouvait sensuellement satisfaite.

Elle, qui n'avait longtemps eu d'autre occupation que de vendre le plus cher possible de l'illusion, ne s'était jamais sentie concernée par ses propres jeux de virtuose. Elle méprisait les hommes à qui elle se donnait et il lui fallait tout son talent et une longue pratique pour simuler un plaisir qu'elle ne partageait pas.

Avec Jo, c'était autre chose. Au premier temps de leur liaison, il lui arrivait, lorsqu'elle rentrait en taxi vers l'appartement qu'ils avaient sous-loué boulevard Ornano à un fripier du marché aux Puces, de se sentir fondre de désir à l'idée de retrouver ses muscles durs, sa sauvagerie et cette volupté qu'elle goûtait lorsqu'il la prenait avec brutalité et parfois en l'injuriant. Inconsciemment elle lui était reconnaissante de la venger par cette violence. Elle y retrouvait une espèce de pureté. Même les crises nerveuses de Jo la rapprochaient de lui. Quand ses convulsions le prenaient, elle savait qu'ils étaient tous les deux des marginaux, des laissés pour compte de la société d'abondance. Elle ne l'en aimait que davantage et croyait qu'elle pourrait seule lui venir en aide.

Beaucoup moins compliqué, Jo était de ces voyous qui pensent, comme l'un d'entre eux l'avait dit à Le Flaour quand il était à la brigade mondaine : « Le sexe d'une femme est comme une assiette. Bien lavé, il peut servir indéfiniment et à plusieurs. » Trois doigts restait quand même sensible à la beauté et à la gentillesse de Francette et s'il était prodigue de coups à l'égard des autres, sa violence envers Francette, mises à part quelques gifles, restait purement verbale. Sans doute, avait-il aussi, en bon gestionnaire, le souci de ne pas compromettre ses activités lucratives, en abîmant son gagne-pain. En fait, il était bien incapable de dissocier les sentiments de la rentabilité. L'investigation psychologique n'étant pas son fort, il se contentait fort bien de cette situation, considérant comme émollientes, et à long terme fatales, les cogitations brumeuses des intellectuels sur l'amour, même s'il ne les connaissait qu'à travers le miroir, assez simplifié il faut bien le dire, de *Tarzan* et de *Superman*.

Jo aurait pu vivre largement de ses revenus mais, tout julot qu'il était, il avait sa dignité et c'est pour la garder, et garder aussi, lui semblait-il, un certain prestige aux yeux de Francette, qu'il avait décidé de ne pas se contenter du métier de maquereau. Evolution logique : peut-être moins cyniques que leurs aînés qui ne considèrent guère leurs nombreuses filles que comme du bétail, les jeunes voyous éprouvent parfois comme un soupçon de complexe à l'égard de la femme qui se prostitue à leur profit. Bien des carrières de criminels endurcis ont débuté ainsi — retombées inattendues de l'émancipation féminine ? — déterminées par un sentiment qu'il serait pourtant difficile d'assimiler à de l'amour.

La violence de Jo, sa force physique, sa ruse naturelle, son amour morbide pour les armes à feu l'avaient, en tout cas, conduit au braquage. Il s'y était rapidement fait, grâce aux leçons d'Alex, une solide réputation, volant, si l'on peut dire, de réussite en réussite et ne se laissant même pas abattre par la déplorable péripétie de la bijouterie éventrée. Il faut bien débuter, non ?

Mais la carrière d'un malfaiteur comporte des accidents de parcours. C'est à l'un d'eux que Trois doigts devait sa deuxième condamnation. Un de ses complices rendu trop bavard par les flics l'avait fait épingler. Jo avait payé, se jurant de faire expier le traître le moment venu. Pendant toutes ces années, Francette l'avait fidèlement assisté et il n'avait manqué de rien.

Durant son deuxième séjour en taule, Jo avait réfléchi : le métier de julot était finalement moins risqué que celui de braqueur. Une fois libéré, il avait, sans grande peine, augmenté son cheptel, le portant à trois puis, finalement, cinq filles à qui il accordait, outre quelques faveurs très espacées, un soutien constant dans leurs activités, aidé en cela par une réputation de méchant qu'il justifiait d'ailleurs chaque fois que la possibilité s'en présentait.

C'est ainsi qu'il avait « liquidé » Jimmy, le complice trop bavard qui l'avait balancé à la 14 BT. Malgré son prénom et ses airs de cow-boy, Jimmy était un tendre. Non seulement il ne supportait pas les coups, sauf s'il les donnait lui-même, mais encore leur simple crainte le réduisait à l'état de carpette. Il avait suffi qu'un poulet un peu teigneux lui promette avec conviction quelque savante torture, qu'il aurait d'ailleurs bien été incapable de lui infliger, pour que le cow-boy se mît à table sans plus tarder, transformant du même coup en preuve ce qui n'était chez le policier qu'une conviction.

Un tel paillasson ne peut être toléré dans le monde des voyous qui savent bien que la police moderne ne porte plus guère la main sur ses détenus. Un homme aussi émotif constitue un danger permanent. Jo le supprima, malgré ses abjectes supplications, comme on écrase un reptile. Pour le Milieu, c'était nécessaire. Pour la police, ce fut un meurtre impuni. Jimmy s'ajouta à la longue liste des noyés que la Seine dépose régulièrement aux écluses de Suresnes et Le Flaour, malgré tous ses efforts, ne put jamais établir, en raison de l'état de décomposition du cadavre, s'il s'agissait d'un suicide, d'un meurtre ou d'un accident.

Bien qu'il ait vécu dans la violence depuis sa plus tendre enfance, Jo n'avait encore jamais tué. Il fut surpris de la facilité avec laquelle on peut ôter la vie à un ennemi. Tout au plus cette opération purement utilitaire avait-elle fait disparaître le martèlement de la nuque et des tempes qui le rendait parfois presque fou.

Quand il était tout jeune et que ces migraines brutales le prenaient, il avait entendu les médecins parler de « petit mal ». Un petit mal, ce n'est pas grand-chose, même pour un enfant. Ce n'est que bien plus tard, déjà adulte, qu'il comprit qu'il s'agissait d'une des formes enfantines de l'épilepsie. Il apprit en prison qu'il souffrait de « prédispositions convulsivantes héréditaires ». Cela faisait déjà plus sérieux, plus inquiétant aussi. Pour lui, bien sûr, mais également pour les autres : lorsqu'il basculait dans cet état crépusculaire où toute raison semblait le quitter, les voyous qui n'étaient pas de ses amis sentaient bien que leur vie ne tenait qu'à leur soumission.

En même temps qu'il élargissait le champ de ses activités et embauchait du personnel, Jo, soucieux de témoigner sa reconnaissance à celle qui avait été sa première vraie compagne et l'avait aidé dans le malheur, faisait de Francette sa femme légitime. Il la retirait même du tapin, estimant qu'elle avait mérité cette faveur. Il était maintenant un personnage suffisamment considéré et influent pour pouvoir garder chez lui une femme chargée uniquement de s'occuper d'elle-même et, naturellement, de lui.

Changeant son style de vie, il changea de décor, quittant

son modeste logement du boulevard Ornano pour un appartement de quatre pièces avec salon et salle de bains dans la rue Danrémont. Naturellement, c'était une fois encore une sous-location, règle d'or des proxénètes qui ne possèdent jamais rien en propre et sont peu enclins à faire connaître leur adresse et leur train de vie au fisc et à la police.

Si l'occasion lui en avait été offerte, Jo se serait sans doute défendu de verser dans la bourgeoisie. Sans doute même l'insolent eût-il pâti d'une telle accusation. Pourtant ça le démangeait ce besoin d'étaler les signes extérieurs de ce qu'il considérait comme sa réussite. La clandestinité, c'est chouette quand on est jeune et sans un, et qu'il faut se planquer des flics. Mais quand, la trentaine en vue, on a une affaire qui tourne, une bourgeoise retirée du tapin, respectable et tout, c'est tentant pour un voyou, ça aide à se faire un peu briller. D'ailleurs que faire de son osier ? Le poker c'est bien, ça occupe un moment mais avec une femme légitime à la maison on en arrive à préférer rentrer chez soi et on aimerait assez le faire comme les vrais riches dans un appartement à son nom dans un beau quartier, avec une chouette bagnole pleine de chromes et bourrée de chevaux. Seule sa prudence instinctive de malfrat parti de rien, et ce qu'il savait de la curiosité malsaine des poulets l'avaient empêché d'acheter la nouvelle Mercedes 600. Finalement il s'était contenté de changer sa 304 pour une R 16 TX et il s'était vengé de sa frustration en prenant une « patte » de plus à Grosbois dans les trotteurs de son ami Francis, un entraîneur tout ce qu'il y a de respectable. Là encore, quelques pattes anonymes restaient préférables à la possession officielle d'un ou deux chevaux. Quelques-uns de ses amis avaient fait la douloureuse expérience des indiscrétions fiscales et policières.

Le grand rêve de Jo c'était de donner à son affaire une dimension suffisante pour n'avoir plus à en assurer personnellement la gestion. Un avocat mensualisé — il faut quand même tout prévoir — et un bon bosco sérieux lui permettraient de se retirer avec Francette dans le Midi et d'y monter un centre de loisirs avec piscine, tennis, équitation, ski nautique et tout.

Dans cette perspective, épouser officiellement Francette était une première étape.

Une fois encore, il avait manqué de psychologie.

Sans doute, Francette avait-elle été, dans un premier temps, sensible à cette attention. Il y a peu de prostituées qui fassent ce métier par pur plaisir. La facilité, le besoin d'argent, l'amour ou la crainte du « jules » constituent des motivations bien plus solides.

Rassurée sur son avenir, Francette eut pourtant très vite le sentiment de se retrouver enfermée dans un bocal. Et Jo, de son côté, n'était guère fait pour une vie de bourgeois. Les courses, le jeu, une présence nécessaire sur le lieu de travail de ses protégées, fournissaient autant d'occasion pour mener une vie irrégulière.

Francette commença de le tromper, au béguin, comme ça, pour rien, et elle y prit du plaisir, goûtant pour la première fois la volupté de choisir elle-même ses amants au lieu d'être choisie par eux.

Au fur et à mesure qu'augmentaient les ressources du ménage, ses goûts, d'ailleurs, s'affinaient et elle penchait de plus en plus vers les mâles, vigoureux certes, mais sachant témoigner ces attentions et cette délicatesse qui permettent aux femmes de mesurer mystérieusement l'attrait qu'elles exercent sur les hommes. En même temps, assez logiquement, elle éprouvait de moins en moins d'attirance pour Jo, pour qui elle devait souvent, comme autrefois avec ses clients, feindre le plaisir et jouer les mères poules.

Les choses en étaient là, lorsque Jo fut repris par l'engrenage de la violence.

Ses désirs de respectabilité marquant le pas, et ses fréquentations restant nécessairement les mêmes, il voyait sans cesse s'agiter autour de lui de jeunes candidats casseurs ou braqueurs qui le prenaient à témoin de leurs projets mirifiques. Certains étaient simplement stupides, d'autres irréalisables mais, dans le tas, il s'en trouvait de temps en temps d'assez séduisants.

Jo en discutait avec les jeunots, se renseignait, conseillait. Ce qui devait arriver arriva. Un de ces demi-sels, autrefois garçon de course au *Crédit général,* connaissait dans le détail l'organisation de ses agences de banlieue, les heures d'arrivée et de départ des fonds, le nombre et la qualité du personnel en place. Bref un plan tout prêt où il n'y avait plus qu'à passer à l'action. L'ancien garçon de courses suppliait Jo de prendre la direction des opérations. Trois doigts accepta. Deux de ses amis sortaient précisément d'une cure prolongée à la Santé et avaient le plus grand besoin de remonter leurs boules [1].

La bande écuma pendant quelques mois les agences du *Crédit général* de la périphérie parisienne. C'est alors que Le Flaour s'occupa de Jo et ne le lâcha plus jusqu'au jour où il le mit au tapis, en l'occurrence en prison, pour dix nouvelles années. Deux jeunes « julots casse-croûte » avaient eu le tort de profiter du relâchement que les nouvelles occupations de braqueur de Jo entraînaient dans la direction de son écurie, pour tenter de détourner du droit chemin ses pouliches les plus actives.

Mis au courant de son infortune à la fois par quelques amis et par la réduction sensible de ses revenus, Jo identifia rapidement les deux téméraires. Une mise en demeure verbale d'avoir à se désister en réglant une amende raisonnable resta sans effet et, une nuit, Jo cueillit les deux apprentis à la sortie d'un bar du 10e arrondissement. Deux balles de 11,43 mirent un terme à leurs activités pernicieuses.

Persuadé qu'il ne pouvait être soupçonné, confiant dans ses alibis, oubliant qu'il ne suffit pas d'essuyer l'extérieur d'une arme, Trois doigts commit l'erreur fatale de ne pas se débarrasser de son Colt 45 préféré. Le Flaour lui fit payer cher son ignorance de l'importance des empreintes laissées sur les cartouches.

---

1. Restaurer une situation financière compromise.

Jo arrêté, Francette une fois de plus se retrouva seule et dépouillée de tous ses biens. N'ayant pas le moindre sens des affaires, Trois doigts n'avait rien fait pour assurer son avenir ; la justice, les amendes, le fisc et les réparations accordées aux parties civiles eurent tôt fait de la rendre à sa condition première. Le caractère légitime de son mariage avec Jo avait son revers par la solidarité financière légale qu'il impliquait.

Pendant que Jo moisissait à Poissy, Francette avait donc, tout naturellement, repris du service. En fidèle épouse, elle avait d'abord utilisé ses gains pour assister son mari le mieux possible. Bonne professionnelle et fort belle de surcroît, elle n'avait aucune peine à se faire de coquettes semaines dans le 16ᵉ et le 17ᵉ arrondissement. Elle eut rapidement une clientèle d'habitués qui préférèrent retenir ses services par téléphone, ce qui la dispensa petit à petit d'arpenter le bitume.

C'est ainsi qu'un jour, sortant avenue Foch de l'hôtel particulier d'un de ses « amis », elle rencontra, par hasard, Pierre de Gardant, agréable quinquagénaire qui se montra aussitôt plein de prévenances à son égard. Pierre était le P.-D.G. et le principal actionnaire d'une affaire prospère de conserveries qui lui laissait à la fois beaucoup de revenus et de loisirs. De client privilégié, il devint rapidement l'ami puis l'unique amant de Francette. Follement amoureux d'elle, il ne supportait pas l'idée de la partager. Il l'installa douillettement dans un petit mais luxueux studio du 16ᵉ et entreprit même de la modeler à son idée. Francette prit des cours d'anglais, de tennis, d'équitation, s'accommodant fort bien d'une situation à laquelle ses qualités propres la destinaient, lui semblait-il, depuis toujours.

Sans doute, Pierre était-il marié, mais comme on l'est dans ce milieu bourgeois, avec une espèce de potiche froide et revêche à qui des « liftings » répétés n'arrivaient plus à donner qu'un sourire pincé sur une bouche qui ressemblait à une cicatrice.

Pierre avait promis de divorcer. Francette crut bien faire en décidant de l'y aider. Elle se fit faire un enfant. Cela se réalisa sans peine, leur passion réciproque n'étant nullement feinte.

Erreur fatale. Du jour où, commençant à grossir, elle lui

avoua sa future paternité, Pierre se découvrit mille empêchements professionnels et familiaux. Et les rares fois où il venait la rejoindre, c'était encore comme s'il était absent.

Francette était assez intelligente pour comprendre, et trop mal placée pour pouvoir changer le cours des choses. Fataliste, elle accepta, comme cadeau de rupture, le chèque substantiel qu'il lui adressa, avant de partir au Canada où il devait, comme par hasard, installer une nouvelle conserverie, le triomphe des francophones aux dernières élections ayant donné un nouvel essor aux relations économiques franco-québécoises.

Si elle ne se retrouvait pas sans ressources, Francette était à nouveau seule, du moins jusqu'à la naissance de son enfant. Mais la vie qu'elle avait menée durant ces deux années l'avait suffisamment marquée pour qu'elle n'en veuille plus d'autre. Elle désirait surtout ne plus se sentir, de près ou de loin, liée à Jo.

L'incarcération de son mari étant un bon motif, elle obtint un divorce rapide. Si la crainte lui vint d'éventuelles représailles, elle avait trop envie de sa liberté pour s'arrêter en chemin.

Une fois la liberté reconquise et l'enfant né — une jolie petite fille qu'elle prénomma Nathalie — il lui fallut cependant se remettre à travailler.

A l'époque où elle arpentait les Halles, puis plus tard les arrondissements chics, Francette avait entendu parler de quelques « Madames » qui s'étaient accommodées de la fermeture des maisons closes en créant des réseaux de call-girls. Pierre lui-même lui en avait parlé. Il les connaissait bien et avait l'honnêteté de le reconnaître. Il les tenait d'ailleurs pour des femmes fort utiles. Leurs organisations assuraient à la fois la discrétion et la sécurité. La discrétion parce que les « demoiselles » n'avaient pas à connaître la qualité de leurs clients mais seulement à satisfaire leurs goûts. Quant à la sécurité, les « Madames » entretenaient trop de bonnes relations avec d'éminentes personnalités et étaient pour la police de trop utiles confidentes pour constituer des proies possibles pour les ténors du proxénétisme classique. Lorsque les voyous se hasardaient chez elles c'était seulement par curiosité ou pour goûter à leur tour, en les payant pour une fois, aux plaisirs des bourgeois.

C'est donc chez l'une des « Madames » les plus réputées de Paris, Cynthia, que Francette fut agréée au terme d'un entretien dont elle se tira en parfaite putain mondaine. Grâce à Pierre de Gardant, elle se débrouillait bien en anglais, savait quelques mots d'allemand, connaissait au moins de vue la plupart des vedettes de l'industrie et du cinéma, et aussi celles des potins des journaux de mode. Elle était, en outre, toujours très belle et sa maternité, si elle avait quelque peu alourdi ses hanches, lui avait laissé un ventre plat et une poitrine orgueilleuse.

Dûment photographiée, de face, de dos et de profil par les soins d'un artiste spécialisé dans le nu artistique et mandé par Cynthia, elle devint, dans l'album de celle-ci, Madeleine Vallauris, dit « Mady », épouse malheureuse et délaissée, mais pleine d'appétit et de talent, d'un sexagénaire avare et poussif.

L'album de Cynthia était sans aucun doute le plus éclectique des répertoires de beautés pouvant faire passer quelques heures agréables à des messieurs bien sous tous les rapports. De la sculpturale et laiteuse Scandinave à l'Indienne authentique en passant par toutes les provinces françaises et la plupart des races américaines ou africaines, il y avait là de quoi satisfaire tous les goûts. Ces dames et demoiselles étaient pour la plupart des filles dont la galanterie était la seule occupation. Mais on trouvait aussi dans leurs rangs quelques starlettes en panne de contrat ou quelques comédiennes débutantes et sans rôle qui cherchaient chez les « amis » de Cynthia l'indispensable dépannage financier ou le mécène qui pourrait favoriser leurs aspirations artistiques dans le curieux milieu du « showbiz ». Il y avait enfin, bien qu'en très petit nombre, quelques dames dites du meilleur monde qui, sous le discret pavillon de Cynthia, arrondissaient des revenus chichement mesurés par un époux avare.

Les clients de la maison étaient très sensibles au côté

« bonne société » de leurs compagnes, et Cynthia, qui avait depuis longtemps compris tout le parti qu'elle pouvait tirer de leur snobisme, se montrait à ce sujet particulièrement imaginative. Combien ont cru ainsi gagner le septième ciel en compagnie de telle vedette petite ou grande du chant ou du théâtre, ou de l'épouse d'un personnage important ! La plus vague ressemblance était exploitée, accentuée par la coiffure ou le maquillage. Il suffisait à l'intéressée de connaître les grandes lignes d'une vie que les hebdomadaires à scandale fouillaient périodiquement, pour tenir son rôle avec succès, tout en exigeant de façon pathétique de ses partenaires un secret qu'ils gardaient d'ailleurs rarement.

D'une beauté très typée, « Mady » n'avait pas eu la chance d'entrer dans la peau d'un glorieux sosie ; son charme personnel lui avait néanmoins assuré une clientèle solide. Cynthia lui prenait certes le tiers de ses gains, mais elle dirigeait de main de maître son entreprise et « Mady » s'accommodait finalement fort bien de cette tutelle qui lui laissait quand même, l'un dans l'autre, son petit million mensuel hors taxes pour une moyenne de deux « entretiens » par jour avec des messieurs toujours discrets, bien élevés et fort agréables, même s'ils n'étaient pas toujours des amants impétueux.

Pour rompre complètement avec son passé et se mettre à l'abri d'une éventuelle relance de son ancien mari ou de ses amis, Francette liquida son studio du 16e et vint s'installer dans un trois-pièces, cuisine, salle de bains d'une cité HLM d'Asnières. Jo ne viendrait jamais la chercher dans une résidence aussi familiale.

Ses seuls luxes : le téléphone — mieux qu'un luxe : une nécessité, car c'est par ce moyen que chaque jour, en début d'après-midi, Cynthia lui fixait ses rendez-vous — et une voiture, une Lancia Fulvia qu'elle acquit à crédit avec ses premiers gains. Sans doute la discrétion dans laquelle elle souhaitait vivre se serait mieux accommodée d'une voiture moins voyante, mais Francette avait acquis auprès de Pierre de Gardant un goût affiné des belles choses, et un certain standing lui était nécessaire pour faire bonne figure auprès de sa patronne et de ses consœurs. Enfin, il faut bien le dire, elle avait, comme toutes les prostituées, le goût des voitures de luxe.

L'enfant, qui poussait bien, avait maintenant deux ans. Elle était prise en charge chaque matin par une nourrice du quartier et rendue le soir à sa mère qui l'adorait et avait ainsi trouvé la fixation affective qui lui avait manqué jusqu'à présent.

Les choses en étaient là et tout allait, somme toute, pour le mieux dans le monde marginal de la galanterie parisienne, lorsque Francette devenue « Mady » apprit par la presse l'évasion sanglante de Jo Trois doigts, puis l'assassinat de Nathan et le viol de sa fille mineure.

Bien qu'elle eût pris toutes les précautions possibles pour ne laisser aucune trace dans son ancien milieu, Francette, connaissant trop bien les possibilités des voyous et surtout la puissance de leurs moyens de persuasion, se sentit inquiète.

15

Jo s'ennuyait à périr.

Durant quarante-huit heures il n'avait pas bougé du bidonville de la Courneuve. Toutes les stations de radio parlaient de lui. Les titres les plus sanglants lui étaient réservés. Les Khenchela aussi avaient la vedette. Surtout Nathan. Tout y passait : son empire, son énorme fortune, les rumeurs qui couraient sur leur origine, mais prudemment les commentateurs se gardaient de les prendre à leur compte. D'ailleurs la police n'avait jamais rien pu prouver contre lui.

Les criminologues, sociologues et psychologues s'en donnaient à cœur joie. Jo s'entendait disséquer tout vivant. Paranoïaque, schizophrène, tueur-né, voilà ce qu'il était. Le Flaour lui-même vint raconter à RTL son échec qu'il espérait provisoire. Jo ricana et l'injuria.

On ne disait que peu de chose des deux autres frères Khenchela. Manifestement, ils ne tenaient guère à confier leurs états d'âme aux reporters.

Jo passa une grande partie de la première journée de sa nouvelle réclusion à examiner en détail les armes que lui avait procurées Alex. Le M 16 lui plaisait particulièrement.

Allergique par nature aux travaux intellectuels, Jo avait

d'instinct toujours été passionné par les armes et il connaissait pratiquement, pour chacune d'elles, la plupart des détails techniques : poids, portée, vitesse de départ et d'impact des projectiles et aussi leur « pouvoir vulnérant » comme disent les professionnels.

Le fusil d'assaut qu'il avait demandé et obtenu était du type M 16 A 1 *Sniper* spécialement mis au point par la firme Colt à l'intention des tireurs d'élite de l'armée américaine. Il avait toutes les qualités du M 16 classique quant à la légèreté — à peine trois kilos — sa maniabilité et sa précision tant en tir automatique en rafales qu'au coup par coup. Il était en outre équipé d'une lunette à fort grossissement fixée sur une embase qui remplaçait la poignée de transport. Cette lunette ou plus précisément cet « amplificateur de brillance », était du type *Star-Tron* pour vision nocturne. C'était la première fois que Jo en voyait une autrement que dans les revues spécialisées. Il admira la remarquable netteté de la vision. Il avait appris (tout s'apprend en prison) que ce système de visée avait été adopté par certaines brigades anti-commandos.

Lorsque la nuit fut tombée — et quand elle tomba sur le bidonville, ce fut vraiment la nuit noire — Trois doigts estima à deux cents mètres environ sa portée utile. De jour, il se sentait capable d'atteindre sa cible à cinq cents mètres, d'autant que le fusil était pourvu d'un bipied pliant en aluminium, à branches télescopiques permettant une sûreté de visée exceptionnelle.

Les quatre chargeurs étaient à trente coups chacun, de forme banane. Jo vérifia cartouche par cartouche leur contenu et leur fonctionnement, essuyant au fur et à mesure, à l'aide d'un chiffon, — il avait à ses dépens appris le coût de toute négligence en ce domaine — chaque pièce touchée et chacune des cartouches de 223 Remington dont le pouvoir perforant et dévastateur était saisissant eu égard à leur petit calibre, 5,56 mm, et au poids de la balle, à peine supérieur à trois grammes.

Quant aux deux grenades défensives, elles étaient du type en usage dans l'armée française, modèle 1937 modifié 46, comme l'indiquaient les inscriptions sur le corps ovoïde. La lettre T identifiait l'explosif comme étant de la tolamite et le bouchon allumeur automatique était à retard de cinq secondes.

L'armement vérifié, minutieusement essuyé et rangé à portée de main, l'attente se fit plus longue.

Jo dormit quelques heures, par à-coups, passant le reste du temps à fumer et à regarder dehors la nuit que ne trouait aucune lueur. Il supportait mal cette obscurité profonde et le silence qui l'entourait. Plusieurs fois, il dut lutter contre un tremblement convulsif et son habituelle migraine. Au petit matin il s'aperçut avec colère que sa boîte de suppositoires était vide.

A la fin du deuxième jour, le poste de radio donna, lui aussi, des signes de faiblesse, les piles sans doute. Trois doigts décida de n'écouter que les bulletins d'informations les plus importants à 7 heures, 13 heures et 19 heures. Son mal de tête reprit, lui vrillant les tempes, lui pilonnant la nuque. De petites taches noires et rondes troublaient sa vue, défilant à toute allure comme d'obscures étoiles lorsqu'il fermait les yeux. Il aurait dû acheter des suppositoires ou un quelconque calmant. Il fouilla furieusement la roulotte. Rien. Pas même de l'aspirine. Le vieil Alex n'avait pas pensé à tout.

Autour de la roulotte, dans le camp, Jo entendait grouiller le monde misérable qui l'entourait. Tapi derrière l'étroite fenêtre, il revivait des scènes de son enfance en voyant des mômes jouer à la passe anglaise, le couteau ouvert placé devant eux. Le souvenir lui revint aussi d'une de ses distractions favorites d'enfant de la zone.

Il émietta des biscottes et, dans une soucoupe, les trempa dans du lait concentré. Puis entrebâillant la fenêtre, il posa son appât sur l'étroit rebord et commença sa longue attente.

Ce furent d'abord des moineaux qui repérèrent l'assiette. Jo les laissa faire et n'intervint qu'au moment où, deux d'entre eux se battant, il put tromper leur vigilance. Prompt comme un chat jetant ses griffes, il lança sa main valide, la refermant et la ramenant dans le même geste. Un des piafs réussit à s'échapper. Quant à l'autre, Jo avait serré trop fort et le petit paquet de plumes était déjà inerte quand il ouvrit la main. Décidément, l'inaction forcée de la prison ne valait rien pour la rapidité des réflexes. Dépité, il jeta le moineau par la fenêtre et se remit à l'affût.

Au bout de deux heures, il avait capturé trois autres oiseaux qui s'étaient laissé étrangler en silence. Sa tête lui fit moins mal et il se choisit dans les conserves d'Alex, pour déjeuner, une boîte de thon à l'huile et une autre de cassoulet.

C'est à ce moment qu'Europe 1, à son bulletin de 13 heures, annonça que les obsèques de Nathan Khenchela auraient lieu le surlendemain. C'était l'événement « n° 1 » de la semaine. Presque des funérailles nationales.

Jo sentit un frisson d'excitation le parcourir.

Il abandonna son déjeuner à peine entamé et commença à s'habiller.

Jo avait longtemps caressé le projet d'une destruction massive et aveugle, à la grenade, du clan des Algérois. Mais les barrières dressées par Le Flaour l'en avaient empêché.

En outre, les réflexions auxquelles l'avait conduit son inaction forcée depuis qu'il était planqué dans sa roulotte, l'avaient convaincu que l'élimination individuelle des Khenchela constituait une vengeance plus délectable, plus terrifiante aussi pour les membres de leur organisation et leurs associés plus ou moins volontaires : chacun sait les ravages que peut causer une guerre de succession. Finalement, et bien qu'il n'en eût que vaguement conscience, Jo était entré en guerre contre un système, celui d'une pègre hiérarchisée. Lui qui estimait ne devoir qu'à lui-même la place qu'il s'était faite, il se sentait révolté par la puissance et la lâcheté de ces nouveaux industriels qui, à son avis, émasculaient le vrai Milieu.

Jo connaissait bien la morgue. Il avait assez souvent assisté à la levée de corps d'amis ou d'ennemis trépassés brutalement pour ne rien ignorer du cérémonial. Il savait aussi l'intérêt que porte la police à ce type d'événement. Le Flaour et quelques-uns de ses hommes seraient présents sinon visibles aux obsèques de Nathan, et les bobines des spécialistes de la photo et du cinéma seraient ensuite soigneusement épluchées. C'est plein d'enseignements pour les poulets, un enterrement, non seulement par ceux qui y assistent, mais aussi par ceux qui n'y sont pas. Les multiples recoupements ainsi effectués vont enrichir les dossiers de ces clients privilégiés qui possèdent au Quai des Orfèvres un compte toujours ouvert.

Fort de son expérience, Jo se promit d'en donner à Le Flaour pour son argent.

Une reconnaissance des lieux s'imposait car les marchands de béton vous transforment un quartier en quelques semaines, à plus forte raison en trois ans. Il en avait fait l'expérience dans le quartier des Halles.

Il jette un regard dans la glace. Avec sa moustache qui s'est singulièrement épaissie, les lunettes d'écaille à verres neutres légèrement teintés, le chapeau taupé à bords roulés et le costume anthracite découverts dans la roulotte et probablement préparés pour lui par Alex, il ressemble, malgré ses traits sauvages, beaucoup plus à un homme d'affaires qu'au chien enragé que toute la police traque et que la pègre redoute.

Il quitte la roulotte sans rien noter d'anormal et gagne sa 504 qu'il a garée à quelque deux cents mètres du camp de Marville. Un dernier coup d'œil dans le rétroviseur. Non, décidément, personne ne le suit. Il s'engage bientôt dans l'avenue Roger-Salengro, évite l'autoroute, gagne Saint-Denis puis la porte de La Chapelle.

Son mal de tête a reflué. Sa petite récréation avec les oiseaux l'a apaisé.

16

Pour un bel enterrement, c'était un bel enterrement.

Même le soleil était au rendez-vous et les fleurs ne cessaient d'affluer à la sortie de l'Institut médico-légal, quai de la Rapée. Les plus rares et les plus chères, de véritables monceaux que les employés des Pompes funèbres n'arrêtaient pas de ranger, voire d'empiler, quand il n'y eut plus de place des deux côtés de la porte. La plupart des chefs de brigades avaient depuis longtemps renoncé à exploiter les pistes qu'elles pouvaient offrir. Commandées par d'obscurs commissionnaires et payées en espèces aux correspondants *Interflora* de France ou d'ailleurs, ces gerbes et ces couronnes ne disaient que ce qu'elles voulaient bien dire.

Les amis arrivaient aussi, leur position sociale se devinait aisément aux somptueuses voitures qui, leurs éminents passagers débarqués, allaient se garer au parking voisin.

Teuf-Teuf, assis au volant de la DS, à côté de Le Flaour, avait rarement vu, ailleurs que dans les Salons de l'auto, autant de voitures de luxe. Il en commentait à mi-voix les marques et les prix à son patron plus attentif de son côté aux « belles gueules » qu'elles transportaient. Les de Tomaso Pantera, Ferrari 365 GT 4 2 x 2, Lamborghini, Countach, Aston-Martin 8, Maserati Khamsin, Mercedes 600 Pullman et même une Rolls-Royce Silver Shadow s'intercalèrent ainsi entre quelques Ford

Mustang, Citroën CX 2200 ou autres Peugeot 504, DS Pallas et Buick Skyhawk largement démodées en si haute compagnie.

Outre le remarquable échantillonnage de la pègre nationale ainsi amené sur les lieux, Le Flaour et Teuf-Teuf virent aussi descendre de quelques automobiles de grande remise, banales Pontiac, Cadillac ou Bentley de cérémonie, quelques figures étrangères, pour la plupart manifestement italo-américaines. Elles témoignaient de l'intérêt que la Maffia portait aux Khenchela et à leurs multiples entreprises qui jusqu'à présent avaient réussi à rester indépendantes de la « Cosa Nostra ».

Toutes les tentatives de la Maffia pour s'introduire en France s'étaient en effet jusqu'à présent soldées par des échecs. Bien sûr quelques personnages ambigus, à la frontière du monde du spectacle, de la politique et des grandes affaires, avaient bien tenté d'acquérir des boîtes à la mode, voire des casinos, pour des sommes énormes dont l'origine n'était que trop évidente. Mais ils s'étaient heurtés à un phénomène de rejet. Faisant taire ses querelles intestines, le banditisme français offrait pour une fois un front uni à l'envahisseur étranger. Le chauvinisme se réfugie où il peut...

La disparition du chef de file des Khenchela pouvait tout remettre en cause et permettre, les concurrents français étant de médiocre qualité, une intelligente coopération. Il va de soi que ce terme, en langage maffiosi, ne saurait signifier autre chose que complète intégration. De toute façon, l'enjeu était de taille et méritait bien quelques nouveaux investissements.

Rêveur, Le Flaour, qui avait son fichier « Interpol » bien en tête, constatait que si tout ce gratin du « Milieu » international possédait un casier qui n'était pas toujours blanc-bleu, il ne faisait pourtant mention d'aucune recherche actuelle. Il eût été vraiment trop bête, pour quelques ténors provisoirement dans l'embarras, de venir se jeter dans les griffes de la police française. Les fleurs des amis ainsi « empêchés » étaient les plus belles.

Le Flaour, aussi, avait bien fait les choses. Son collègue de la BRI lui avait prêté quelques hommes rompus aux transformations. L'échafaudage, dressé la veille sous le métro aérien, était occupé par de faux peintres. Les deux agents qui surveillaient la circulation sur le quai n'avaient d'officiel que l'uniforme. Parmi les journalistes eux-mêmes que l'événement avait attirés, un certain nombre de porteurs de caméras et d'appareils photographiques ne travaillaient en fait que pour le Quai des Orfèvres malgré leur ostensible brassard de presse.

Le Flaour lui-même avait renoncé à tricher. Il savait que sa présence ne pouvait pas ne pas être attendue. Il attendait paisiblement, à quelques mètres de la famille, auprès de Teuf-Teuf, dans sa DS banalisée.

La levée du corps était prévue pour 13 heures précises. C'était, pour les policiers, encore un déjeuner passé à l'as car Le Flaour avait placé son monde depuis midi et fait procéder sur place et aux environs à des multiples vérifications pour le cas où Jo Trois doigts se serait planqué quelque part.

Personne n'avait rien remarqué d'anormal et Le Flaour, tout bien pesé, pensait que le tueur n'aurait pas l'audace de venir jusque-là. C'eût été d'ailleurs un suicide : les poulets plus ou moins déguisés étaient tous armés, et un bon nombre des invités devaient également porter, sous leur veston bien coupé, une petite artillerie de campagne.

La porte de la morgue s'ouvrit. C'est toujours par cette porte arrière du bâtiment que l'on quitte les lieux, dûment recousu par le médecin-légiste et réfrigéré gratuitement par l'administration.

Au même moment, d'une modeste Renault 5, nouvelle Rolls des P.-D.G. effrayés par les encombrements, descendaient Elie, Zacco et Corinne. La jeune fille était encore marquée par les épreuves endurées quelques jours plus tôt. Physiquement elle avait été secouée et moralement plus encore. Sa terreur la reprenait par moments, mais elle se tenait bien droite, en tailleur et voilette noirs, entre ses deux oncles.

Elie et Zacco n'en menaient pas large. Ils ne pouvaient esquiver cette cérémonie sans déchoir. Le jugement de leurs pairs eût été impitoyable. D'autre part, c'est sur leurs épaules que reposait maintenant l'empire familial et ils savaient combien, leur frère disparu, ils devenaient vulnérables. Tous ces grands du Milieu, tous ces représentants de la Maffia italienne et américaine qui leur présentaient des condoléances attristées cherchaient déjà le meilleur moyen de se partager les dépouilles du mort, ou de secouer le joug qui leur était imposé depuis des années.

Quelques « associés » de la métropole supputaient déjà la reprise en main des boîtes de nuit, des hôtels de passe et des bars à filles dont ils n'étaient plus que les gérants. Pour d'autres, Corses ou Siciliens cantonnés sur la province ou l'étranger dans des activités identiques ou voisines, la disparition de Nathan permettait d'espérer une plus équitable répartition des territoires et des troupeaux.

Elie et Zacco étaient venus précédés d'une immense couronne d'orchidées. Des lettres énormes en feuille d'or rappelaient la vénération qu'ils portaient au disparu.

Fernand l'Américain, Moumoute, le géant chauve à perruque, et plusieurs hommes de main les entourèrent aussitôt, leur faisant un rempart de leurs corps. Soudain intéressé, Le Flaour reconnut dans leurs rangs Maurice l'Arménien : Jo ne lui avait donc pas menti, le petit barbiquet était bien monté en grade même si ce n'était pas le moment d'approfondir ce point d'histoire. Les porte-flingues eux aussi s'étaient livrés à un ratissage serré des lieux. Pas plus que les policiers, ils n'avaient aperçu Jo Trois doigts ou qui que ce soit de suspect, mais enfin mieux valait être prudents.

Le cercueil porté par quatre hommes des Pompes funèbres parut. Les frères Khenchela, là encore, n'avaient pas lésiné. Taillé dans un bois précieux, il était décoré de vermeil et muni de poignées du même métal.

La dépouille mortelle de Nathan fut posée précautionneusement sur une estrade tendue de velours violet et l'ordonnateur vint, avec des marques de respect proportionnées à la classe et au coût de la cérémonie, inviter la famille à se recueillir une dernière fois devant le corps, avant qu'il ne fût chargé sur le fourgon somptueux qui déjà manœuvrait pour s'approcher.

En tant que nouveau chef de la famille, il appartenait à Zacco, devenu l'aîné, de donner le signal.

Très droit, il quitta le groupe des porte-flingues qui l'entouraient et vint se placer au pied du cercueil où il se recueillit. Un frisson désagréable lui parcourut l'échine. Son frère mort était là, devant lui, et le même sort le guettait à tout moment. Il eût voulu se trouver dans une armure. Jamais encore il n'avait éprouvé ce sentiment. Et toute cette foule dans son dos accroissait son malaise. Il y comptait, il le savait bien, plus d'ennemis que d'amis.

La balle atteignit Zacco au milieu du dos, le projetant sur le cercueil.

Elie et les gardes du corps crurent un instant que la douleur le terrassait, mais la tache plus sombre qui s'élargissait au dos du veston les détrompa vite. Ils se précipitèrent.

Déjà Le Flaour avait sorti son Magnum 357 et rameutait ses troupes. Il fut le premier près du corps. La balle était entrée de haut en bas. En retournant Zacco, le policier le découvrit presque éviscéré par un trou plus gros que le poing. Il réprima un haut-le-cœur provoqué plus par l'odeur fade de sang et de tripes tièdes que par l'horrible spectacle.

En évaluant rapidement la trajectoire, Le Flaour vit qu'elle partait d'un immeuble en construction sur le quai de la Rapée. à l'angle de la rue Traversière.

— La vache ! Il s'est servi d'une lunette ! Cernez cet immeuble ! Vite !

Le Flaour donna rapidement ses ordres, envoyant ses faux peintres, ses faux gardiens et ses faux journalistes, rue Traversière, sur le quai, sur le boulevard Diderot. Gardant avec lui Lenôtre, le Dentiste et Polychrome, qui s'était transformé en une seconde en un fauve à l'affût, il s'élança au pas de course vers les charpentes de fer et de béton.

17

Jo n'était pas mécontent. Sa deuxième liquidation s'était déroulée au mieux et devant un public de choix. Il se sentait devenir un seigneur. La terreur et le respect allaient lui permettre enfin de prendre, dans le Milieu, la place qu'il méritait. Il allait leur montrer, à ces arrivistes et à ces bureaucrates, ce qu'un homme, même seul, pouvait faire ! Tiens ! ça le faisait rigoler toute cette armée de porte-flingues qu'il couvrait du canon de son arme et dont la plupart devaient faire dans leur froc sous le feu de cet ennemi invisible. Derrière un demi-mur en brique au troisième étage de l'immeuble en construction, il voyait, dans la belle lumière du mois de juin, la place de la morgue grouiller comme une fourmilière sur laquelle on aurait posé le pied. L'œil rivé à l'oculaire de la lunette *Star-Tron,* il en distinguait si bien tous les détails qu'il avait l'impression de se trouver au milieu des policiers et des voyous qu'il voyait courir en tous sens.

Il était quand même un peu déçu d'avoir dû commencer par tuer Zacco. Il eût préféré Elie, mais le fourgon noir qui manœuvrait allait lui fermer son angle de tir. C'était trop bête. Le dos de Zacco se présentait merveilleusement dans le croisillon de la lunette. Il était sûr de l'avoir tué. Oui, décidément, cette super-organisation dont on lui avait rebattu les oreilles, c'était de la merde. Il allait la foutre en l'air à lui tout seul et s'en réserver les meilleurs morceaux. Ras-la-gâchette des technocrates du mitan ! Ma parole on les laisserait faire et il n'y aurait bientôt plus que des pédégés chez les voyous ! Il était plus que temps de réagir. Avec deux ou trois potes solides et un flingue, lui, Jo Trois doigts, serait le nouveau roi d'un Milieu rajeuni.

Il ne percevait pas ce que sa philosophie du crime avait de rétro, d'archaïque même. A l'époque de l'ordinateur il en était encore à décompter sur son boulier primitif les ennemis qu'il éliminait. Ce n'était même pas le temps d'Al Capone qu'il voulait faire revivre, c'était celui de la conquête de l'Ouest.

Il eut un instant la tentation de rafaler au hasard dans la foule qui s'agitait mais la raison l'emporta. Si le Milieu pouvait accepter à sa tête un caïd qui met proprement ses affaires à jour, il ne pardonnerait jamais à un fou qui se livrerait à une extermination aveugle.

Avec un peu de regret, Jo quitta la position du tireur couché, abandonnant sur son bipied le sniper dont le canon se releva vers le ciel, sa crosse venant heurter le sol de ciment. Ça lui faisait un peu de peine de se séparer d'une si belle arme mais le quartier allait devenir brûlant et il aurait été stupide de sa part de prendre des risques inutiles. Il jeta à terre les gants qu'il n'avait pas quittés depuis son départ de la roulotte et, posément, comme un entrepreneur qui visite un chantier, redescendit au rez-de-chaussée, sa serviette noire à la main. Elle contenait à tout hasard le Merkuria CZ à 15 coups et les deux grenades défensives. Au cours de sa reconnaissance, la veille, il avait choisi ce chantier car il communiquait avec le parking de la gare de Lyon.

Par-dessus le tumulte habituel de la circulation, l'air était déchiré par les avertisseurs des cars de police qui convergeaient vers les lieux de la tuerie.

Pendant que les policiers achevaient le siège de l'immeuble et que Le Flaour et son équipe en entreprenaient l'escalade et la fouille, Jo montait dans sa 504 de louage et sortait tranquillement par la rue de Bercy, se dirigeant vers la place Lachambaudie.

Comme toujours, les plans de bouclage prévus pour de telles circonstances avaient fonctionné trop tard.

Le lendemain, Jo quitta le camp de bonne heure pour acheter *le Parisien libéré.*

Il avait droit aux premières pages. Sa photo s'étalait partout, y compris sur les affichettes des kiosques, mais il s'agissait du cliché qui avait été pris lors de sa dernière arrestation, voici trois ans, et cette publicité l'inquiéta à peine. D'ailleurs personne ne lui prêtait attention.

Trois doigts regagna sa roulotte et se délecta quelques heures de l'épouvante dans laquelle il avait plongé ses ennemis. Même les tueurs engagés par Elie devraient certainement être sur le point de lâcher leur patron qu'ils ne pouvaient plus considérer qu'en état de survie provisoire.

Jo se sentit tout gonflé d'orgueil. Du côté des Khenchela, il avait redressé la situation et le mitan ne pouvait que l'accueillir comme un chef. Mais il y avait un os dans le potage. Le Flaour n'était sûrement pas prêt de digérer ce nouvel affront commis, au surplus, à quelques mètres de lui.

A midi, une courte et prudente promenade lui permit de détendre ses nerfs et de découvrir, non loin du camp de Marville, un appareil téléphonique en état de marche. Dans ce secteur cela tenait du miracle. Il est vrai que la cabine publique venait manifestement d'être installée à un nouvel arrêt d'autobus. Trois doigts appela le bar des Peupliers. Il éprouvait confusément le besoin de partager son triomphe et demanda Alex de la part de Maxime. On le lui passa aussitôt. Le vieux receleur devait attendre son appel.

— Alors, Alex, tu as vu ?

— Oui, j'ai vu. Tu as un culot impérial, je peux pas te dire mieux. Ça va ? Tu tiens le coup ?

— Ça va, Alex. Je récupère dans ton gourbi, mais je commence à en avoir ma claque. T'as pas de nouvelles de ma salope de bonne femme ?

— Si, j'en ai. Je l'ai retrouvée. Un coup de pot !

Alex lui indiqua l'adresse de l'HLM d'Asnières et quelques détails sur la nouvelle vie de Francette et sur la bordelière qui utilisait ses services.

Peu importait à Jo de savoir comment Alex avait obtenu ces précieux renseignements. Seul, le résultat comptait.

— Bon, Alex, préviens cette mère maquerelle que sa pensionnaire va prendre quelques jours de vacances. Elle va être très fatiguée ces jours-ci, tu comprends ?

— Je comprends, Maxime, mais sois prudent !

Avant de le quitter sur la promesse d'un nouvel et prochain appel, Alex lui dit encore :

— Dans le métier, on ne parle que de toi. Tu peux prendre la place que tu veux, quand tu veux. Tu vois ce que je veux dire ?

— Je vois, Alex, mais j'ai encore quelques problèmes à régler.

Instinctivement méfiants, et connaissant par expérience les inconvénients et les pièges du « trop parler » en général et du téléphone en particulier, les deux hommes n'en dirent pas plus mais, au travers des mots échangés, chacun en avait raconté et appris beaucoup plus qu'il n'y paraissait.

Jo quitta la cabine et, à pied, regagna le camp de La Courneuve, s'efforçant de réfléchir froidement, sans passion, au problème que lui posait Francette.

Le fait qu'elle vivait seule devait faciliter leurs retrouvailles.

Le Flaour, quant à lui, n'en menait pas large. Le directeur l'avait fait sommer, par radio, de se rendre immédiatement à son bureau.

Laissant ses hommes procéder, par routine, à une enquête de voisinage sans grand espoir, il gagna le quai des Orfèvres. Le parking réservé devant l'entrée offrait le spectacle d'une telle pagaille, sous le regard impuissant de deux gardiens de la paix en faction, qu'il renonça à y pénétrer. Laissant la DS en double file sur le quai, il tourna un dos indifférent à un chauffeur de taxi qui s'arrêtait spécialement pour l'insulter.

Franchissant le porche de la P.J., il lui sembla que le gardien, généralement déférent, l'ignorait. La cour et le grand escalier lui parurent encore plus sinistres que d'habitude et l'air fuyant des quelques poulets qu'il rencontra acheva de le mettre en condition pour le savon qui l'attendait. Il ne fut pas déçu. Le directeur était furieux.

Le chef de la P.J. s'autorisait rarement des écarts de langage mais certains propos tenus par lui étaient, finalement, plus humiliants qu'un torrent d'injures. Le Flaour laissa passer l'algarade. Il n'eût fait, en voulant se justifier, qu'aggraver la situation.

Il put enfin placer un mot :

— Vous savez, monsieur le directeur, Zacco Khenchela, ce n'est pas une grosse perte. Ça fait cinq ans qu'on essaie, en vain, de le piéger...

— C'est ça ! Payez des tueurs à gages pour faire votre travail ! Mais c'est un aveu d'impuissance de la police ! Je sais bien que ce type mérite ce qui lui est arrivé ! J'ose à peine le dire, c'est peut-être même le seul moyen, puisque devant les tribunaux, à force de mensonges et de faux témoins, ces gros bonnets arrivent toujours à sauver l'essentiel, c'est-à-dire leurs vies ! Mais si vous laissez les truands s'exterminer entre eux, nous sommes discrédités, inutiles ! C'est Paris livré à la pègre sous l'œil complaisant de la police ! Et moi qui vous tenais pour l'un des meilleurs ! Grands Dieux ! Que peuvent valoir les autres ?

L'orage fut interrompu par la sonnerie claire du téléphone rouge, ainsi appelé non à cause de sa couleur, qui était noire, mais parce qu'il reliait directement le grand patron de la P.J. au préfet de police.

Le Flaour n'entendit pas ce qui venait d'en haut, et qui, sans doute, n'était pas agréable non plus. Mais le directeur se ressaisit vite.

— Vous savez, monsieur le préfet, il importait de faire sortir le tueur de sa tanière. Je préfère y être parvenu en sacrifiant un truand qu'un policier.

— ...

— Bien entendu, monsieur le préfet. J'ai de bonnes raisons de penser que nous sommes maintenant sur la bonne voie. C'est sans doute une question d'heures, de jours tout au plus. Mais je préfère défendre mon service devant les journalistes que de vous voir remettre des décorations posthumes dans la cour de la Cité.

— ...

— Comptez sur moi, monsieur le préfet.

Le directeur raccrocha.

— Vous avez entendu, Le Flaour. Je vous couvre encore une fois, mais ma situation ne sera tenable que si vous réussissez ! On ne transforme pas deux fois un échec cuisant en demi-succès.

« Vous pouvez disposer ! Je ne veux vous revoir ici qu'avec ce tueur mort ou enchaîné.

Le Flaour se leva du bord du fauteuil où pour une fois il n'avait pas osé s'enfoncer. L'heure n'était manifestement pas à la cordialité.

Tournant les talons il gagna la porte. La main sur la poignée, il fut surpris d'entendre dans son dos une voix soudain adoucie.

— Dites donc, mon vieux. N'oubliez quand même pas qu'après tout ça j'aurai encore besoin de vous...

Le Flaour fut reconnaissant à son chef de ne pas en dire davantage. Sans être superstitieux, et il ne l'était pas malgré les Korrigans de sa Bretagne natale, il y avait des mots qu'il préférait ne pas entendre. D'ailleurs il connaissait assez son patron pour savoir son peu de goût pour les décorations ou les promotions à titre posthume et pour deviner, sous l'apparence et les mots glacés, les inquiétudes qu'il éprouvait sans s'accorder le droit de les montrer.

Par le grand escalier maintenant désert Le Flaour regagna le Quai et décida de se rendre à pied au mess de la Préfecture de police, seul endroit où il pouvait encore, compte tenu de l'heure, espérer se restaurer.

Il ne prévoyait certes pas, voici quinze ans, à ses débuts

de jeune commissaire, les difficultés qui l'attendaient ni l'existence cahotante qui lui serait dévolue.

C'était un peu par hasard et sans rien en connaître que Le Flaour était entré dans la police.

La ferme paternelle dans les monts d'Arrée ne prédisposait en rien à la fonction policière et il n'existait dans sa famille, tous de solides paysans habitués à vivre d'une terre ingrate, aucune hérédité de ce type. L'engrenage avait été mis en marche quand le père, qui mesurait mieux en vieillissant les inconvénients de l'ignorance et les mérites de l'Université, l'avait expédié presque de force à Rennes. Le Flaour y avait fait sans joie des études de droit. Sa licence en poche il s'était demandé à quoi elle pourrait bien lui servir. Pour se débarrasser de la tentation de retourner trop souvent parmi les siens et de leur être ainsi à charge, il avait décidé de monter à Paris, comme le faisaient d'ailleurs chaque année quelques milliers de jeunes Bretons. Dans la capitale il avait d'abord tâté de la banque puis de l'assurance, mais il avait vite éprouvé un insurmontable ennui à devoir se contenter de manipuler des papiers et des bordereaux qui représentaient les biens et les problèmes de gens dont il ne connaissait rien. Dans un monde secoué de convulsions, plein de drames, de braves gens écorchés et de bandits en tout genre, il lui fallait autre chose. De l'action, mais aussi le contact direct avec cette pâte humaine sans cesse malaxée dans le pétrin quotidien. La police lui apparut comme le seul moyen de répondre à ses aspirations. Un concours de commissaire se présentait. Il s'y inscrivit : Reçu sans gloire, il commença à découvrir son métier après un trop bref stage de formation pratique dans les locaux de l'ancien hôpital Beaujon.

Fort heureusement, on a renoncé, depuis, à cette initiation quasi empirique qui consiste à livrer le policier à la seule providence lors de ses premiers pas dans le monde du crime. Ce problème qui fut longtemps, et revient d'ailleurs périodiquement au cœur des préoccupations ministérielles et syndicales, a été résolu par l'organisation d'un stage théorique d'un an doublé d'un stage pratique d'égale durée. Cette formule permet maintenant aux jeunes commissaires de prendre, sous la direction et la responsabilité de leurs aînés, la mesure de leur métier avant de l'affronter. Tous n'apprécient pas forcément l'internat initial d'un an imposé à Saint-Cyr-au-Mont-d'Or dans l'Ecole supérieure de police, mais aucun d'entre eux n'oserait nier les progrès considérables ainsi accomplis dans la formation des futurs chefs de la police. En outre, des stages septennaux de recyclage assurent aux policiers une mise à jour de leurs connaissances juridiques souvent émoussées par l'action quotidienne ou par la spécialisation de certains services.

Le Flaour n'avait pas eu cette chance. Il lui avait fallu apprendre son difficile métier dans des décors et des modes de vie encore dignes de Balzac ou d'Eugène Sue.

Une longue série de remplacements — c'était alors la règle — lui permit de découvrir tout d'abord les quartiers les plus sordides de la capitale, ses commissariats les plus vétustes et les plus sinistres. Du « quart » de « Bel-Air » le mal nommé, dans la rue du Rendez-Vous, à celui de la Gare, dans le boyau obscur et mal pavé du passage Ricaut, où il fallait bien du courage à un honnête homme pour s'aventurer la nuit, en passant par celui de la Goutte-d'Or que l'on croyait implanté en pleine Medina, il côtoya toutes les misères et toutes les déchéances... La « PP », comme l'appellent encore affectueusement les policiers parisiens dans une consonance très « série noire », ne gâtait pas spécialement ses jeunes recrues.

Accablé du matin au soir, et parfois du soir au matin, des doléances les plus diverses, témoin quotidien des drames les plus misérables, le jeune commissaire connut les heures sombres du découragement et du doute. Sous-équipés en matériel et en personnel, les « quarts » étaient comme un tamis au fond duquel ne restaient finalement que les affaires sans grand intérêt. Les brigades territoriales et les brigades de direction s'emparaient de celles qui impliquaient la mise en œuvre de techniques mieux élaborées et d'enquêteurs plus spécialisés. Entre sa machine à écrire (une Underwod vieille de 20 ans), les confidences ou les aveux des petits voleurs, des ivrognes, des vagabonds, des pères incestueux, des concubins ou époux en rupture violente de contrat, et ses transport diurnes et nocturnes sur les lieux des cambriolages, des suicides ou des morts pas très naturelles, Le Flaour vécut ainsi quelque trois années de vache enragée et de pain noir. Si ce régime était rude, il en fallait davantage à ce terrien plus rude encore pour que son découragement devienne une façon d'être.

Après les quartiers les plus défavorisés, Le Flaour accéda peu à peu à des commissariats moins déshérités. Mais il ne fit qu'entrevoir ceux des quartiers chics, fiefs de vieux patrons soucieux de s'assurer une fin de carrière sans secousse dans des secteurs où les gens bien élevés évitent en général, sauf grave dépression nerveuse, de se trucider la nuit.

Cette vie de jeune commissaire itinérant lui permit en tout cas de se faire une idée assez précise du fonctionnement de la police. Il ne risquait plus d'oublier les soixante « quarts » chers à Vidocq par lesquels chaque jour et chaque nuit la direction parisienne de la police se trouve informée du moindre événement et du moindre incident survenant dans la capitale.

Sans parc automobile, avec un personnel squelettique et des moyens souvent dérisoires, les « quarts » restent de merveilleuses antennes et il n'est pas prouvé que les quelques hôtels de police par lesquels on a regroupé, au niveau de certains arrondissements, les trois ou quatre commissariats d'autrefois, aient la même aptitude à prendre le pouls de leur territoire et de leur population, mais la nécessaire concentration de forces et de moyens ne permettait sans doute pas d'autres formules.

Le Flaour en tout cas n'eut jamais le sentiment de perdre son temps pendant cette période noire de sa carrière. Il lui arriva même, sans autre concours que celui d'un personnel réduit mais conquis par la passion qui commençait à le dévorer, de tirer au clair des affaires assez importantes, avant que les brigades spécialisées aient eu le temps de l'en dépouiller. C'est ainsi qu'il identifia et arrêta l'assassin d'une épicière dont la mort avait été astucieusement maquillée en suicide. L'auteur était, en fait, un petit neveu pressé d'hériter. Une autre fois il avait enquêté pendant des semaines sur le viol d'une fillette.

Ayant réussi à apaiser l'enfant et à devenir son indispensable ami et confident, Le Flaour obtint d'elle peu à peu les renseignements qui le conduisirent à l'auteur de ce crime particulièrement sordide. Ces succès donnèrent lieu à quelques explications aigres-douces avec les chefs des brigades territorialement intéressées, mais permirent aussi au Quai des Orfèvres d'apprendre qu'un certain Le Flaour, jeune commissaire breton, têtu et volontaire, faisait avec peu de chose du bon travail, dans des secteurs pourtant peu exposés au soleil directorial. On décida de le voir à l'œuvre d'un peu plus près, et le hasard ne fut pour rien dans sa désignation à des postes où son énergie et sa ténacité trouvèrent mieux à s'employer.

Quelques remplacements dans des brigades territoriales furent suivis d'affectations comme troisième, deuxième puis premier adjoint dans les grands services centraux, où ses patrons successifs, et à travers eux le Pacha, n'eurent qu'à se louer d'un commissaire aussi amoureux de son métier.

La brigade criminelle lui livra ses mystères et il y apprit ses méthodes d'enquêtes en matière de crimes de sang, de la mort la plus simple au poignard ou au revolver jusqu'à l'assassinat le plus élaboré par empoisonnement ou pendaison simulés, en passant par les massacres à la grenade ou à l'explosif. La voie publique le familiarisa avec le grand banditisme et le milieu national et international des truands, des braqueurs, des casseurs, des tireurs et autres voleurs professionnels en tout genre. La brigade mondaine enfin le fit pénétrer dans le monde pervers des trafiquants et des drogués et dans celui, plus complexe encore, de la prostitution et du proxénétisme les plus huppés comme les plus sordides.

Un dernier concours, celui de chef de service, auquel il fut cette fois brillamment admis, et voici quatre ans le grand patron, qui était jusque-là resté pour lui un pape inaccessible, lui avait demandé de prendre la tête de la 14ᵉ brigade territoriale. La proposition l'avait laissé stupéfait. Sa première réaction avait été de panique :

— Monsieur le directeur, vous me surestimez sans doute. Au centre de Paris et couvrant les Halles, c'est une des brigades les plus importantes de la capitale ! Je risque de vous décevoir !

— Mon cher Le Flaour, si je suis déçu, je n'en tiendrai rigueur qu'à moi-même. C'est que je me serai trompé dans mon jugement.

Le Flaour avait naturellement accepté et, depuis, sa nature de lutteur l'avait aidé, chaque jour, à ne jamais renoncer malgré les obstacles qui se dressent dans ce combat toujours renouvelé qu'est la vie d'un flic.

Il y avait d'abord cette énorme distorsion entre le nombre des enquêtes dont il était chargé et le personnel dont il disposait. Il supportait mal cette vertigineuse inflation qui faisait passer au sombre royaume des VR une quantité sans cesse accrue de dossiers dont personne ne pouvait matériellement s'occuper d'une manière sérieuse.

C'était là le début d'un « non service public » suivant la formule utilisée à un récent congrès syndical. Et sa brigade avait beau passer pour l'une des meilleures, Le Flaour savait fort bien que sur les quatorze mille plaintes annuelles traitées par son personnel, quarante pour cent seulement aboutiraient à l'arrestation des auteurs. Il savait aussi qu'à l'échelle hexagonale cela faisait tout de même plus d'un million de méfaits petits et grands qui passaient chaque année par pertes et profits ! Il restait bien sûr la consolation de se dire que la situation était bien pire chez nos voisins allemands, danois et suédois. Mais était-ce vraiment une consolation ?

Il y avait encore les bâtons, sans cesse plus nombreux, qu'au nom des sacro-saintes libertés individuelles on introduisait dans les roues de la machine policière, comme si celle-ci avait eu pour seul but de tracasser systématiquement l'honnête citoyen plutôt que les voyous qui attentent à sa vie, à sa sécurité et à ses biens. Bien des fois, Le Flaour avait failli s'emporter contre cette société suicidaire apparemment plus préoccupée par l'humanisation de son système pénitentiaire et la défense de ses parasites que par sa propre protection. Il s'était dominé, ravalant sa colère pour ne pas altérer le moral parfois précaire de ses troupes. Il préférait comparer leur mission à une course automobile hérissée d'obstacles dont le nombre, en croissant, augmentait d'autant la valeur sportive de la voiture victorieuse.

Au demeurant il n'était pas réfractaire aux grandes idées de la criminologie moderne, et lorsqu'on lui disait qu'il fallait marcher avec son siècle il ne lui était jamais venu à l'idée de plagier irrévérencieusement Aristide Briand en demandant : « Dans quoi ? ». Non. Flic moderne, certes il l'était, mais ni tonton macoute ni criminologue nébuleux et irresponsable. Il était plutôt un chasseur que ne rebutent ni les règles de plus en plus complexes du jeu ni la ruse croissante du gibier.

Il se demandait bien parfois à quoi lui servaient ses études universitaires dans un tel métier. Ses diplômes de droit lui faisaient l'effet d'un jeton que l'on introduit dans un portillon pour qu'il vous permette d'entrer mais qui, ensuite, ne vous sert strictement plus à rien. Sa femme (il l'avait connue à l'université de Rennes et elle n'avait jamais très bien compris pourquoi il s'était lancé, tête baissée, dans le grand maelström policier), avait tendance, pour sa part, à penser qu'il s'agissait d'un prétexte destiné à lui permettre d'échapper aux pesanteurs familiales.

Le Flaour faisait ce qu'il pouvait pour l'en dissuader, avec, il faut bien le dire, au fil des années, de moins en moins de conviction. Heureusement ses deux garçons grandissaient, et quoi qu'il ne les vît que trop rarement, il sentait qu'ils le comprenaient. Ils avaient le bon goût de ne pas compliquer davantage encore les choses par ces poussées de fièvre sentimentalo-politiques qui, de nos jours, sèment la panique dans les foyers.

En somme, une vie familiale sans histoire mais aussi sans grande joie. En cette tumultueuse fin du XXe siècle, on ne peut, tout à la fois, être flic et jouer à *Love Story*.

18

Au bar bourdonnant de la police, sous les tours de Notre-Dame, Le Flaour épongea coup sur coup deux whiskies et se bourra les poumons de fumée.

Son collègue du 12e arrondissement le rejoignit bientôt. Avec son mètre quatre-vingts, Le Flaour le dominait d'une bonne tête mais l'autre appartenait à la catégorie des nerveux.

— Eh bien, mon salaud ! Tu mets Paris à feu et à sang ! Tu ne pourrais pas choisir un autre moment que l'heure du déjeuner pour tes sauteries ?

— Ça va, ça va. Tu veux peut-être un billet aux premières loges pour la suivante ?

— Non merci, Le Flaour. Voilà : ton type a été ajusté de première. La balle a pulvérisé la colonne vertébrale avant de lui sortir les tripes du corps. C'est une balle de fusil M 16, le fusil d'assaut américain, et cette munition a la particularité, en raison de son faible poids et de sa grande vitesse initiale, de se déstabiliser au moment de l'impact. Il en résulte une énorme cavité comme pour une balle expansive. Il n'a pas souffert, le Zacco. Tu vois ?

Il voyait très bien, Le Flaour. Un bar enfumé, bourré de policiers dont le zèle se heurtait à trop de contraintes. Une nouvelle génération du truands intouchables tissant sur Paris-sur-Crime leur toile malfaisante. Une société consentante qui ne percevait pas le danger. Son impuissance l'effrayait.

— Du coup, poursuivit l'autre, j'ai fait remettre les deux corps au frais et renvoyé l'enterrement à plus tard. Ça te donnera le temps de te retourner et à Elie la possibilité de se soigner, car il n'en mène pas large. Il a fallu le porter pour l'emmener, et la jeune fille est repartie en ambulance à l'hosto. J'ai cru bon de la faire garder.

— Tu as bien fait, quoique je ne pense pas qu'elle soit menacée. Jo Trois doigts l'a déjà violée dans des conditions tellement ignobles qu'il doit se sentir vengé de ce côté-là. Au fait, tu n'as pas de nouvelles de ce dingue ? Tu as vu mes gaziers sur place ?

— Oui, ils arrivent dans quelques minutes.

Effectivement l'équipe de la VP arrivait. Pas plus fière que cela.

Polychrome, de nouveau disloqué par l'échec, avait récupéré les gants de peau noire et l'arme qu'il avait enveloppés dans un vieil exemplaire du journal *l'Equipe*. Dépliant les photos d'Eddy Mercks et de Poulidor, Le Flaour siffla d'admiration.

— Nom de Dieu, tu parles d'une artillerie ! Je n'en avais encore jamais vue de ce type ailleurs que dans les revues.

Le Dentiste, que ses qualités de tireur d'élite avaient conduit à étudier la plupart des armes modernes en circulation dans le monde, énuméra de mémoire les vertus de la carabine M 16, puis Polychrome enveloppa de nouveau le fusil avec précaution dans son *Equipe*.

Le Flaour resta un moment perdu dans ses pensées.

Il n'y avait pour lui aucun doute sur l'identité du tueur. Il se demandait pourtant comment il ferait, le moment venu, pour asseoir concrètement cette certitude et la faire partager à la justice, face au bataillon de grands avocats qui ne manqueraient pas d'exploiter toutes les lacunes du dossier.

Facile, par exemple, d'imaginer qu'un autre ennemi des Khenchela, et ils n'en manquaient pas, ait choisi cette occasion pour régler à bon compte celui des Khenchela en faisant porter le prix de leur extermination sur l'ardoise de Jo Trois doigts.

Naturellement cet X... demeurerait inconnu et pour cause, car ce n'est jamais à la défense d'apporter la preuve de ce qu'elle avance. Il suffit que l'hypothèse soit vraisemblable et devant les « Assiettes » [1], tout est possible.

Même le meurtre de Nathan pouvait être contesté. Le Flaour n'avait comme preuve matérielle que la voix sur le magnétophone. C'est un élément toujours discutable. Un bon avocat sait crier au montage et à la machination policière. Quant à la fille qui s'est fait violer par-derrière, elle n'a pas vu le violeur et il est probable qu'elle aura reçu des instructions précises pour ne pas accuser Jo, le tueur ne pouvant être abandonné par le clan des Khenchela à la justice officielle jugée trop clémente et trop lente par le Milieu.

Combien de fois dans le passé avait-il vu l'accusé sauvé par ses propres ennemis, quelquefois malgré ses propres aveux ! Acquitté malgré lui, le voyou savait ce qu'il l'attendait dès l'instant où la porte de la prison ne le protégerait plus.

Oui, décidément tout cela n'était pas brillant.

Le Flaour décida de garder pour lui ses réflexions amères. Il ne s'agissait pas de décourager ses troupes. Il se secoua.

— Bon, les gars. Un type qui abandonne un matériel pareil est manifestement bien équipé. Il cherche à laisser derrière lui le moins possible d'indices réellement compromettants. A mon avis il n'obéit pas seulement à la haine contre les Khenchela. Il cherche à prendre leur place en s'imposant par la terreur dans le Milieu. Il n'a sans doute pas les moyens de remplacer un Nathan, mais ça il ne s'en rend pas compte. A nous de trouver le défaut dans le plan qu'il semble avoir dressé.

L'abattement ne durait jamais bien longtemps au groupe de la VP. Déjà l'instinct du chasseur les reprenait. Ils se rapprochèrent de leur chef.

— Poli, dit Le Flaour en s'emparant de *l'Equipe,* tu vas emmener cet engin à l'identité judiciaire. Qu'on me le désosse pièce par pièce et le chargeur balle par balle ! Jo s'est déjà fait avoir de cette façon ! Merde ! Quelqu'un y a touché à cette

1. Cour d'assises.

pétoire ! Fouille-moi ça à fond. Pendant ce temps, Timor, tu montes à la Mondaine et tu essaies avec les collègues de la Galanterie [1] de me retrouver Francette.

— Bien, patron ! Mais si on mangeait un morceau avant ? Il n'y aura personne de disponible à l'identité judiciaire avant 15 heures.

Malgré sa morphologie longiligne, Polychrome était doté d'un appétit colossal que n'altérait aucun événement, si grave fût-il.

— OK. Allons tous casser une croûte. Tu as raison, moi le sang ça ne me nourrit pas.

On leur servit du boudin. A cette heure-là, c'était tout ce qui restait.

Le Flaour parti, le directeur resta longtemps devant sa fenêtre ouverte sur la Seine, à regarder rêveusement le lent mouvement des péniches et des bateaux dans le soleil printanier.

Il avait téléphoné au Racing pour annuler sa participation aux tournois de tennis de la semaine, prétextant une légère foulure du poignet. En fait, il était inquiet, très inquiet.

L'affaire de Jo Trois doigts n'était sans doute qu'une péripétie dans la vie quotidienne de Paris-sur-Crime. Le tueur était seul ou presque. Ce qui inquiétait davantage le Pacha c'était l'empire occulte auquel il s'attaquait et dont on connaissait de moins en moins les rouages. Les manifestations criminelles isolées ou collectives du grand banditisme moderne n'étaient en fait que les éruptions incontrôlées d'un redoutable volcan sur lequel dansait ou dormait, dans une paix précaire, une humanité inconsciente.

Le Pacha avait vécu aux premières loges, celles de la brigade criminelle, les convulsions sanglantes des milieux corse, lyonnais, marseillais ou stéphanois de l'après-guerre. La simpli-

1. Groupe d'enquêteurs de la brigade mondaine, chargés de la surveillance des milieux « galants » de la capitale, en dehors de la prostitution classique.

cité du jeu était telle qu'il eût pu à l'époque annoncer tous les coups et en désigner tous les auteurs et il suffisait d'une douzaine d'indics bien placés, faciles à recruter — et que la Sûreté nationale et la Préfecture de police se disputaient d'ailleurs âprement — pour savoir si c'était Emile Buisson, Paul Dellapina, Jo Attia, Ange Salicetti, et autres « seigneurs » qui avaient commis tel ou tel hold-up. Bien sûr la preuve judiciaire constituait une autre affaire mais les cartes de l'adversaire étaient bien connues.

Les choses avaient changé. Les stupéfiants, le proxénétisme, le jeu étaient devenus autant de domaines où le banditisme industriel s'était installé, développé sous des formes de plus en plus insaisissables. Le Pacha en arrivait à se demander s'il n'aurait pas un jour sa place dans les jeux complexes de la politique. L'exemple de l'Amérique l'obsédait. Ce que le Pacha savait de la Maffia américaine, de ses techniques de récupération, d'élimination, voire d'infiltration dans tous les grands corps de l'Etat américain, lui faisait tenir pour un miracle toujours renouvelé les échecs de toutes les tentatives de la « Cosa Nostra » de jeter en France une tête de pont. L'extermination des Khenchela et le chaos qui en résulterait pouvaient bien annoncer, pour bientôt, la naissance d'une multinationale du crime qui, assistée d'experts financiers internationaux, serait à même de peser sur les destinées politiques de l'Occident.

Ses graphiques lui rappelaient chaque jour qu'en dix années de direction il avait vu doubler l'ensemble de la criminalité. Les plus impressionnants des méfaits — les hold-up — s'étaient multipliés par treize, les vols à main armée par quatre, de même d'ailleurs que toutes les appropriations astucieuses par le jeu de la délinquance économique et financière. Dernier en date, le problème des stupéfiants menaçait, comme en Amérique, une certaine jeunesse à laquelle d'ailleurs il était difficile d'en vouloir dans cette société d'abondance où les médias et la publicité flattaient souvent avec indécence les appétits les plus simples.

Cette dégradation dont il était, en tant que chef de la police criminelle, l'observateur privilégié, évoquait irrésistiblement pour le Pacha la ruine du Bas Empire romain. Mais ses craintes prudemment exprimées n'avaient rencontré en haut lieu que des sourires sceptiques. L'amélioration nécessaire de la condition pénitentiaire et la réinsertion sociale étaient à l'ordre du jour, et il avait souvent la désolante impression de se tromper tout à la fois de théâtre, de pièce et de rôle.

En soupirant, le Pacha referma sa fenêtre sur le grondement des voitures dont les chevaux-vapeur polluaient au-dessous de lui un quai des Orfèvres complètement bloqué. Ses lunettes remontées sur le front, il considéra une fois de plus ses inquiétants graphiques. Anodins et sans signification pour un profane, encourageants pour un industriel qui y verrait sans nul doute les signes d'une affaire en pleine expansion, ils étaient pour lui une menace permanente que lui rappelait chaque mois l'obscur statisticien qui venait, d'un trait de couleur, accentuer telle aggravation ou, plus rarement, amorcer telle régression.

N'avait-il pas tort, après tout, de se laisser mobiliser par la crainte du Milieu renaissant ? Cette poignée d'industriels de la pègre moderne justifiait-elle tant d'inquiétude ?

Le danger n'était-il pas plutôt dans la prolifération des petits casseurs, braqueurs et voleurs qui, au mépris des règles les plus primaires du métier, mitraillaient inutilement leurs victimes, défonçaient bruyamment avec une auto volée les vitrines des bijoutiers ou des fourreurs et s'esclaffaient de la terreur qu'ils provoquaient ? Ces paranoïaques du crime étaient autant de grenades dégoupillées roulant sur l'asphalte parisien. La moindre alerte ou la plus petite contrariété risquaient à tout moment de transformer en hécatombe le festival de ces têtes brûlées.

Ces bandes, qu'elles fussent de Belleville, de Ménilmontant, de Montreuil, de Montrouge, de Saint-Ouen, d'Aubervilliers ou d'ailleurs, étaient en fait l'incubateur de la criminalité de demain. Les moins aguerris disparaîtraient prématurément, surpris par la mort ou la prison. Les plus pervers tiendraient, un bref instant, la vedette, sinistres et éphémères héros des faits divers. Mais les plus intelligents — c'est-à-dire les plus nocifs — s'intégreraient à leur tour, en prenant de l'âge, dans les bandes new-look du style Khenchela. Ils y deviendraient des fonctionnaires anonymes du crime, à l'abri des structures d'un nouveau Milieu peut-être plus dangereux que le précédent parce que moins ostensible, moins connu, presque invisible. On en revenait toujours là.

Or le directeur avait le sentiment déprimant d'être de moins en moins renseigné sur le monde bouillonnant et clandestin de l'industrie du crime. Il n'ignorait pas qu'il payait ainsi le juste prix de quelques têtes de policiers imprudents qu'il avait fallu livrer au conseil de discipline ou à la justice : leurs succès spectaculaires sur la pègre s'expliquaient trop bien par des liens par trop équivoques avec le Milieu. Eternel écueil de la « pénétration » qui fait que le policier, sur sa lancée ou poussé par quelque main traîtresse, trébuche parfois sur la fragile barrière qui sépare ce qu'il peut tenter de ce qu'il ne doit pas faire...

Le Pacha ne voyait pourtant pas, dans la panoplie des techniques modernes, d'autre moyen pour tenter de comprendre les jeux complexes qui se déroulaient dans l'ombre chez l'adversaire. A condition bien sûr que les indicateurs de police — le directeur n'aimait guère l'abréviation vieillotte et argotique d' « indic » — cessent d'être maniés au jour le jour, à la sauvette et à des niveaux trop subalternes, dans la fièvre et l'improvisation de l'actualité criminelle.

Bien sûr, il y avait également l'exemple de l'Allemagne fédérale ou même de la très démocratique Angleterre où la police en est arrivée à organiser des émissions de télévision consacrées à certaines affaires qu'elle ne peut résoudre seule. Exhibant sur les écrans le contenu de ses dossiers, les indices, signalements et portraits-robots en sa possession, elle convie l'ensemble de la population à chercher avec elle des aiguilles dans une meule de foin. Fuite devant des responsabilités trop lourdes ? Volonté de neutraliser l'opinion en la rendant complice ? Détermination d'aboutir même avec des moyens insolites et juridiquement discutables ? Sans connaître la réponse, le Pacha espérait pouvoir éviter cette collective chasse à l'homme. Peut-être les progrès de l'informatique dans l'exploitation des fichiers, des indices et des signalements en donneraient-ils les moyens.

Il gagna son bureau, s'installa dans son fauteuil tournant à haut dossier. La vengeance de Jo Trois doigts ne bouleversait pas les problèmes de fond qu'il affrontait. Autrement préoccupantes dans l'immédiat étaient les suites directes de la folle cavale du fauve lâché dans la capitale. Pourvu qu'aucun innocent ne soit abattu dans la rue au cours d'une bataille rangée ! Pourvu qu'aucun des policiers lancés sur les traces du tueur n'y laisse sa vie !

Chassant ses pensées moroses, le Pacha se plongea dans l'étude de l'énorme dossier constitué par la Direction de la surveillance du territoire sur l'activité en France des mouvements terroristes palestiniens et autres.

Il serait excessif de prétendre qu'il y trouva l'occasion de se réjouir.

19

— Bonjour, salope !

La voix rocailleuse la pétrifia et une terreur sans nom la submergea. Il était là, dans son dos. Figée devant sa boîte aux lettres, Francette n'osait même pas se retourner. Les clés lui tombèrent des doigts et elle dut s'appuyer au mur, les jambes fauchées.

De sa main mutilée, Jo la fit pivoter durement et accrocha son regard épouvanté.

— Alors, madame Vallauris ? On ne reconnaît plus son mari ? On joue les bégueules ?

Il ricana, un sourire méchant découvrit ses dents sous une moustache qu'elle ne connaisait pas. Elle le regarda mieux. L'œil toujours aussi fixe était strié de rouge. Aux commissures des lèvres et de part et d'autre du nez, les plis s'étaient encore creusés. Le cheveu noir et fourni grisonnait mais le torse qui remplissait le blouson restait toujours aussi musclé et la taille aussi mince.

— Bonjour, Jo, réussit-elle à articuler en dominant sa peur.

— Ah ! quand même ! Bon, c'est pas tout ça, les effusions c'est pour plus tard. Rentrons chez toi.

Il la poussa devant lui dans l'escalier. Francette n'eut même pas l'idée de refuser, ni de crier, ni de faire quoi que ce soit.

La peur ? Oui. Mais aussi quelque chose de plus profond, de viscéral, ce quelque chose qui faisait qu'elle et lui étaient du même monde, pétris dans la même pâte. Bien sûr, elle était sortie du Milieu, mais au fond d'elle-même elle savait que rien ne pourrait couper ce cordon ombilical qui l'unissait à lui. Et puis, Jo était l'homme qui le premier l'avait vraiment conquise, satisfaisant à la fois ses désirs de femme et son besoin de domination.

Elle se méprisait d'être aussi lâche, elle qui tout à l'heure encore se pensait libre. Elle se méprisait, mais son instinct la poussait vers lui.

Jo la regarda ouvrir sa porte puis, la poussant brutalement à l'intérieur de l'appartement, sortit le Merkuria.

— Tu restes là ! Ne bouge pas et ferme ta gueule ! proféra-t-il à mi-voix.

L'arme au poing, il fit à pas rapides et silencieux le tour du petit trois-pièces, ouvrant toutes les portes y compris celles des toilettes, de la salle de bains et des placards. S'étant assuré qu'il n'y avait personne d'autre dans les lieux, il remit son arme à sa ceinture et revint vers Francette qui était demeurée immobile et tremblante dans l'entrée. Sans transition, se plaçant en face d'elle, il lui administra deux gifles à lui décoller la tête. Sous le choc, ses larmes jaillirent et constellèrent le mur.

— Jo ! soupira-t-elle. Je t'en prie, arrête !

— Ta gueule, ordure ! C'est un avant-goût de ce qui t'attend. Tu sais ce que ça coûte de laisser tomber son homme.

— Jo, gémit-elle.

Elle se laissa tomber à terre, se traîna à genoux vers lui, lui enserrant les jambes de ses deux bras. Jo, d'un coup de genou en plein visage, se libéra.

Le nez de Francette se mit à saigner, et le sang se mêlant aux larmes ravina le maquillage.

Il la releva d'une main et de l'autre lui arracha son léger

manteau. Elle apparut moulée dans une courte robe orange qui mettait en valeur son corps ravissant.

Le regard fou et les mâchoises crispées de son mari lui firent soudain craindre le pire. Certes elle savait que Trois doigts était violent, sauvage même parfois, mais les liens mystérieux qui les unissaient lui avaient jusqu'à présent épargné les séances de correction systématiques que Jo prodiguait périodiquement à ses autres femmes. Elle avait mesuré par là, bien avant qu'il fasse d'elle son épouse légitime, qu'elle était pour lui beaucoup plus qu'une banale « gagneuse ». Elle n'en était pas moins épouvantée par ce qu'elle avait appris et vu de son sadisme, en écoutant et en voyant ses consœurs moins privilégiées.

Mais le temps n'était plus aux embrassades ni au terrorisme verbal. Selon toute vraisemblance elle allait connaître, à son tour, le sort commun aux prostituées qui se rendent coupables d'un quelconque « manquement » à la règle. Sa mémoire lui restituait en vrac les images de quelques copines remises au trottoir après un atroce passage à tabac et dissimulant sous leur mauvaise fourrure leurs plaies douloureuses. La voix blanche de Jo la fit sursauter :

— Déshabille-toi !

L'ordre claqua comme un fouet. Elle commença à se dévêtir, pendant qu'immobile il la regardait, reprenant possession, des yeux, de ce corps qu'il estimait être toujours son bien.

Lorsqu'elle fut nue, le visage noyé de sang et de larmes, la poitrine tressaillant au rythme des sanglots qu'elle essayait de ravaler, il déboucla sa ceinture, l'arracha d'un geste prompt et la fit claquer. Puis la prenant par le cuir, il fit siffler la boucle dans l'air.

— Non, Jo ! Pas ça ! implora-t-elle, en essayant de se jeter de nouveau à terre.

Il la rattrapa par les cheveux et, la tenant à bout de bras, commença à la frapper.

— Tais-toi ! Si tu continues à gueuler, je t'assomme.

La boucle se levait et retombait, s'incrustant dans les

chairs. Son dos ne fut bientôt plus qu'un damier sanguinolent.

De ses deux mains, Francette essayait de protéger ses seins, tournant et sautant dans l'étroite entrée, comme une mouche dans un bocal. Une horrible nausée lui vint et elle vomit. Puis les murs se mirent à tourner, le plafond rejoignit le plancher. Elle s'effondra, évanouie.

Gagnant la cuisine, Jo y remplit au robinet la première cuvette qu'il trouva et, à la volée, en projeta le contenu au visage de sa femme. Francette gémit et ouvrit les yeux.

— Non ! Non ! cria-t-elle, et il y avait dans sa voix toute l'angoisse du monde.

Jo jette sa ceinture.

Ce petit exercice a fait disparaître le martèlement lancinant de ses tempes et le spectacle de sa femme nue dansant autour de lui, sans pudeur, ce strip-tease de la terreur lui a séché les muqueuses.

— A genoux !

La voix est brève et sans réplique. Francette se laisse glisser à terre, le visage au sol. En minces ruisselets zigzaguant, le sang coule le long de son dos et tombe en gouttelettes sur le tapis.

Soudain elle hurle, se mordant la bouche sous la douleur. Sans autre préalable, Jo vient de la sodomiser.

Elle avait, dans son métier, permis à ses partenaires toutes sortes de fantaisies mais jamais celle-là. Quelques-unes de ses « consœurs » n'avaient pas cette réserve. Mais Cynthia le savait bien, et parmi ses multiples talents de bordelière, elle avait celui de guider le choix de ses clients vers le type de fille qui convenait le mieux à leurs goûts ou à leurs caprices. Même quand elle recrutait elle-même ses clients, Francette avait eu le flair nécessaire, et peut-être la chance, de ne pas accepter les vicieux qui, la porte close, se seraient transformés en sadiques dangereux. Cette ultime réserve était sans doute ce qui lui permettait, sans se l'avouer, de ne pas se considérer comme totalement prostituée et Jo lui-même, du temps où une commune passion les jetait à tous moments dans une sorte de délire sexuel, n'avait jamais pu la posséder aussi totalement.

Pour la première fois de sa vie de prostituée, elle se sentit submergée de honte.

— Bon. Passons aux choses sérieuses. Donne-moi à boire et écoute-moi bien.

Très calme maintenant, Jo joue avec le Merkuria. Il s'est assis dans la salle de séjour, dans un fauteuil, face à la fenêtre donnant sur la rue.

Francette, après un passage à la salle de bains, s'est revêtue. Son corps lui semble être une vaste plaie brûlante, mais le visage, à part le nez rougi et douloureux, est intact encore que défait.

Elle va prendre en tremblant une bouteille de whisky, la pose près de Jo sur la table du salon et ramène de la cuisine quelques cubes de glace et un verre. Docilement, elle le sert. Il boit et se ressert lui-même.

— Tu as du pot finalement, Francette. Ma première intention, quand j'ai fait la belle, était de te sécher comme les Khenchela. Comme eux tu m'as trahi, tu m'as laissé tomber. En plus, tu es allée te faire engrosser par un cave.

Il arrête de la main ses protestations.

— Donc j'avais l'intention de te flinguer, mais il fallait d'abord te trouver. C'est pourquoi j'ai commencé par les autres. Je suppose que tu es au courant.

Elle incline affirmativement la tête.

— Bon, il m'en reste un à dessouder : Elie. Il a dû rentrer dans un terrier quelconque. Il faut donc que j'attende. D'autre part j'ai cet enfoiré de Le Flaour aux fesses. Je suppose qu'il remue ciel et terre pour me retrouver. Il ne me fera pas de cadeau après le cirque que je lui ai monté.

Songeur, Jo Trois doigts fait tourner son verre de whisy dans sa main valide.

— Moralité, conclut-il, il me faut une planque sérieuse, inconnue des poulets, et où je peux être sûr qu'on ne me balancera pas. Alors, voilà, je renonce à te tuer et tu me planques. Naturellement, si tu me balances, le marché ne tient plus. Qu'est-ce que tu penses de mon idée ?

— Jo, tu ne peux pas rester ! La nourrice vient, matin et soir, chercher et ramener Nathalie. Même si cette femme ne te voit pas, la gosse va lui raconter qu'il y a un homme ici.

— Puisque tu me parles de ta Nathalie, ricane Jo avec ce lugubre sourire qui le rend encore plus effrayant. c'est précisément la deuxième partie de mon plan. A partir de ce soir, tu inventes un truc quelconque pour que la nourrice ne vienne plus. Dis-lui que tu es en vacances, que tu gardes la môme toi-même quelques jours. Comme ça, pas de danger, je garde la gosse en gage de ta bonne conduite. Si tu me balances d'une manière ou d'une autre, tu n'as plus de môme. Vu ?

Jo coupe l'air du tranchant de la main dans un geste précis qui ne laisse aucun doute sur sa détermination.

Dominant la douleur de son corps, une haine froide et lucide envahit Francette. Tant qu'il ne s'agissait que d'elle, elle se pardonnait sa faiblesse et pouvait même peut-être pardonner à son ancien mari. Elle l'avait aimé, ne connaissait que trop bien son enfance misérable, son adolescence tourmentée par sa maladie nerveuse, mais tout son être se révulsait à la pensée qu'il pouvait atteindre son enfant. Tout, sauf cela ! Elle trouva dans sa panique même le sang-froid nécessaire pour composer.

— Jo, je n'ai jamais balancé qui que ce soit ! Ni toi, ni un autre. Si j'ai divorcé, je l'ai fait pour refaire ma vie, sachant que tes autres filles s'occupaient de toi.

— Mes filles, ce n'est pas tes oignons ! Ta seule chance de t'en tirer, et ta gosse avec toi, c'est de marcher droit. Vu ?

— Oui, Jo. Mais mon travail ?

— T'occupe pas ! J'ai fait prévenir la Cynthia que tu avais besoin de quelques jours de vacances. Elle est trop à la coule pour se montrer curieuse. Pas d'autres questions ? On va vivre ici quelques jours toi et moi comme des amoureux, pas vrai ?

Il ébauche comme un sourire mécanique, froid et plein de menaces.

Francette ne répond pas et gagne sa cuisine où elle se met à remuer de la vaisselle pour ne pas montrer le tremblement qui l'a saisie tout entière.

Elle se sent enfermée dans une nasse sans issue. Jo a tout prévu. Elle ne peut prévenir personne. Pas question de se servir du téléphone. La moindre des tentatives et ce serait sans doute la mort. Et d'ailleurs à qui téléphoner ? Et demain la mort planera aussi sur la petite Nathalie, livrée, innocente et sans défense, à ce fou que guide seule la fureur de tuer.

Combien de temps tiendra-t-elle ? Et elle devra, sans doute, servir de bête à plaisir à ce monstre sanguinaire, qui n'a guère d'autre moyen de tromper l'ennui, et qui a plusieurs années d'abstinence à rattraper.

A bout de forces, anéantie de honte et d'angoisse, Francette vomit à nouveau dans son évier.

20

Timor entra dans le bureau de Le Flaour en courant presque et encore tout essouflé par sa course dans les abrupts escaliers de la brigade, avalés quatre à quatre. Il en oublia même de frapper, s'en aperçut, s'excusa et lança de la porte :

— Patron, je crois qu'on tient quelque chose de bon.

Le Flaour ôta la main du pupitre radio qu'il se préparait à utiliser et invita l'inspecteur à s'asseoir.

— Raconte, fit-il en commençant à gratter le culot d'une des pipes éparses sur son bureau et dont un usage immodéré avait réduit le fourneau à la grosseur d'un crayon à bille.

— Eh bien voilà. J'ai entrepris, depuis hier, comme vous me l'avez dit, la tournée de ces « dames » avec Verchard, de la Mondaine, qui est le spécialiste des call-girls. Nous avions dans un premier temps retenu les cinq « Madames » les mieux placées sur le marché actuel, c'est-à-dire Claudie, la vieille du boulevard Péreire, Marylène, rue de Milan, Rosie, rue de Courcelles, Jeannine, rue Quentin-Bauchard et Cynthia, rue Lauriston...

Au fil de cette énumération, Le Flaour, en gratouillant sa pipe, voyait surgir les images de ces super-maquerelles de luxe qu'il avait bien connues lors de son séjour à la brigade mondaine. Claudie, Marylène et Rosie étaient d'anciennes bordelières que la loi de 1946 sur la fermeture des maisons closes aurait normalement dû réduire au chômage. Leurs établissements respectifs avaient été transformés l'un en centre d'accueil pour l'Armée du Salut, l'autre en résidence d'étudiants et le troisième en commissariat de police. Ces dames, elles, avaient pris quelques vacances, sans rompre toutefois ni avec leurs pensionnaires subitement jetées sur le trottoir ni avec leurs meilleurs clients. Suppliées par les premières et pressées par les seconds, poussées aussi par l'appât du gain, elles avaient insensiblement, clandestinement, repris une petite activité. D'un appartement à un autre, elles avaient improvisé des petites réunions discrètes, tissant un réseau de relations sélectionnées. Certes elles n'avaient plus pignon sur rue mais les initiés savaient comment par téléphone obtenir le rendez-vous souhaité. Quant au recrutement des filles, il ne posait que le problème de la sélection : la classe de la clientèle l'exigeant, il y avait toujours plus d'appelées que d'élues.

Jeannine et Cynthia, elles, étaient venues plus tardivement au métier. Toutes deux étaient de ces demi-mondaines qui entre les deux guerres et sous l'Occupation, avaient tiré gloire et profit de liaisons éphémères avec les grands de la finance ou de la politique internationales. Elles avaient eu assez de tête pour faire leur pelote et, l'âge venant, quand elles avaient dû céder les premiers rôles à des beautés plus jeunes et aussi voraces, l'idée leur était venue d'exploiter et leurs innombrables relations et la situation de pénurie créée par le législateur vertueux de 1946 pour ouvrir, dans de coquets hôtels particuliers, des salons où les privautés de quelques jeunes et jolies filles se payaient fort cher.

En fait les unes comme les autres avaient à leur manière, quoiqu'elles s'en défendissent et malgré la bourgeoise discrétion de leurs activités, reconstitué les bordels d'antan.

Oh ! tout n'allait pas toujours pour le mieux dans le meilleur des mondes. Un instant déroutés par cette métamorphose, police, justice et fisc avaient à nouveau progressivement repéré les bordelières, puis les avaient harcelées. Et périodiquement, elles avaient alors connu les affres de la répression. Mais comme dans le même temps l'opinion se scandalisait bien davantage du fâcheux spectacle donné dans certaines rues chaudes de Paris-sur-Crime par des régiments entiers de prostituées à moitié dénudées, cette répression manquait de conviction et se traduisait le plus souvent par des ponctions fiscales. Pour ces dames, il ne s'agissait, au fond, que de frais généraux supplémentaires qu'on se hâtait de faire payer à la clientèle et même aux filles appelées à participer à la sauvegarde de leur gagne-pain.

Parfois aussi, à la faveur des conversations amicales qu'il était de bon ton d'entretenir avec les visiteurs de marque, il arrivait que d'utiles renseignements sur tel ou tel grand problème de l'heure viennent à leur être confiés. Le champagne et les filles délient souvent des langues habituellement discrètes. Les maquerelles n'avaient pas la sottise d'ébruiter stupidement ces confidences. Lorsqu'elles le faisaient c'était avec discernement. En outre, il n'était pas exceptionnel qu'à l'occasion de leur séjour à la cour de quelque roi du pétrole ou de quelque potentat africain les compagnes sélectionnées pour distraire les honorables invités recueillissent des informations jugées en certains lieux fort intéressantes. Jeu difficile et dangereux, permettant toutefois d'esquiver pour un temps la menace de la répression.

Finalement, pour difficile qu'il fût, le métier était resté longtemps possible et fructueux. Mais la situation s'était peu à peu détériorée et Le Flaour savait que les dernières années avaient été dures pour ces « dame ». Son inspecteur n'avait pas dû être reçu à bras ouverts.

Il releva les yeux sur Timor qui attendait impatiemment qu'il fût sorti de ses réflexions.

— Et alors, cette tournée, qu'est-ce que ça donne ?

— Les premières, zéro ! Ni Claudie, ni Marylène, ni Rosie, ni Jeannine n'ont entendu parler de Francette et encore moins de la femme de Jo Trois doigts.

« Par contre, poursuivit Timor, toujours aussi méthodique, je suis allé tout à l'heure, avec Verchard, rue Lauriston, chez Cynthia. Vous savez celle qui fait choisir ses clients sur photos. La vieille a commencé par dire qu'elle ne voyait personne répondant à ces prénom ou surnom. Mais quand Verchard lui a demandé de sortir son album, elle s'est ravisée et nous a appris qu'elle employait effectivement parfois une certaine Madeleine Vallauris, dite Mady. Voici la photo de la fille.

Jouissant de son effet, Timor jeta sur le bureau trois photos représentant « Francette-Mady » dans le plus simple appareil. Encore que l'artiste eût accordé plus de soin à la mise en valeur du corps, maintenant à dessein le visage dans une ombre légère, il n'y avait pas à s'y tromper.

— Et alors ? fit Le Flaour en bourrant de tabac sa pipe revenue à des dimensions plus normales.

— Alors, je lui ai demandé où habitait Mady, comment elle faisait pour la joindre et quand elle était venue pour la dernière fois. La Cynthia a paru bien ennuyée. Elle prétend qu'elle ne l'a pas vue depuis une semaine. Mady lui a dit qu'elle prenait des vacances. La bordelière affirme aussi n'avoir ni adresse ni numéro de fil pour la joindre. C'est Mady qui l'appelle elle-même tous les jours ou tous les deux jours pour prendre note de ses rendez-vous. Verchar n'a pas pu en obtenir plus. Nous avons, bien sûr, tous les deux la conviction que la Cynthia ment et qu'elle a la trouille.

— Si elle ment et si elle a la trouille, ce n'est pas la police qu'elle craint, c'est quelqu'un d'autre. C'est bien ce que tu penses ?

— C'est ce que je crois, patron, et ce quelqu'un pourrait bien être notre gus.

Déjà, Le Flaour décrochait son téléphone et appelait le chef de la brigade mondaine. Il connaissait bien le service pour y avoir été affecté pendant plus de trois ans quand il était commissaire-adjoint. Il se souvenait même très bien de Cynthia, qui, à l'époque, recevait ses pensionnaires et ses clients chez elle, dans les quelques chambres luxueuses qu'elle avait fait aménager au-dessus du salon de son hôtel particulier de la rue Lauriston.

Mais les temps avaient changé, la prostitution s'était adaptée à l'évolution des mœurs et il préférait se faire préparer la voie par le policier qui connaissait le mieux actuellement le monde curieux de la galanterie clandestine.

Quand Le Flaour lui demanda s'il pouvait passer le voir, le chef de la brigade mondaine grogna un acquiescement.

Il avait horriblement sommeil, comme toujours après déjeuner. Ses fonctions l'obligeaient à traîner, deux ou trois fois par semaine et durant la majeure partie de la nuit, dans les lieux bruyants et enfumés où le Tout-Paris prétend s'amuser.

Toujours tiré à quatre épingles — une indemnité spéciale mais modeste et inchangée depuis longtemps était censée y pourvoir — sollicitant son portefeuille chaque fois qu'il fallait esquiver une invitation estimée compromettante, pestant après la ladrerie du comptable directorial qui ne le remboursait qu'à regret et après d'épuisantes palabres, il ne rentrait qu'à l'aube, ce qui, le service existant de jour comme de nuit, ne le dispensait en rien d'être à nouveau à son bureau à 9 heures du matin.

Trois piles de dossier s'entassaient sur son bureau, pleins de problèmes insolubles, et le Pacha ne cessait de le harceler, lui demandant d'imaginer des techniques nouvelles, mieux adaptées aux formes modernes de proxénétisme dont quelques hebdomadaires spécialisés faisaient, depuis plusieurs semaines, leurs choux gras.

C'était à la fois toujours la même chose et toujours différent. Malgré l'apparent triomphe des abolitionnistes, consacré en 1946 par la loi Marthe Richard sur la fermeture des maisons close et en 1960 par la suppression des fichiers (et donc de tout contrôle), la prostitution n'a cessé de rechercher des formes et des lieux nouveaux d'exercice pour tenter d'échapper aux nouvelles dispositions légales. Celles-ci réservent leurs foudres aux seuls souteneurs et proxénètes mais laissent, en fait, à tout un chacun le droit quasi constitutionnel de vivre du commerce de ses charmes. Sans doute faut-il que ce commerce ne soit pas scandaleux et ne s'exerce pas sur la voie publique, sous peine de voir se déchaîner la police municipale qui, à grand renfort de procès-verbaux de racolage, refoulera les filles dans les bars, les hôtels ou les appartements. A son tour la Police judiciaire entre alors en action pour découvrir, derrière ces façades plus ou moins discrètes, l' « imprésario » de ces dames et lui faire goûter aux joies des articles 335 et suivants du Code pénal.

C'est ainsi qu'à la recherche de formes d'expression de plus en plus discrètes étaient nés et proliféraient, dans la plus stricte légalité, dans les quartiers les plus chauds de Paris-sur-Crime, les studios spécialisés, les salons de massage et même, pour les amateurs de libre-échange, quelques bars, restaurants ou péniches aménagées pour favoriser, contre une honnête rétribution, des rencontres d'amateurs éclairés. Même certains théâtres, moins innocents que leur enseigne ne l'affirmait parfois, encourageaient, sous le couvert d'un « spectacle total » et moyennant un droit d'entrée substantiel, une licence immédiatement qualifiée d'intolérable mais dont la répression se heurtait aux fluctuations de la mouvante et nébuleuse notion d' « outrages aux bonnes mœurs ».

Le chef de la brigade mondaine, traditionnellement tenu pour responsable de la dégradation de la moralité parisienne, n'en finissait pas d'expliquer verbalement et par écrit qu'on accordait beaucoup trop d'importance à une minorité ostensiblement scandaleuse et débauchée, et pas assez au véritable problème qui était celui du proxénétisme industriel.

Mais les canaux perfectionnés et internationaux des bordeliers modernes intéressaient moins l'actualité immédiate que les accusations perfides portées sur la complaisance policière ou les protestations outragées de quelque honnête mère de famille venue — par hasard sans doute — promener sa progéniture rue Quimcampoix parmi les amazones bardées de cuirs et de fouets.

Bref le commissaire Verdon, malgré la philosophie que donne une carrière bien remplie, sentait s'effriter ce qui lui restait d'enthousiasme pour son métier.

Le Flaour dut pourtant se montrer convaincant car, quelques instant après son arrivée, lui et Verdon repartaient dans la petite Morris dont la brigade mondaine se servait pour ses missions les plus discrètes.

Cynthia vint ouvrir elle-même.

Les temps étaient durs et la sécurité précaire, expliqua-t-elle. Elle avait dû renvoyer tout son personnel depuis que le fisc l'avait durement étrillée trois ans auparavant. Ces messieurs s'étaient pourtant montrés très corrects, et ils avaient fait semblant de la croire quand elle leur avait dit qu'elle ne recevait guère que des amis qui venaient boire chez elle une coupe de champagne en évoquant les heures glorieuses du passé. A peine même avaient-ils souri, mais sans méchanceté, en découvrant l'album de photos suggestives qu'elle conservait dans son bar. Elle n'avait évidemment pu les empêcher de l'emporter, et elle avait su ensuite, par ses filles, que les mêmes messieurs, toujours très corrects, les avaient toutes cuisinées. Ils avaient dû en apprendre suffisamment puisque, quelques semaines plus tard, elle avait reçu l'addition. Plus de cent millions à payer ! Toute une vie de travail et d'économies, à peu de chose près. Elle avait même failli se séparer de son château en Périgord pour faire face mais, finalement, ayant obtenu quelques délais, elle s'acquittait par mensualités. Elle qui ne souhaitait, depuis plus de dix ans, que se retirer à la campagne, la voracité de l'administration l'avait obligée à continuer ses activités illicites. Dieu savait pourtant que s'il ne tenait qu'à elle...

Verdon arrêta d'un geste le verbiage. Il entendait cela depuis des années et savait à quoi s'en tenir. Quelle que soit leur fortune, ces bordelières modernes ne passent la main qu'en trépassant. Il n'en connaissait encore aucune qui, malgré les tracas permanents que leur occasionnent à tour de rôle la police et le fisc, eût de son plein gré cessé ses activités.

Cynthia n'échappait pas à la règle. Mais outre l'appât du gain il y avait chez elle l'illusion de jouer un rôle social. Ses clients les plus riches et les plus célèbres la traitaient presque en femme du monde, se donnant ainsi à eux-mêmes une espèce d'absolution. Grande et toujours remarquablement distinguée, Cynthia poursuivait depuis la Belle Epoque une carrière qui l'avait vue débuter dans la prostitution mondaine et s'élever ensuite jusqu'au rang d'institution nationale, voire internationale.

Elle n'était certes plus la Cynthia sculpturale aux cheveux flamboyants d'autrefois, mais son habitude du Tout-Paris en avait fait une remarquable maîtresse de maison maniant avec une égale adresse l'autorité et la diplomatie.

Elle avait en mémoire son Who's who personnel et, de l'Indonésien le plus célèbre au Japonais aussi riche que discret, en passant par quelques dizaines d'émirs arabes et autant d'Africains ou d'Américains du Nord, du Centre ou du Sud, elle connaissait les goûts de chacun et le prix qu'ils pouvaient consacrer à les satisfaire. Elle entretenait aussi — les conférences internationales et les congrès des sociétés multinationales l'exigeaient parfois — des relations amicales avec d'honorables homologues de la plupart des pays d'Occident, ce qui lui permettait d'apporter à son visiteur étranger ou le dépaysement qu'il souhaitait ou, au contraire, le sentiment d'une chaude affection bien de chez lui.

A toute ces « qualités » Cynthia ajoutait encore le soin extrême qu'elle prenait de sa personne. Son coiffeur et son esthéticienne venaient chaque jour avant midi à l'hôtel particulier lui prodiguer leurs soins et elle s'habillait depuis un demi-siècle chez Chanel.

Le Flaour, qui ne l'avait pas vue depuis plusieurs années, ne la trouvait nullement changée, comme si le temps avait, contre elle, échoué dans son entreprise.

Le décor non plus ne s'était pas modifié. Le grand vestibule tapissé de glaces était toujours aussi luxueux ainsi que le vaste escalier de marbre qui conduisait aux chambres de rendez-vous et, plus haut, à l'appartement personnel de la tenancière.

Verdon attaqua :

— Cynthia, ce qui nous amène est grave. Vous connaissez peut-être Le Flaour.

Bien sûr qu'elle le connaissait ! La pratique de son métier lui avait appris à se souvenir de tous ceux qui franchissaient, même une seule fois, sa porte. A plus forte raison quand il s'agissait d'un policier. Et Le Flaour, avec sa haute taille et sa carrure massive, passait difficilement inaperçu. En vérité elle savait déjà pourquoi il était là.

— Bon. Le Flaour travaille sur les meurtres commis par Jo Trois doigts. Or vous utilisez parfois les services de l'ex-femme de ce truand. Elle porte dans le métier l'alias de Mady Vallauris. Vrai ?

— C'est vrai, monsieur le commissaire.

— Bon, je continue. Vous avez dit tout à l'heure à nos hommes que vous n'aviez aucun moyen de joindre Mady, ou plutôt Francette. Elle vous appelle elle-même pour prendre ses rendez-vous. Exact ?

— C'est exact, monsieur le commissaire.

— Eh bien, Cynthia, vous savez, comme moi, que ceci est faux. Aucune maison sérieuse ne se met ainsi à la merci d'un appel d'une fille plus ou moins capricieuse. Or votre maison est notoirement parmi celles qu'on considère comme les mieux dirigées. D'autre part, je dois admettre que vous n'avez jamais jusqu'à présent refusé de nous donner un renseignement. Conclusion : vous avez reçu de la visite et pas n'importe laquelle. Vous craignez davantage le visiteur que la brigade mondaine !

Cynthia en oubliait de faire asseoir les policiers. Elle tournait fébrilement dans ses mains un petit mouchoir brodé qui n'était plus qu'une boulette. Après avoir ouvert plusieurs fois la bouche pour protester, elle y avait renoncé.

Le patron de la Mondaine conduisit doucement la bordelière jusqu'au canapé rouge et or qui occupait en demi-cercle la moitié du salon. Il s'assit à côté d'elle et poursuivit :

— Cynthia, l'affaire est trop grave pour que je puisse me contenter de votre silence. Vous risquez d'être la cause d'un ou plusieurs nouveaux meurtres. Le type que vous couvrez est un chien enragé qui s'est évadé pour tuer.

— Mais je ne le connais pas, ce Jo ! Je ne l'ai jamais vu et je ne souhaite qu'une chose, c'est que vous l'arrêtiez ! Vous savez bien que je vous ai toujours aidés.

Cynthia se mit à pleurer.

Le spectacle de cette femme soudain effondrée, de ce visage où les larmes emportaient dans des rigoles multicolores les innombrables produits qui en masquaient les ravages, aurait touché Verdon et Le Flaour si l'un comme l'autre n'avaient appris depuis longtemps que le mensonge, l'art de la comédie et une amoralité foncière étaient les « vertus » fondamentales de ce « métier ».

Verdon revint à la charge.

— Si vous ne l'avez jamais vu, c'est qu'il vous a envoyé un émissaire de confiance ! Alors la question qui se pose est la suivante : Avez-vous donné à cet envoyé spécial les coordonnées de Francette ? Si oui, vous avez sans doute condamné la fille à mort. Et si vous nous empêchez d'intervenir, vous devenez complice du meurtre. Vous me comprenez ?

Cynthia se leva et gagna le meuble-secrétaire installé près de la baie vitrée qui ouvrait sur un minuscule jardin. D'un fichier métallique, incongru dans ce cadre raffiné, elle sortit une carte qu'elle tendit à Verdon.

La fiche portait seulement le prénom de Mady ainsi que divers chiffres qui paraissaient être des mensurations.

— Vous prenez le dernier chiffre de chaque nombre et vous obtenez sept chiffres, dit la maquerelle en s'essuyant les yeux. Vous les inversez ensuite et vous avez le numéro de téléphone.

Le Flaour s'empara de la fiche, un crayon à la main. Il jeta sur un papier : 531 78 99. Il recopia ensuite en commençant par la fin.

— C'est bien ça ? demanda-t-il à Cynthia en lui passant le papier.

— C'est cela.

— A qui avez-vous donné ce numéro ?

— Voici trois jours, Alex Magenta, un recéleur ami de Jo Trois doigts, est venu me voir. D'habitude, c'est un vieil homme très poli, mais soudain, il m'a mis un revolver sous le nez. Que vouliez-vous que je fasse ? Je ne sais pas comment il a su que Mady travaillait avec moi. Il m'a dit aussi que si je parlais de sa visite à la police, lui ou Jo me ferait sauter la tête après celle de Mady. Je vous jure que je ne savais pas que Mady était menacée. Alex m'a assuré que son mari voulait seulement la voir, mais qu'il n'avait rien contre elle.

— Merci, Cynthia. Vous ne nous avez rien dit. Officiellement, on se débrouillera pour retrouver Mady par un autre moyen. Ne vous inquiétez pas. Mais si vous revoyez Alex ou un autre envoyé de Jo, téléphonez-moi, ou prévenez Le Flaour à la 14e brigade territoriale.

Quelque peu rassurée, Cynthia reconduisit ses visiteurs. Elle savait pouvoir compter sur leur discrétion. Elle gagna sa table de maquillage. Elle avait, en effet, de quoi s'occuper un bon moment.

21

Le numéro de téléphone livra rapidement l'adresse de Francette à Asnières. Par précaution, l'ancienne femme de Jo Trois doigts avait laissé l'abonnement au nom de son propriétaire, mais une vérification un peu poussée, effectuée au service des redevances en échange d'une réquisition en bonne et due forme, révéla qu'elle acquittait par chèque, à son nom, les relevés de l'administration des Télécommunications.

Le Flaour remercia chaudement le chef de la brigade mondaine et le laissa au Quai des Orfèvres au milieu de ses problèmes insolubles. Verdon avait, entre autres, à préparer le jour même pour le préfet de police les éléments de réponse à une question écrite d'un conseiller municipal de Paris inquiet de voir se développer, au bois de Boulogne et jusque sur l'avenue Foch, la prostitution de toutes jeunes filles quelquefois à peine sorties du lycée.

Revenu à l'église Saint-Roch, le commissaire escalada sans souffler ses trois étages et dans la foulée poussa du pied la porte de son service. Profitant du temps mort qu'imposait la disparition de Jo, les policiers de l'équipe de Voie publique travaillaient dans le calme relatif de leur bureau à la rédaction de leurs rapports ou au classement de leurs notes d'enquêtes.

Les autres bureaux par contre s'agitaient beaucoup et la brigade donnait, dès la porte poussée, l'impression d'une ruche bourdonnante. Les sonneries de téléphone, le bruit des machines à écrire se mêlaient sans harmonie aux éclats de voix ou à la lecture monotone, à haute voix, des procès-verbaux d'interrogatoire.

Chacun des quatre arrondissements couverts par la brigade, les quatre premiers de la capitale dans l'ordre numérique, avait sa propre équipe d'enquêteurs, huit ou dix hommes commandés en général par un inspecteur divisionnaire chef de groupe. Ils disposaient, dans chacun des deux ou trois commissariats de leur arrondissement, d'un vague bureau, généralement le plus miteux, où ils traitaient les affaires courantes. Mais, lorsqu'il s'agissait d'enquêtes importantes ou d'affaires prenant un développement ou une dimension inattendus par leur volume ou la qualité de leurs victimes ou de leurs auteurs, le chef de groupe transportait tous les hommes dont il pouvait disposer à la brigade où il bénéficiait d'installations plus spacieuses et moins vétustes.

Le Flaour, et les deux commissaires qui l'assistaient, étaient alors à même, eux aussi, d'animer ou parfois de freiner, si besoin était, l'action des enquêteurs, tout en veillant au respect du sacro-saint formalisme juridique que les hommes lancés dans l'action ont parfois tendance à négliger.

Les caprices de la chance et la peu glorieuse incertitude du hasard étaient tels que la brigade pouvait à tout moment se remplir ou se vider au rythme des arrestations et des gardes à vue, des échecs et des succès dans le domaine mouvant des enquêtes. Aujourd'hui, comme disait le vieux secrétaire administratif : ça avait rigolé !

En effet tous les bureaux étaient pleins. Malgré les ponctions groupes qui réduisaient au minimum leurs effectifs, trois des équipes d'arrondissements avaient respectivement ramené dans leurs filets une équipe de casseurs, un trio d'agresseurs de vieillards à domicile et une bande de jeunes voleurs spécialisés dans l'arrachage, en moto, des sacs à mains des passantes isolées dans des rues désertes, voire à la sortie des banques.

Adolphe, le vieux secrétaire, tout en maugréant dans sa

moustache, tirait la langue sur ses registres austères et ses fichiers poussiéreux, donnant à l'un un numéro d'enregistrement, à l'autre un carton anthropométrique aussitôt remplacé par une fiche « fantôme » au nom de l'emprunteur. Vieil inspecteur mis à la retraite après une carrière sans ambition, Adolphe, qui était veuf, ne voyait pas comment il aurait pu continuer à vivre dans un autre univers. Le Flaour avait pu le recruter comme inspecteur contractuel à la faveur d'une mesure budgétaire destinée à pallier, au moindre prix, les insuffisances de personnel les plus criantes. Depuis lors, Adolphe veillait à tout, au courrier, aux archives, aux fichiers et au téléphone. Derrière son air bonasse se cachait un sens très aigu des réalités, des urgences et des choses qu'il fallait savoir ou faire semblant d'ignorer. Les deux minuscules mansardes où il abritait ses multiples activités étaient son domaine réservé. Il ne le quittait le soir, peu lui importait l'heure, que lorsque tout y était rangé, enregistré et classé, prêt à attaquer une nouvelle journée.

Le groupe du 3ᵉ arrondissement affrontait, dans l'immédiat, quelques problèmes sérieux avec son équipe de casseurs de bijouteries. Malgré le butin trouvé en leur possession et l'outillage particulier découvert dans l'auto volée qu'ils utilisaient, les trois malfaiteurs, tous récidivistes et plusieurs fois condamnés, restaient prudemment muets. Antoine, le chef de groupe, un immense flic de près de deux mètres et de plus de cent kilos avait d'abord essayé, d'entrée de jeu, de provoquer leurs aveux en les terrorisant. Echec total. Ni les menaces des pires châtiments, ni les redoutables moulinets de ses énormes mains, ni le fait de soulever sans effort deux détenus avec les chaises auxquelles ils étaient attachés ne parurent impressionner les voyous. Ils avaient trop l'expérience de la police moderne et savaient que l'époque des interrogatoires dits musclés était révolue. En outre, la réputation d'Antoine leur était connue. Impressionnant certes mais pas dangereux.

L'inspecteur principal D'Auch les avait ensuite entrepris. A l'inverse d'Antoine, sa technique était dans le verbe. Faire absolument parler l'adversaire, de n'importe quoi, du temps, de la famille, de la campagne, des vacances. Quand la conversation était nouée, l'inspecteur offrait une bière, puis une cigarette. Il obtenait ainsi de remarquables résultats mais il savait aussi tous les dangers de sa méthode, le principal étant de trop parler soi-même.

C'est une technique classique chez les voyous professionnels que de chercher à deviner, au fil des questions des poulets, les charges et les preuves qui existent contre eux. Si la situation est vraiment désespérée et le mensonge impossible, le malfrat deviendra muet, son seul objectif étant de tenir sa langue durant les vingt-quatre ou quarante-huit heures de sa garde à vue par la police. Il sera toujours possible ensuite, devant le juge d'instruction et avec les conseils éclairés d'un bon « baveux [1] », d'adopter un autre système.

En revanche si les présomptions policières lui paraissent légères, le malfrat inventera des explications mirobolantes dont le but principal sera de provoquer, pendant le temps de sa détention par la police, d'inutiles vérifications complémentaires.

Il faut parfois beaucoup de talent et de sang-froid au plus expérimenté des poulets pour éviter ces pièges. Pour l'instant, en tout cas, la situation paraissait bloquée en ce qui concerne les casseurs de bijouteries. Certes, le cric de voiture modifié pour défoncer cloisons ou planchers était bien celui qui avait servi dans plusieurs des cambriolages. Bien sûr, les bijoux retrouvés constituaient le reliquat du produit de plusieurs vols. Mais si les trois voyous admettaient s'être trouvés dans une auto volée ils ignoraient naturellement ce que contenait celle-ci. C'était vraiment un pur hasard et une grande malchance s'ils avaient « emprunté » une 504 déjà marquée par un si fâcheux destin...

Les groupes des 1er et 2e arrondissements avaient apparemment moins de problèmes. Les trois agresseurs de vieillards à domicile se rejetaient mutuellement la responsabilité

1. Avocat.

du choix des victimes et s'accusaient mutuellement des violences exercées.

Ils étaient tombés l'un après l'autre dans le piège tendu par les policiers qui avaient fait semblant de leur lire les prétendus aveux où chacun de leurs complices tentait de réduire son propre rôle à celui de figurant. Naturellement il faut au policier, pour se livrer à ce jeu, des convictions solides ou un certain goût pour le poker. Mais c'est assez plaisant, quand le coup réussit, de faire tomber ces répugnants parasites dans le piège de leur propre lâcheté. Leurs déclarations, réelles cette fois, n'étaient alors que sucre pour le procédurier qui n'arrêtait pas de taper sur sa machine les procès-verbaux de leurs aveux et de leurs accusations. Le feu d'artifice serait l'inévitable confrontation, sous l'œil vigilant des gardiens de la paix appelés en renfort pour faire régner un semblant d'ordre dans les couloirs de la BT. Il importait, en effet, de séparer les uns des autres, sur les deux grands bancs de bois, les détenus compromis dans les mêmes affaires et qui n'auraient demandé qu'à accorder leurs violons pour offrir aux policiers une symphonie de mensonges. Il fallait aussi éloigner des auteurs les témoins et victimes qui ne cessaient d'arriver, convoqués pour reconnaître leurs agresseurs.

Dans un premier temps on les enfermait chez Adolphe et ils n'en sortaient qu'un par un pour être mis en présence d'une brochette constituée pour moitié de suspects et pour moitié de poulets qui, pour faire vrai, avaient, comme les détenus, enlevé cravate, ceinture et lacets. Les coupables désignés ou non, leurs accusateurs venaient ensuite prendre place sur les bancs de bois en attendant que fût officiellement consigné par écrit leur témoignage.

Quant aux arracheurs motorisés de sacs à main, petits voyous débutants, ils avaient été trahis par leurs petites amies trouvées porteuses des sacs, des montres et autres portefeuilles volés ; les hommes, comme il se doit, n'ayant gardé que l'argent. Tous étaient là, les loulous d'un côté, leurs petites amies de l'autre, futures petites putes sans doute si l'on en jugeait par l'épaisseur des fards et eye-liners et la hauteur des talons avec lesquels elles se donnaient, à dix-huit ans, l'allure de femmes fatales. L'incarcération prochaine des deux loulous allait sans doute leur fournir l'occasion de faire leurs premières armes. Il faut bien assister son homme dans le malheur, pas vrai ?

S'étant rapidement informé des développements des diverses affaires et ayant constaté que, somme toute, il n'y avait là rien que de très ordinaire, Le Flaour gagna son bureau, louvoyant entre les détenus et leurs gardiens, les papiers gras des casse-croûtes et les bouteilles de soda et de bière posées à même le sol aux pieds des intéressés qui achevaient un frugal déjeuner.

L'interphone arracha Lenôtre et son équipe à la rédaction de leurs rapports. La bande à Jo, comme l'appelaient déjà les autres, se précipita chez le chef de brigade, essuyant au passage, de la part de leurs collègues, les sarcasmes habituellement réservés par les policiers qui trouvent à ceux qui cherchent.

Le Flaour leur exposa la découverte de l'appartement de Francette et conclut :

— Il y a neuf chances sur dix que Jo ait obligé Francette à l'héberger. Le Dentiste, Timor, Polychrome et Teuf-Teuf, vous me faites une étude précise de l'HLM et de ses abords en notant les endroits où nous pourrions planquer. Repérez les abris éventuels dans le cas où cet enragé viendrait à nous canarder. Notez aussi toutes les possibilités de fuite, les axes de dégagement. Voyez, si possible, si la fille est chez elle ou non, si elle a une bagnole. Fouillez tout ça à fond mais avec la plus grande discrétion. Surtout, n'essayez pas le numéro de téléphone, ça serait suspect pour Jo s'il est avec elle. Dressez-moi un plan et appelez-moi ici dès que vous savez quelque chose.

Déjà, le grand Polychrome sortait de son apparente léthargie.

— Poli, avez-vous eu le résultat de l'examen en laboratoire du M 16 qui a servi à tuer Zacco ?

— Oui, patron, l'identité judiciaire vient de m'appeler il y a une heure. Résultat : zéro. Aucune empreinte, même pas une trace glissée, ce qui semble indiquer que toutes les pièces et les munitions ont été soigneusement essuyées et que le tireur portait des gants. D'autre part il n'existe aucune trace, aux fichiers balistiques, de l'utilisation de cette arme dans une affaire passée. C'est probablement une arme vierge que Jo s'est procurée spécialement pour la circonstance.

Le Flaour n'en fut pas étonné : le Jo n'était pas homme à oublier la leçon qu'il lui avait donnée.

— Les gars, dit-il, il va falloir jouer serré. Il gamberge maintenant, notre client ! Ça sert au moins à quelque chose de préparer le BEPC ! Lenôtre, vous allez me faire sortir tout ce qui existe aux APJ [1] sur le gars qui est allé rendre visite à Cynthia. Si je me souviens bien, cet Alex Magenta est un vieux voyou. Je le croyais d'ailleurs retiré des affaires. Je voudrais bien savoir quels rapports il a avec notre Jo. C'est sans doute lui qui l'a aidé jusqu'à présent dans tout ce cirque.

Xavier Lenôtre n'était pas pour rien un vieux poulet. Il était bien rare qu'en fouillant sa mémoire il ne puisse accrocher une pancarte à l'un ou l'autre des malfrats qui, au cours des vingt dernières années, avaient suscité l'intérêt des policiers.

Lorsque Le Flaour lui avait révélé le nom d'Alex Magenta, il avait éprouvé une impression de déjà entendu et sa mémoire de flic chevronné s'était mise aussitôt à ouvrir les multiples tiroirs qui la rendaient si étonnante. Bientôt, les choses s'étaient précisées.

Une brigade territoriale, voici une dizaine d'années, ça devait être la 6e — oui, c'est ça, je revois le décor sinistre au fond du passage Beslay, à cent mètres de l'avenue Parmentier et à une portée de fusil de la place de la République, et le petit immeuble d'un étage entre un grossiste en matériel

1. Archives de Police judiciaire.

électrique et un fabricant de pulvérisateurs agricoles — c'est là qu'un jour, ou plutôt une nuit de ronde-radio, il avait retrouvé trois collègues plus anciens qui revenaient d'une planque stérile sur un certain Alex Magenta.

Un des poulets, un vieux voie-publicard, maintenant à la retraite depuis longtemps, lui avait raconté l'histoire de Magenta. Lenôtre en avait oublié les détails mais se souvenait que le vieux policier consacrait ses dernières semaines d'activité à essayer de faire tomber le voyou. Casseur bien connu à l'époque, la dernière condamnation d'Alex Magenta remontait à plusieurs années et, bien qu'il ait continué ses activités, personne ne réussissait plus à le confondre.

Après avoir réparti entre les hommes de son équipe les tâches confiées par Le Flaour, Lenôtre prit le parti d'explorer lui-même les archives du Quai des Orfèvres.

Longtemps confinées dans les locaux obscurs et poussiéreux d'un rez-de-chaussée à peine aéré par de chétives lucarnes en demi-lune ouvrant sur une cour déjà sombre, les APJ ont bénéficié depuis une dizaine d'années d'une remarquable cure de rajeunissement. Un étage de plus leur a été consacré et de grandes baies ont été percées dans les murs épais. Un matériel électronique moderne et des techniques de classement simplifiées ont permis de ventiler harmonieusement l'énorme documentation policière où s'accumulent depuis un demi-siècle tout ce qui touche aux innombrables vicissitudes de la capitale.

Emportés par leur élan de modernisation, les policiers-informaticiens qui règnent maintenant sur ce domaine espèrent que dans un proche avenir chaque service de police, doté d'un terminal, pourra consulter directement leurs fichiers et recevoir sur un écran de télévision une réponse visualisée à ses questions.

Lenôtre, en vieux flic qu'il était, n'avait encore qu'une médiocre confiance dans ces techniques ultra modernes auxquelles manquait, à son avis, cette petite chose qu'il appelait le « pif » et qui permettait à l'artisan d'être supérieur à la machine. Sans méconnaître certains avantages de l'automatisation systématique, il voyait poindre le danger d'une paresse intellectuelle qui sclérosait l'enquêteur presse-bouton et lui ferait justifier ses échecs par la carence de la machine. Allez donc expliquer à un ordinateur les subtiles mécaniques par lesquelle on arrive, à force de patience, de ténacité et de recoupements, à cerner la personnalité d'un malfaiteur puis à découvrir son identité ! Au mieux il vous rira au nez, s'il est bien élevé, au pire il vous déversera un tombereau de dossiers encore moins utilisables que vos maigres données.

Sa longue expérience de policier avait appris à Lenôtre à utiliser les multiples ressources des divers fichiers que les poulets parisiens, en bons artisans, ont construit, depuis des générations. Il y en avait de phonétiques et de patronymiques. Il y en avait aussi par tailles, par tranches d'âge, par rues, avec, pour chaque individu concerné, tous les renvois nécessaires permettant de retrouver ses dossiers et d'y lire la liste de ses exploits ou de ses malheurs.

Le fichier des surnoms lui livra tout de suite le véritable état civil de Magenta.

Bien que depuis le temps qu'il traînait son sobriquet il l'eût peut-être oublié lui-même, le voyou s'appelait en réalité Alexandre de Guichebarre. Agé de 55 ans, il était issu d'une vieille famille qui avait conquis ses titres de noblesse dans les guerres du second Empire. Son aïeul avait même été tué lors de la victoire des Français sur les Autrichiens à Magenta. Ce brave se serait, sans doute, retourné dans sa tombe, s'il avait pu savoir que le théâtre de sa gloire et de son trépas servait de surnom à un si curieux descendant.

Les nombreux dossiers d'Alex n'apprirent à Lenôtre rien d'intéressant. Ils lui permirent quand même, comme on dit dans la police, de « silhouetter » le personnage. Rusé, habile, solitaire, ne se livrant à personne, Magenta avait apparemment derrière lui une longue carrière, dont seule la première partie avait été émaillée de quelques incidents de parcours : en l'occurrence des condamnations pour vol.

Mais depuis longtemps de telles erreurs ne lui arrivaient plus et les affaires dans lesquelles il avait été suspecté s'étaient toutes terminées par des non-lieux. Cette impunité impliquait deux conclusions : primo, Alex Magenta était assez costaud pour ne plus jamais tomber dans les pièges des flics ; secundo, il était suffisamment respecté et surtout craint, dans le Milieu, pour n'avoir jamais été balancé.

Seul un autre vieux voyou pouvait en apprendre davantage à Lenôtre.

Quittant le Quai des Orfèvres, l'inspecteur gagna à pied la rue des Petits-Carreaux.

Le barman trompait son ennui en jouant aux dés avec Fernand l'Américain. Près de la porte, deux des hommes de la brigade surveillaient la rue pendant que deux autres « collaborateurs » des Khenchela bâillaient, assis au fond de la salle, en regardant d'un œil vide les cuisses des quelques filles qui poursuivaient une inutile attente, perchées sur les hauts tabourets du bar.

Tony n'était pas là. A l'interrogation de Lenôtre, le barman, qui le reconnut immédiatement, répondit par un signe du pouce en désignant l'étage supérieur.

Estimant sans doute qu'en cas d'attaque il valait mieux se tenir à l'écart, le bordelier se terrait dans la chambre où il avait été à moitié scalpé par les frères Khenchela. Tony était plus maigre que jamais. Même sa crinière argentée virait au jaune. Les efforts qu'il avait faits depuis quelques années pour garder, par des traitements fort coûteux, une certaine prestance et l'illusion d'une relative jeunesse, étaient réduits à néant par deux semaines d'une trouille bleue qui lui délabrait l'estomac et les intestins.

— Tony, attaqua Lenôtre mis en appétit par la décomposition de son adversaire, je n'ai pas le temps de jouer au plus fin avec toi. D'ailleurs c'est ton intérêt de nous aider.

— Demande-moi ce que tu veux, Lenôtre. Au point où j'en suis, je n'ai plus grand-chose à perdre.

— Si. Ta peau !

— Justement, j'y tiens à ma peau. Ma seule chance de la sauver c'est que les poulets fassent cesser le carnage. Alors, vas-y, qu'est-ce que tu veux savoir ?

— Tu connais Alex Magenta ?

Tony redressa la tête, surpris.

— Qu'est-ce que ce mec vient foutre dans cette histoire ?

— Je ne sais pas encore, mais tu peux m'aider à le savoir.

Tony réfléchissait, les yeux au fond de son verre de pastis qui ne le quittait pratiquement plus.

— Dis donc, Lenôtre, tu sais que ton idée n'est pas si conne après tout.

Lenôtre opina du chef en silence. Tony était lancé et rassemblait ses souvenirs.

— Ça remonte à loin cette histoire... Mais je me souviens que lorsque Jo a commencé à braquer, il a été financé et pistonné par Alex Magenta.

« Alex était alors une espèce de caïd solitaire du casse et nous avons tous pensé que Jo lui avait rendu un gros service. On n'a jamais su lequel : Alex est tout le contraire d'un bavard et Jo n'a jamais été très causant non plus. Quoi qu'il en soit, ils étaient à l'époque très liés. Je ne sais pas s'ils ont continué à se voir car Alex a plus ou moins débrayé en vieillissant. Il doit bricoler dans la carambouille. Je le vois de temps en temps. C'est un vieux célibataire, un peu ours, et il lui arrive de venir se faire reluire chez moi, mais sans jamais parler de ses affaires ni de personne, tu vois.

Lenôtre voyait effectivement. Il savait que Tony minimisait la place de Magenta dans le Milieu, mais l'essentiel était l'existence d'une ancienne dette contractée par Alex envers Jo. Tout collait parfaitement : largué par ses amis et par sa femme, Jo s'était retourné vers le vieil ours solitaire et toujours reconnaissant. L'ancien casseur avait marché à fond pour l'évadé, retrouvant peut-être dans cette aventure un peu de sa jeunesse tumultueuse.

— Et tes filles, Tony, elles ne t'ont jamais rien dit à son sujet ?

— Tu sais bien que les voyous ne racontent par leur vie aux nanas. Alors, à plus forte raison, Alex qui n'est pas causant de nature. D'ailleurs il ne vient pas souvent et, d'après les filles, il est peu porté sur la chose. Il aime plutôt les trucs un peu spéciaux. Si je connaissais moins bien Jo qui est plutôt du genre taureau, j'aurais pu croire que l'amitié d'Alex était celle d'une vieille tante plutôt que celle d'un père, mais moi je ne pose jamais de questions dans le domaine du cul.

— C'est bon, Tony, je te remercie. Ça va cadrer le personnage. Il serait plus important de mettre la main dessus. Tu vois un moyen ?

Tony hésita.

— N'oublie pas qu'il s'agit de ta vie, insista Lenôtre.

— Ben, on pourrait peut-être voir du côté des fourgues. Ils se connaissent tous mais, comme je ne peux pas sortir d'ici, je ne vois pas comment je m'y prendrais.

— Si tu ne peux pas sortir, eux, ils peuvent peut-être venir te voir. De toute manière, tu as un téléphone. Qu'en penses-tu, Tony ?

— Bon, ça va, Lenôtre. Je vais m'en occuper. Où est-ce que je peux t'appeler si j'apprends quelque chose ?

— A la Brigade comme d'habitude. Tu t'annonces en disant que c'est urgent. On me préviendra tout de suite où que je sois.

Au moment de le quitter, il se retourna :

— Dis donc, Tony, ne perds pas de vue que c'est pour moi que tu cherches Alex. Pas pour Elie ! Tu me comprends ?

Le bordelier lui répondit par un geste qui exprimait éloquemment les entreprises socratiques qu'il souhaitait à Elie.

Lenôtre regagna l'église Saint-Roch avec le sentiment que sa démarche n'avait pas été inutile. Tony était suffisamment terrorisé pour lui balancer une piste pouvant le mener à Jo. Connaissant les liens passés entre les deux hommes, il avait bien pensé à demander en urgence la mise en écoute du téléphone du bordelier. Le juge d'instruction, dans une affaire de cette importance, ne l'aurait sans doute pas refusée mais matériellement en raison des nombreuses garanties qu'avaient entraînées les campagnes de presse contre les écoutes téléphoniques, une « construction », comme on dit dans le jargon, aurait demandé plusieurs jours, une semaine au moins. C'était beaucoup trop. Le temps pressait, et maintenant il fallait s'en remettre à la seule bonne volonté de Tony les Planches.

Le Flaour l'attendait en mâchonnant, impatient, une pipe vide. C'était toujours en de telles circonstances qu'il bouzillait les tuyaux qu'il fallait ensuite remplacer à prix d'or.

— Lenôtre, les gars viennent de m'appeler par radio. Francette est chez elle. Le Dentiste l'a appris par le gardien qui lui a montré la voiture de la fille, une Lancia Fulvia, qui se trouve sur le parking de la cité d'HLM. D'après le concierge, elle n'a pas bougé depuis au moins deux jours.

« Il paraît que la femme de Jo a une petite fille de deux ou trois ans. Les gars essaient d'en savoir plus. Aux premières nouvelles, la gosse serait en nourrice à proximité. On se rend tout de suite à Asnières prendre la planque.

Dans la DS que Le Flaour conduisait lui-même, à tombeau ouvert, Lenôtre, accroché au plancher, mit son patron au courant de ses recherches et de leurs résultats.

— Si Tony veut s'en donner la peine, il doit pouvoir nous dégauchir rapidement notre client.

— J'espère qu'il ne lui prendra pas la fantaisie de le questionner lui-même ou de le confier à Elie ? demanda machinalement Le Flaour en doublant un camion.

— Je ne pense pas, patron. Je l'ai mis en garde à ce sujet.

Ils arrivaient à Asnières et abandonnèrent leur DS banalisée à quelques blocs de l'HLM de Francette. Ils repérèrent rapidement la camionnette de planque sur l'une des faces de l'immeuble C, camouflée dans la rue entre l'estafette d'un poissonnier et la 4 L d'un dépôt de vins Nicolas. Les bandeaux de l'entreprise d'asphaltage avaient fait place à la raison sociale d'une non moins fantomatique entreprise de plomberie-couverture et les plaques minéralogiques nouvelles étaient celles d'un véhicule des Hauts-de-Seine.

Sur l'autre face de l'HLM, qui donnait sur un vaste parking, Le Flaour et Lenôtre, en cherchant bien, découvrirent le Dentiste, invisible derrière un rideau de sapins à travers lesquels il surveillait les fenêtres du quatrième étage. Sans se montrer ils l'appelèrent et ils les rejoignit hors de vue de l'immeuble.

Flegmatique, le Dentiste exposa en détail les dispositions prises pour la surveillance :

— Poli et Teuf-Teuf sont dans la camionnette d'où ils ont vue, à la jumelle, sur la cuisine, la salle de bains et les toilettes de Francette ainsi que sur l'unique porte d'entrée de l'immeuble. D'ici, je surveille les trois fenêtres de la salle de séjour et de la chambre ainsi que l'accès au parking. Voici le plan des lieux avec l'indication des escaliers et les issues du bloc d'immeubles. Il n'y a pas de communication entre ceux-ci et les parcs à voitures du sous-sol.

« Quant à Timor, je l'ai envoyé chez la nourrice, une certaine Mme Lemarchadour, qui demeure à cinq cents mètres d'ici. En principe, elle vient chaque matin chercher Nathalie, la fille de Francette, et elle la lui ramène le soir. Mais le gardien ne l'a pas vue depuis deux jours. Il pense qu'elle est souffrante. C'est une Bretonne comme lui, et elle passe rarement sans lui dire bonjour.

— Elle est toujours bretonne, mais pas souffrante du tout, fit au même moment derrière eux, la voix calme de Timor.

Sur ses semelles de crêpe, silencieux comme une ombre, il était une fois de plus arrivé sans qu'on le voie. A son tour, de son ton posé et monocorde, il passa au rapport.

Mme Lemarchadour avait été fort surprise, l'avant-veille, en ramenant Nathalie à sa mère, d'apprendre que Francette, bénéficiant de quelques jours de congé, allait elle-même s'occuper de la petite fille et qu'il était inutile de venir la chercher jusqu'à nouvel ordre. Non seulement la nouvelle était inattendue mais la jeune femme, habituellement souriante et soignée de sa personne, avait entrebâillée la porte, démaquillée, les yeux rougis et le regard un peu affolé. Elle n'avait vraiment pas l'air d'une personne qui s'apprête à profiter de quelques jours de vacances. Mme Lemarchadour, bien qu'elle en eût fortement envie, n'avait pas demandé d'explications.

— Je ne veux pas, disait-elle, me « mixer » dans la vie privée des gens !

« D'ailleurs, je n'en aurais pas eu le temps, avait-elle conclu. Lorsque j'ai voulu embrasser la petite avant de partir, sa mère l'a attirée vivement dans l'appartement et m'a claqué la porte au nez.

— Habituellement, est-ce que vous entrez dans l'appartement quand vous ramenez l'enfant ? avait demandé Timor.

— Mais bien sûr, monsieur ! Même qu'on prend le temps de bavarder un peu et que la petite m'entraîne parfois dire bonjour à ses poupées.

Timor en savait assez et il avait mis fin à l'entretien.

La conviction de Le Flaour était faite. Jo Trois doigts s'était introduit chez son ancienne femme et il y avait gros à parier que la présence de l'enfant lui garantissait ainsi le silence de Francette.

La prise d'otage interdisait toute action directe : la mère et l'enfant pouvaient payer de leurs vies une intervention intempestive.

La doctrine de la Police judiciaire, forgée par de trop nombreuses et parfois tragiques expériences, était fort claire à ce sujet. La vie d'un otage est sacrée. L'horreur du crime, le caractère dramatique de la situation requièrent chez le policier d'autant plus de sang-froid. D'une façon générale d'ailleurs Le Flaour avait appris qu'un malfaiteur dangereux ne se traque pas dans les lieux où il est retranché. A son entrée ou à la sortie, d'accord, l'idéal restant d'ailleurs l'intervention à l'extérieur et la possibilité de choisir son terrain. De toute manière l'opinion qui se mobilisait séance tenante sur les prises d'otages ne tolérait plus dans ce domaine aucune « bavure ». Il arrivait même, alors que les malfaiteurs pouvaient être abattus et les otages sauvés, qu'elle s'émeuve sur le caractère expéditif d'une telle solution, le racketteur mort cessant subitement d'être effrayant pour devenir un pauvre bougre digne de toutes les indulgences et de toutes les supputations philosophico-politico-humanitaires.

Alors, avec un enfant détenu par un tueur prêt à tout, il n'était pas question de prendre le moindre risque. Il ne restait plus qu'à planquer encore et encore sur l'appartement devenu prison jusqu'à ce que quelque chose vienne débloquer la situation.

Le Flaour organisa ses troupes de façon à ménager à chacun, à tour de rôle, quelques heures de cette liberté sans laquelle la vigilance devient rapidement illusoire.

Deux policiers planqueraient à pied côté parking, munis de ces petites merveilles techniques que constituent les derniers émetteurs-récepteurs de poche. Un micro-stylo à la boutonnière, un écouteur-pastille fiché au fond d'une oreille. Le tout commandé sans aucun fil par un boîtier guère plus encombrant qu'un paquet de Gauloises et se manœuvrant dans la poche avec une discrétion totale. Derniers-nés d'une gamme sans cesse perfectionnée, ces appareils remplaçaient depuis peu à la Police judiciaire les vieux talkies-walkies dont l'indispensable antenne, le poids et le volume n'étaient guère compatibles qu'avec les missions ostensibles de la police routière ou des services d'ordre. Miniaturisés à l'extrême, ces transistors avaient pourtant une portée et une netteté très supérieures aux anciens modèles et, hormis les souterrains et les obstacles en béton, leur utilisation ne présentait guère de problèmes.

Branchée en permanence sur la fréquence Z 2, la camionnette assurait la liaison avec ces satellites.

L'attente était la seule solution.

Le Flaour promit au Dentiste et à Lenôtre de faire prévenir par la brigade leurs épouses qu'ils ne reviendraient, peut-être, pas de la nuit. Poli déclina l'offre. Sa femme était en pleine crise de jalousie et, comme elle était corse également, le drame avait pris de telles proportions que même un coup de téléphone de Le Flaour ne saurait la ramener à des sentiments plus modérés.

22

Le soir tombait et Le Flaour se préparait, en désespoir de cause, à quitter ses hommes et à regagner la BT lorsque le Dentiste le retint par le bras. A son air attentif il comprit que la camionnette appelait. Les nouveaux petits appareils d'écoute présentent également l'avantage de rendre inutile le miaulement par lequel on alerte le porteur d'un talkie-walkie classique. Ici c'est l'interlocuteur qui est directement sollicité, avec une discrétion totale, par l'appel qui lui arrive au tympan.

Le Dentiste avait reconnu l'accent corse de Polychrome.

— Francette vient de sortir par la porte principale qui donne sur la rue, disait Poli. Qu'est-ce qu'on fait ?

— Attendez un instant, le patron est auprès de moi, je prends ses instructions.

Informé du silencieux message, Le Flaour jeta :

— Dites-leur de ne pas bouger ! J'y vais ! Lenôtre, venez avec moi !

Ils rejoignirent Francette quand elle eut tourné dans une rue où elle ne pouvait être vue de son immeuble.

— N'ayez pas peur, Francette. Nous venons vous aider, lui jeta à mi-voix Le Flaour, en lui mettant le bras autour des épaules.

La jeune femme fit presque un bond et faillit hurler, les nerfs à fleur de peau.

— Calmez-vous, mon petit, nous sommes au courant. Il faut que nous cherchions ensemble une solution.

Francette, les deux mains sur sa poitrine, pâle comme une morte, cherchait à maîtriser les coups furieux de son cœur. Quand elle reconnut le massif commissaire qui avait arrêté son mari elle eut un moment d'hésitation, puis se jeta contre lui, pleurant à chaudes larmes contre son épaule.

En hoquetant, elle lui raconta ce qu'il avait déjà deviné : l'arrivée de Jo, ses violences, ses menaces, Nathalie prise en otage. Nathalie qu'elle avait dû laisser, voici un instant, pendant que Trois doigts l'obligeait à descendre pour lui acheter de quoi manger et boire ainsi que les journaux.

— Il m'a donné dix minutes seulement... Si je ne suis pas de retour dans dix minutes, c'est que je serais partie le balancer aux flics... Alors il tuera Nathalie ! Je vous en prie, je vous en prie, aidez-moi.

Pathétique, accrochée à Le Flaour, Francette implorait, inexorablement bloquée entre les minutes qui passaient trop vite et le tueur qui, là-haut, menaçait son enfant.

— Francette, je vous en prie, ressaisissez-vous ! Il va falloir jouer serré. Faites vos courses comme prévu. Achetez juste le nécessaire pour une journée. En bonne logique, si vous rentrez sans incident, il vous renverra encore demain aux commissions. Si je n'ai pas trouvé de solution dans l'intervalle pour vous sauver, vous et votre fille, faites-moi confiance et surtout gardez votre sang-froid. Ça ira ?

Elle leva vers lui son visage lavé de pleurs et tenta un pauvre sourire.

— Je vais essayer.

— Bon, allez maintenant.

Le Flaour la poussa vers la lumière, en direction d'un supermarché situé à quelques dizaines de mètres.

Dissimulés, les deux policiers la virent peu après revenir, un sac en papier dans les bras, d'où dépassaient quelques journaux.

Hâtant le pas, elle disparut bientôt sous le porche de son HLM.

Au quatrième étage, la lumière brillait à toutes les fenêtres. Derrière l'une d'elles, Jo Trois doigts veillait sans doute lui aussi.

— Qu'est-ce que vous en pensez, Lenôtre ? Vous avez une idée pour lui arracher ses otages ?

— A priori, patron, je ne vois rien, ou alors il faudrait arriver à les endormir tous, un soir, avec un somnifère, ou avec des gaz.

— Trop risqué, Lenôtre. Ils ne s'endormiraient pas en même temps. Si Jo reste le dernier éveillé, il aura le temps de liquider la femme et l'enfant. Non, il faut trouver autre chose. J'ai peut-être une idée, mais ça va faire un foin terrible. Il faut que j'aille en parler au directeur. Maintenez la planque comme prévu. De toute manière, ne tentez rien, sauf si Jo essaie de sortir seul. Je reste à l'écoute sur la radio de la DS. A tout à l'heure.

Le jour rendait son dernier soupir. A la lumière des premiers lampadaires, Le Flaour prit la direction de Paris. Dans une circulation redevenue parfaitement fluide, la rue du Menil le conduisit en un instant au boulevard Voltaire. Longeant le cimetière il envia, l'espace d'une seconde, la tranquillité de ses occupants.

Tout en conduisant, il appela l'état-major.

— Allô, Z 2 ? Ici TV 300 ! Vous m'entendez ?

— TV 300, Z 2 vous écoute.

— Pouvez-vous me dire si le directeur est encore à son bureau ?

— Affirmatif, 300. La réunion du soir vient de commencer.

— Merci, Z 2. Demandez-lui s'il peut me recevoir dans une demi-heure pour une affaire importante.

— Attendez, TV 300. Nous faisons le nécessaire.

Quelques minutes s'écoulèrent que Le Flaour mit à profit pour griller quelques feux trop rouges à son gré, en utilisant, comble d'horreur, les couloirs d'autobus.

— TV 300 ? Ici Z 2. Etes-vous à l'écoute ?
— 300 écoute, Z 2.
— Bon, c'est d'accord. Vous êtes attendu, TV 300.
— Merci. Terminé.

Le Flaour se surprit à sourire en pensant à l'accueil effaré qu'allait recevoir le plan d'action qu'il avait élaboré.

Le directeur de la P.J. tenait chaque soir, avec ses adjoints immédiats, une réunion qui lui permettait de faire le dernier point de la journée sur les principales affaires en cours. Il pouvait ainsi juger et commenter l'action de ses chefs de service, imprimer sa volonté propre à la bonne marche de cette délicate entreprise que constitue la Police judiciaire d'une grande capitale.

Il y avait à cette réunion un petit nombre d'assistants permanents. C'était le cas du sous-directeur chargé des brigades centrales et territoriales. Mince, presque filiforme, il connaissait dans le détail la plupart des affaires sérieuses en cours d'enquête et veillait à ce que rien n'y fût négligé. Il avait un talent prodigieux pour débusquer dans les rapports-fleuves le petit détail, la minuscule piste qui n'avaient pas été totalement exploités par les hommes agissant à chaud sur le terrain.

Il y avait aussi le sous-directeur des affaires financières. La délinquance en col blanc, ainsi qu'elle a été baptisée, a pris depuis quelques années un tel essor qu'on la considère de plus en plus comme un fléau social. Moins spectaculaire que la criminalité violente, elle poursuit finalement les mêmes objectifs, c'est-à-dire l'appropriation illicite des biens ou de l'argent d'autrui. Sa supériorité réside dans la manière et aussi dans le volume stupéfiant des gains qu'elle réalise. Bien sûr, la presse écrite et parlée rapporte bien, de temps en temps, quelque énorme scandale financier, boursier, immobilier ou bancaire, mais ce n'est vraiment là que la partie visible de cette banquise sous laquelle s'agite un nombre croissant d'aigrefins, de juristes éminents spécialisés dans l'escroquerie, l'abus de confiance ou la construction pyramidale de sociétés fictives.

Aussi la sous-direction des affaires financières avait-elle pris une légitime importance et son patron, qui cachait sous une lourdeur débonnaire une redoutable perspicacité comptable et une virtuosité juridique éblouissante, était l'un des plus écoutés. Il était aussi l'un des plus sollicités pour les stages au cours desquels la Direction centrale de la rue des Saussaies formait aux délicats mécanismes des malversations en tout genre les spécialistes appelés à juguler la criminalité en col blanc. Des simples inspecteurs aux commissaires déjà expérimentés, tous écoutaient avec une religieuse attention l'homme qui, sans nul doute, en maîtrisait le mieux les mystérieuses combinaisons financières et les sortilèges juridiques.

La traditionnelle réunion directoriale du soir ne pouvait non plus se passer du contrôleur général chargé de la difficile administration des quelque soixante commissariats de la capitale qui malgré leurs faibles moyens d'action, restent des antennes privilégiées sur lesquelles il faut savoir capter, derrière la routine quotidienne et anodine, l'affaire sérieuse importante ou grave.

Le chef d'état-major enfin, l'homme qui savait tout, était le dernier de ces permanents qui se réunissaient chaque soir dans le bureau du grand patron.

S'y ajoutaient, suivant les circonstances, tel ou tel patron de brigade centrale ou territoriale, le Pacha aimant bien, dans les enquêtes difficiles, entendre, de la bouche même de ceux qui les vivaient, les détails observés ou les impressions éprouvées. C'est ainsi que ce soir il avait convoqué à sa réunion le chef de la brigade de Voie publique qui piétinait depuis plusieurs semaines sur un cambriolage de banque en plein centre de Paris qui faisait grand bruit. A en juger par son visage maussade à la sortie de la réunion, les explications de son échec n'avaient pas dû convaincre le directeur. Il salua à peine Le Flaour qui débouchait dans l'aquarium en haletant, maudissant, avec ce qui lui restait de souffle, les abominables escaliers du 36.

Le directeur raccompagnait précisément ses autres collaborateurs. Il retint par le bras le chef des services financiers et celui de son état-major.

— Restez un moment, vous deux ! Je ne serais pas surpris, Ferronaz, que Le Flaour vous demande encore des tas de choses que vous n'avez naturellement pas. Quant à vous, mon cher financier, la dislocation du clan des Khenchela vous offre peut-être une occasion favorable de vous intéresser à nouveau à leurs affaires. Nathan disparu, quelques grains de sable se glisseront fatalement dans les rouages de sa machine. Ses hommes de paille vont se trouver désemparés et ses adversaires vont redresser la tête. Vous devriez en profiter pour vous remettre sur cette affaire. Jo Trois doigts nous attire suffisamment d'ennuis, il peut peut-être nous aider sans le savoir. Qu'en pensez-vous ?

L'expert en finances truquées et en fraudes en tout genre opina, ajoutant :

— J'étudie précisément un procédé d'exportation illicite de capitaux qui serait utilisé par les Khenchela. Le bruit court maintenant dans les milieux de la Bourse que Nathan faisait majorer frauduleusement et substantiellement le prix de produits qu'il importait. La différence représente une fuite de capitaux et une dissimulation de bénéfice. Elle est mise à la disposition des fraudeurs dans une banque étrangère. Il est même possible que les marchandises importées par Nathan soient à l'origine de fabrication française. Elles seraient alors successivement refacturées dans tous les pays où elles transitent et qui sont précisément ceux où les Khenchela ont des entreprises illicites. Cette méthode permet, en doublant ou en triplant chaque fois le prix d'une marchandise inchangée, d'en faire le véhicule d'un argent qui acquiert ainsi une existence légitime. Vous me suivez ?

Les yeux ronds, le Pacha, Ferronaz et Le Flaour s'accrochaient tant bien que mal à la démonstration.

— Eh bien, mon cher ami, hasarda le directeur, il ne vous reste plus qu'à transformer cette séduisante hypothèse en une certitude indiscutable.

— Je vais m'y employer, assura le patron des services financiers. Les enquêtes de Le Flaour me fourniront le support juridique nécessaire. Dès demain je me replonge dans ce dossier.

Tout heureux, il propulsa sa lourde silhouette vers la sortie.

Le tonitruant et encombrant Ferronaz souffla dans sa pipe. Personne ne se trouvant auprès de lui, il n'aspergea de cendre chaude que la moquette du vestibule et les revers de son propre veston. Il pénétra dans le bureau du directeur sur les pas de Le Flaour.

— Je vous écoute, Le Flaour, attaqua le Pacha. Où en sommes-nous ?

Derrière les lunettes cerclées d'or, le regard gris, froid et attentif, démentait le sourire décontracté.

Roulant entre ses doigts une cigarette qu'il ne se décidait pas à allumer, Le Flaour, posément et méthodiquement, entreprit de narrer ses succès et ses échecs de la journée : la découverte de Francette, alias Mady, call-girl chez Cynthia ; la démarche d'Alex Magenta chez la même Cynthia pour le compte de Jo Trois doigts ; les recherches de Lenôtre pour « loger » le vieux voyou devenu le complice du tueur ; le siège de l'HLM d'Asnières et la découverte, ce soir, de la séquestration par Jo Trois doigts de son ancienne femme et de la petite Nathalie.

— Comme vous voyez, monsieur le directeur, conclut-il, ce n'est pas brillant, brillant !

— Pour l'instant, Jo Trois doigts ne semble pas vous avoir repérés à Asnières ?

— Cela peut arriver à tout moment, monsieur le directeur ! Et même si Jo est en état de subir longtemps cette claustration, Francette, elle, risque de craquer à chaque instant et de déclencher sa folie meurtrière.

Le directeur se plongea dans une profonde méditation.

— A mon avis, reprit Le Flaour, il faut trouver un moyen d'enlever à Jo ses deux otages. Après, les rôles seront inversés. C'est nous qui aurons tout le temps de le laisser mariner.

— Et vous avez sans doute une idée, Le Flaour, pour réaliser ce tour de magie ?

— Peut-être, monsieur le directeur.

Le Flaour expliqua son plan. La durée de l'entretien permit de penser qu'il fut jugé recevable mais aucune trace n'en resta : le directeur de la P.J. avait, d'un coup de pieds malencontreux et involontaire, brisé le micro dissimulé dans son lampadaire.

Ses collaborateurs partis mettre au point les ultimes détails de leur action, le Pacha s'attarda seul dans son bureau. Regardant sans le voir le ruban noir de la Seine qu'illuminaient parfois les bateaux mouches où s'agitait une foule insouciante, il repassa mentalement le film de sa journée. Il prit encore quelques notes qu'il enferma dans l'un de ses tiroirs, s'assura que son coffre était clos, et en brouilla la combinaison avant d'éteindre ses lumières et de gagner le quai. Il y avait longtemps que la porte de communication entre le Quai des Orfèvres et le Palais de justice était close. Il aimait bien d'ailleurs faire quelques pas, seul dans la nuit, en regagnant son appartement tout proche. Il lui arrivait même, lorsqu'il était satisfait, de se perdre incognito dans la foule bigarrée du boulevard Saint-Michel et de s'asseoir à une terrasse pour y boire un demi de bière en regardant couler le flot des passants. Hippies venus des quatre coins du monde, grappes de filles et de garçons à cheveux longs, bandes de blousons noirs de banlieue, étudiants sages, cadres en mal de distractions, clochards vautrés sur les bouches de métro, craintifs travailleurs immigrés : le quartier Latin devenait, le soir, un microcosme de la société de demain qu'il était fascinant d'observer.

Le directeur n'en aurait pas le temps aujourd'hui. La journée du lendemain s'annonçait lourde de danger.

23

A 23 heures, Le Flaour quittait Ferronaz et, après avoir essuyé les habituels reproches polis mais amers de Mmes Heinkel et Lenôtre, reprenait la route d'Asnières. Le massif chef d'état-major avait donné de multiples coups de téléphone et autant de coups de gueule. Les dés étaient jetés. Restait à savoir sur quelle face ils s'arrêteraient de rouler.

Dans l'HLM de Francette, les lumières du quatrième étage brillaient toujours côté rue et ses hommes étaient en place. Rien ne s'était passé depuis son départ.

Les appartements du grand ensemble s'éteignaient un à un et Lenôtre soliloquait sur la condition policière qui lui valait, depuis un quart de siècle, le privilège de voir ainsi s'endormir les inconscients. Demain, rasés de près, l'estomac plein de café fort et de croissants chauds, ils n'auraient pas de mots assez forts pour vilipender ces flics fainéants et trop payés qu'ils croiseraient sans les voir dans leur camionnette glaciale ou dans le courant d'air mauvais d'un corridor.

Une heure du matin venait de sonner lorsque la première sirène se fit entendre.

La — si ou ré — la ? Police ou pompiers ? Le son montait, se précisait, s'approchait. La — si. C'étaient les pompiers.

Soudain oppressé, Le Flaour poussa un profond soupir.

Une deuxième sirène puis une troisième se joignirent à la première. Celle d'un car de police-secours ajouta au concert sa note plus aigre.

Deux minutes plus tard, une bruyante armada envahissait le parking et la rue. Les tuyaux se déroulaient, les compresseurs se mettaient en route. Dans l'HLM, les fenêtres s'ouvraient, les locataires commençaient à s'interpeller.

Muni d'un mégaphone, un colonel des pompiers s'adressait déjà aux occupants :

— Mesdames et messieurs, gardez votre calme. Il n'y a pas de danger immédiat, mais une importante fuite de gaz s'est déclarée dans votre immeuble. Je suis obligé de vous demander de l'évacuer jusqu'à ce que tout danger soit écarté. Vous êtes priés de vous habiller rapidement et de quitter les lieux. Vous pouvez fermer vos appartements car la fuite se situe dans les parties communes. Il est interdit de la façon la plus formelle de fumer pendant les opérations d'évacuation.

Amplifiée par le haut-parleur, la voix anonyme continuait à nasiller :

— Des sapeurs-pompiers et des employés du Gaz de France vont passer dans tous les appartements vous confirmer mes instructions. Je vous remercie par avance de bien vouloir, dans l'intérêt de tous, leur obéir rapidement dans l'ordre et la bonne humeur.

Déjà les pompiers et quelques hommes de la compagnie du Gaz se faisaient ouvrir les portes, guidés par le gardien qui, pressé par le temps, avait surgi vêtu seulement d'un pyjama trop court en flanelle rayée. Il avait même oublié de chausser son dentier, ce qui avait pour résultat d'une part de rendre sa conversation inaudible et d'autre part de lui faire manger sans cesse ses longues moustaches.

Francette avait compris.

Comme tout le monde, elle avait d'abord réellement pensé

à un accident. D'ailleurs quelques catastrophes récentes dues à des fuites de gaz dans des constructions modernes étaient encore présentes à tous les esprits. Elles justifiaient, plus qu'il n'en était besoin, l'intervention massive des pompiers.

Dans un deuxième temps, elle avait accueilli comme providentiel l'ordre d'évacuation, pensant que cette opération, par la confusion qu'elle entraînerait, pourrait favoriser sa fuite.

Mais quand elle avait entendu que les pompiers allaient venir se faire ouvrir les portes, elle avait réalisé que Le Flaour était entré en action. Tout le reste n'était qu'une vaste mise en scène destinée à tromper Jo.

Le tueur, le visage livide, ses deux pistolets à la ceinture, surveillait la rue. Dans son petit lit, Nathalie pleurait.

Rapidement vêtue, Francette se pencha sur l'enfant et commença à l'habiller. Jo la tira brutalement en arrière.

— Inutile ! Tu restes ici. Pas question de te laisser partir avec ta fille ! Trop facile de me fausser ainsi compagnie !

— Mais, Jo, si nous ne sortons pas, ils vont entrer de force ! Tu as entendu, ils vont visiter tous les appartements. Si tu crains que je me sauve, viens avec nous.

— Tu es cinglée ! Tu me vois me baladant avec tous ces caves et au milieu des flics en attendant qu'ils bouchent leurs tuyaux ? Tu restes ici ! Si tu ne réponds pas quand ils frapperont, ils s'en iront. Si tu essaies de crier, je t'assomme !

Il tenait le Merkuria par le canon.

Francette, qu'il maintenait après lui avoir ramené les mains dans le dos, l'attira insensiblement loin de Nathalie.

Assise dans son lit, la petite fille continuait de pleurer.

Des coups frappés sans ménagement ébranlèrent la porte avec une telle soudaineté que l'enfant cria.

— Ouvrez ! Allons, ouvrez ! Et descendez tout de suite !

La voix continuait, questionnant un voisin sans doute :

— Il y a quelqu'un ici ?

— Oui, répondit une autre voix, la voisine probablement.

Il y a une jeune femme et sa petite fille. Je l'ai vue rentrer ce soir, et d'ailleurs il y a de la lumière.

Jo jura sourdement contre sa propre sottise et la crainte maladive qu'il avait de l'obscurité depuis qu'il était en cavale. Nathalie cria de plus belle.

Doucement, Francette arracha une à une ses mains de l'étau qui les comprimait. Elle murmura à voix basse :

— Cache-toi dans la chambre, Jo. Je vais sortir avec Nathalie. Ils ne te verront pas. Je te promets de revenir.

En mettant dans son geste autant de tendresse qu'elle pouvait en simuler, elle l'embrassa sur les lèvres.

— Si tu ne reviens pas, je vous tuerai toutes les deux où que vous soyez !

Serrant son arme dans sa main mutilée, Trois doigts gagna la chambre, éteignit la lumière et se fondit dans le noir.

Francette enveloppait Nathalie dans sa robe de chambre. Ses mains tremblaient mais son cœur bondissait d'allégresse. Surtout ne pas le montrer, qu'il ne se doute de rien...

Les coups recommençaient, plus impérieux encore.

— Allons, madame, ouvrez ! Soyez raisonnable ! Vous retardez tout le monde. Ce n'est qu'une question d'une heure ou deux. Ne m'obligez pas à enfoncer votre porte.

— Voilà, fit-elle d'une voix qu'elle ne reconnut pas. J'arrive, excusez-moi, je n'avais pas entendu.

Elle déverrouilla et ouvrit sa porte. Des bras puissants la tiraient déjà en arrière avec son enfant dans les bras.

— Il n'y a plus personne ici ? demanda le pompier.

— Non, non, je suis seule avec ma fille.

L'employé du gaz claqua la porte. Si Francette l'avait connu, elle aurait aperçu, sous la casquette trop grande marquée EGF, le visage boutonneux et tendu de Timor.

Une demi-heure plus tard, les travaux ayant avancé plus vite que prévu — et pour cause — les locataires réintégraient les lieux. Il s'en trouva pour se plaindre de l'odeur persistante du gaz dans l'escalier et pour estimer trop hâtive la réparation.

Francette avait été conduite par Timor auprès de Le Flaour. Une fois installée sur le siège arrière de la DS, ses nerfs craquèrent d'un seul coup.

Le Flaour la laissa pleurer longtemps. Rassurée, Nathalie s'était rendormie. Peu à peu les sanglots s'espacèrent et Francette se détendit. Soudain, elle se jeta au cou de Le Flaour et l'embrassa fougueusement.

— Merci, merci, dit-elle en pleurant de nouveau.

— Bon, Francette, vous allez vous reposer. Avez-vous un endroit où aller avec votre fille ?

— Je ne vois que Cynthia pour l'instant. A Paris tout au moins.

Elle n'en était pas plus fière pour cela. Une obscure pudeur la rendait honteuse d'étaler ainsi le côté secret et peu glorieux de sa vie.

— Bon, ça ira pour cette nuit. Je vous prête mon employé du gaz. Il va vous conduire rue Lauriston et assurer votre sécurité jusqu'à demain. Ensuite, il faudra que nous parlions. Pour vous, le plus dur est fait. Pour moi, il reste à faire. Allez, bonne nuit !

Le Flaour rejoignit Ferronaz et quelques-uns de ses hommes au café de la porte d'Asnières où ils l'attendaient.

— Si tu n'étais pas si gros, Ferronaz, je te serrerais dans mes bras.

Ils rirent tous deux. Tout était dit. Les mots étaient superflus. Ils éprouvaient une profonde allégresse et chacun était reconnaissant à l'autre. Une double tournée de whisky chassa le petit nuage d'émotion et réchauffa les estomacs. Le Flaour s'en fit préparer un petit flacon à l'intention de son équipe qui continuerait à geler dans la rue et dans la camionnette en attendant que le jour se lève.

— Ah, dis donc, Ferronaz, n'oublie pas de remercier pour moi ton colonel de pompiers. Il a organisé son cirque de façon remarquable.

— Compte sur moi, vieux, ce sera fait. C'est un officier de

premier ordre. Nous travaillons souvent ensemble sur les problèmes de sécurité en cas d'incendie. Je savais qu'on pouvait compter sur lui. En plus, ça a fait un excellent exercice pour ses hommes.

Le groupe se sépara. Ferronaz, de sa voiture, entra en contact radio avec Z 2 et fit réveiller le directeur pour l'informer de l'heureuse issue de l'opération. Il dicta ensuite un message à l'intention de la section criminelle du Parquet et, après avoir souhaité une bonne nuit à ceux qui, jusqu'à l'aube, allaient rester à l'écoute de la ville, il regagna son domicile.

Le Flaour, après être passé réconforter ses troupes et avoir organisé une relève pour le matin, décida d'en faire autant.

Cette journée lui avait tout de même apporté une demi-satisfaction. L'étau de la prise d'otage avait été dynamité. La mère et l'enfant étaient sauvés et le tueur coincé, à son tour, dans un piège. L'avantage avait changé de camp.

Il prit le boulevard extérieur et, pour apaiser ses nerfs noués depuis trop longtemps, fonça. 120... 130... 140... 160. Ces moteurs super-gonflés, perpétuellement révisés par les mécanos du garage du boulevard de l'Hôpital, tournaient vraiment comme des horloges. L'éclair du flash dans la glace arrière le fit freiner brusquement. Trop tard. A hauteur de la porte de la Villette, une demi-douzaine de silhouettes en uniforme agitaient leurs lanternes marquées « Police ». Sagement il s'arrêta, soupira et, la glace baissée, se présenta et s'excusa. Il accepta gentiment l'inutile sermon du gradé et repartit calmement. Il n'avait plus envie d'aller vite.

Au bord de la Marne qu'il longeait pour rejoindre son pavillon de banlieue, il s'arrêta et alluma une cigarette. Debout au bord de l'eau, il respira l'air humide de la nuit. L'obscurité se faisait moins profonde et quelques bruits de réveil agitaient déjà les arbres et les buissons de la rive. Le fleuve chantonnait. Au bout de l'horizon une mince bande rose annonçait le jour. Le Flaour se sentit subitement épuisé.

Un quart d'heure plus tard, après être entré sur la pointe des pieds et en chaussettes, il se couchait avec délectation dans le lit de la chambre d'amis. C'est déjà bien assez de ne pas dormir beaucoup soi-même. Si, en plus, il faut troubler la nuit des autres...

Dans l'HLM d'Asnières, le calme est revenu et l'immeuble replonge dans le sommeil.

Jo ne peut que se rendre à l'évidence : il s'est fait posséder. Il ne lui vient pas à l'idée que le déploiement des pompiers n'a été qu'un piège. Un tel cinéma, ce n'est pas possible !

Sa fureur, folle, incontrôlée, se retourne contre Francette. La salope n'est pas revenue ! Jo résiste à l'envie de tout planter là et de sortir dans la rue vider ses deux chargeurs sur n'importe qui. Il met longtemps à maîtriser les convulsions qui lui tordent les membres.

La bouteille de scotch achevée au goulot l'assomme. Il s'endort, les coudes sur la table de la cuisine, le Merkuria posé à plat devant lui, la tête habitée par des cauchemars sanglants.

24

Avez-vous déjà vu le conduit d'un vide-ordures dans une HLM ? Vous savez, le conduit de béton qui descend verticalement des étages et où tintinnabulent les boîtes de conserves vides des locataires du dessus ? Comme tout un chacun, vous n'en connaissez sans doute que le couvercle de fonte et l'orifice qu'il recouvre dans votre cuisine ou sur votre palier.

Jo, jusque-là, n'en connaissait pas plus mais, depuis deux jours qu'il se savait piégé dans son quatrième étage, il avait eu le temps de réfléchir, et ce vide-ordures lui paraissait la seule issue possible, le seul moyen de tromper Le Flaour sans risquer d'y laisser sa peau.

Dès le lendemain de la fuite de gaz, Trois doigts avait dû se rendre à l'évidence. Non seulement Francette lui avait échappé, mais elle l'avait balancé aux flics ! Tapi derrière les fenêtres, il n'avait rien distingué de précis, mais de vagues passants isolés erraient trop longtemps dans des promenades sans but, se croisaient en feignant de s'ignorer. Pour discret qu'il fût, ce ballet en dehors des grandes marées humaines qui ponctuent, matin et soir, le rythme lugubre du « métro-boulot-dodo » lui avait enlevé toute illusion.

Il était coincé comme un rat dans un piège. Les flics étaient sûrement partout. Ils surveillaient toutes les issues, prêts à l'abattre dès qu'il se montrerait.

Jo n'avait rien à manger ni à boire et il en était réduit à fumer les dernières Camel de Francette. Même les moineaux lui étaient interdits. Les oiseaux sont rares dans les cités de béton et, de toute façon, ouvrir la fenêtre pour tenter de les piéger eût été bien imprudent. Le Flaour aussi connaissait les fusils à lunette et serait trop heureux de s'en servir.

Une chance. Dans l'appartement de Francette, le vide-ordures ouvre directement sur la cuisine et l'architecte l'a prévu assez large. Le conduit lui-même mesure bien cinquante centimètres de côté, mais il faut, pour y accéder, desceller la plaque qui l'obtrue et en élargir l'entrée.

Jo se met à la besogne. Francette n'est guère bricoleuse et, après avoir bouleversé tout l'appartement, il n'a trouvé comme outils qu'un tournevis, un marteau et une pince coupante. Cela doit suffire.

Après avoir brisé la fonte du couvercle, il entreprend de desceller le cadre métallique. Heureusement, l'habillage est de plâtre. Après une bonne heure d'efforts, Jo a dégagé un passage suffisant.

Avec une paire de ciseaux, il taille en larges lanières les draps de l'armoire, les tresse sommairement et confectionne une dizaine de mètres d'un cordage d'une résistance suffisante.

Maintenant tout est prêt. Le radiateur de chauffage est solidement scellé au mur de la cuisine. Jo y amarre une extrémité du lien et balance le reste dans le conduit.

Il se met en slip, emballe ses vêtements dans un torchon, jette le colis également dans le vide-ordures.

Au moment de prendre le même chemin, une idée lui traverse l'esprit. Ne gardant dans son slip que le Merkuria CZ à 15 coups, Trois doigts se dirige vers le berceau de poupée de la petite Nathalie. Il y dépose le P 38, s'attarde quelques instants et, apparemment satisfait, revient à la cuisine.

Sans plus attendre, il monte sur une chaise, engage son corps, les pieds en avant, dans le conduit du vide-ordures.

Empoignant le cordage, Trois doigts se laisse peu à peu glisser.

Peu de gens choisissent de vider leurs ordures à trois heures de l'après-midi.

Jo eut la chance de ne recevoir aucune bouteille vide sur la tête et arriva à peu près intact au sous-sol, dans un réduit nauséabond et obscur.

Le corps marqué par le gras des parois, il récupéra ses vêtements dans la poubelle où il avait atterri et s'habilla à la lueur de son briquet. Dûment armé, le Merkuria reprit sa place à la ceinture du pantalon.

Il restait à Jo à quitter l'immeuble. Il avait sans doute trompé le premier rang de ses adversaires mais il connaissait trop bien Le Flaour pour supposer qu'il se contentait de surveiller l'appartement. Cette ordure de flic devait bien avoir pris quelques précautions supplémentaires.

Sorti du réduit malodorant. Trois doigts déambula quelques minutes dans les couloirs déserts du sous-sol. Il constata que ceux-ci communiquaient directement avec un parking. Une reconnaissance prudente lui apprit que ce parking débouchait, en même temps que quelques autres, sur un rond-point central.

Inutile de compter sur sa voiture. La 504 de louage était sans doute repéré et surveillée. Le Flaour et ses hommes attendaient donc probablement un homme qui sortirait à pied de l'immeuble. Jo avait une chance de les tromper s'il partait ostensiblemenn du sous-sol en auto.

Il y avait peu de voiture à cette heure-là dans le parking, mais plusieurs d'entre elles étaient ouvertes. Jo repéra une 2 CV assez délabrée mais abondamment décorée de gadgets et d'autocollants multicolores. Aucun flic ne se méfierait d'une telle guimbarde. En outre, comme les 2 CV sont démunies de tout antivol, leur mise en route ne présente aucun problème.

Jo souleva le capot, arracha les fils du tableau de bord. Il les connecta rapidement de façon à établir le contact au niveau du démarreur. Le moteur toussa, éternua, toussa à nouveau et, finalement, ronfla, ébranlant bruyamment les vieilles tôles fatiguées.

Une minute plus tard, Jo tournait sur le rond point central de la cité d'HLM et gagnait l'avenue.

Une autre minute encore et il se dirigeait vers Paris.

A sa fureur d'avoir été doublé se mêlait maintenant la jouissance d'avoir une fois de plus échappé aux poulets. Mais un compte supplémentaire restait à régler, celui de Francette.

Jo avait eu du mal à admettre que sa femme l'avait balancé, mais les faits étaient là, indiscutables. Francette avait disparu après avoir réussi à emmener l'enfant et, quelques heures plus tard, les hommes de Le Flaour surveillaient l'immeuble. Il aurait dû s'en douter ! Les précautions qu'elle avait prises pour qu'il ne la retrouve pas, l'accueil qu'elle lui avait réservé, son attitude pendant les deux jours qu'ils avaient passés ensemble, tout cela aurait dû le mettre en garde, mais il s'était laissé berlurer quand même ! La garce ! Elle ne l'emporterait pas au paradis !

La première chose à faire était de la retrouver. Le tour d'Elie viendrait après, quand il se serait organisé à nouveau pour attendre que le dernier des trois frères Khenchela sorte de son trou.

Dans l'immédiat, c'est à Francette de payer sa dette. Jo doit faire un violent effort pour dominer la nouvelle crise qui le gagne. Dès qu'il aura pris un peu de champ, il s'arrêtera dans une pharmacie : il a plus que jamais besoin de tout son sang-froid.

La voiture qu'il a volée risque d'être signalée très vite, dès que Le Flaour aura acquis la certitude de sa fuite. Mieux vaut donc l'abandonner. C'est ce qu'il fait en arrivant à la porte de Clichy. Heureusement, il lui reste la roulotte d'Alex.

La pharmacienne est seule dans son officine lorsque Jo y pénètre. C'est son métier de voir des gens souffrants et elle ne prête guère attention aux traits tirés et à l'air traqué de son client.

— Donez-moi une boîte de suppositoires d'Olepsol.

— Vous avez une ordonnance, monsieur ?

— La voilà !

Le canon noir et brillant du Merkuria monte vers sa poitrine et vient se poser, dur et froid, sur sa gorge. Paralysée de terreur, la jeune femme parvient cependant à ouvrir la bouche. Elle va crier.

— Tu la boucles, ma belle, et il ne t'arrivera rien. Tu ne vas tout de même pas te faire dessouder pour une ordonnance !

La pharmacienne bredouille quelque chose et se dirige vers le fond de son magasin. Jo la suit. Lorsqu'elle grimpe, les jambes flageollantes, sur l'escabeau pour accéder au médicament demandé, il ne résiste pas au plaisir de passer en ricanant, entre les cuisses tièdes et douces de la jeune femme, sa main estropiée prolongée par l'arme.

— Tu vois, salope, je ne suis pas méchant. Je pourrais te faire ta fête si j'avais un peu de temps devant moi.

Il lui arrache des mains les quatre boîtes d'Olepsol qu'elle tient en tremblant. A reculons il regagne l'entrée du magasin, arrachant au passage sur la caisse, d'un geste brutal, le fil du téléphone.

— Si tu veux profiter de la vie, je ne te conseille pas d'appeler les flics. Avant qu'ils me mettent la main dessus, je trouverai toujours le temps de te remercier. Vu ?

Elle incline la tête affirmativement. Un client pousse au même moment la porte. Jo en profite pour sortir sur le boulevard Bessières et s'engouffre tout aussitôt dans l'escalier du métro. Il est grand temps qu'il se soigne. Il n'arrive plus à maîtriser les tremblements qui agitent tous ses membres.

25

Il y avait plus de quarante-huit heures que Le Flaour et ses hommes surveillaient l'HLM d'Asnières.

Les policiers qui avaient la chance de planquer à pied pouvaient encore, en se relayant, éviter la fraîcheur de la nuit, et, pendant le jour, le soleil déjà chaud de ce mois de juin. Mais les hommes condamnés à la camionnette profitaient pleinement des écarts de température et ne pouvaient se dégourdir les membres, sous peine de faire osciller curieusement un véhicule censé être vide.

Pour le moment, ils étaient en slip sous les tôles bouillantes et au bord de l'asphyxie en dépit de l'aérateur qui tournait sur le toit malgré l'absence de vent. En outre les toilettes sommaires dont était équipé le véhicule commençaient à sentir sérieusement mauvais. Et pas question de les vider ni de les transporter ailleurs ou de déplacer la camionnette.

Les poulets qui ont goûté, pendant des jours, des semaines et parfois des mois, aux joies de la planque connaissent bien ces problèmes, et le public s'imagine mal, quand les journaux pavoisent sur l'arrestation d'une bande de gangsters, les misères qui ont précédé ce jour de gloire. Et encore ! Quand gloire il y a, tout est oublié ! Or tous les spécialistes vous diront que des opérations de planques ou de filatures ne réussissent guère qu'une fois sur dix.

A croire que les éléments se liguent parfois contre les défenseurs de l'ordre ! Fuite du voyou dans un sens interdit, disparition dans un immeuble à double issue, incompréhension même du brave gardien de la paix faisant un barrage de son corps à une voiture banalisée qu'il ne reconnaît pas, apparition d'une procession d'écoliers se rendant sagement à la piscine sous la conduite de leur moniteur : autant d'occasions d'éventuelles bavures que la police d'aujourd'hui doit savoir éviter, même si elle y perd le bénéfice de longues surveillances.

Le grand Poli était encore plus malheureux que les autres, car il ne pouvait même pas détendre complètement son mètre quatre-vingt-dix et ses longues jambes. La position de surveillance à travers les étroites fentes aménagées dans les cloisons du véhicule lui donnait des crampes qui lui tordaient les muscles.

S'étant fait remplacer par Timor, dont la petite taille s'accommodait mieux à la situation, Poli s'allongea de tout son long sur le plancher et, avec lenteur et application, se livra à quelques exercices de décontraction.

Pas plus côté rue que côté parking, il ne se passait quoi que ce soit et les courts messages que délivraient à mi-voix tous les quarts d'heure les émetteurs-récepteurs de poche en restaient au laconique RAS.

Ils avaient vu jusque-là bouger à plusieurs reprises les rideaux de l'appartement du quatrième. Mais, depuis longtemps, les voilages restaient rigoureusement immobiles, d'une immobilité que Le Flaour commençait à trouver inquiétante.

— Teuf-Teuf !

— Oui, patron.

— Va donc en douce jusqu'à l'appartement et colle ton oreille à la porte ! Essaie de voir ou d'entendre ce que ce mec manigance.

— C'est risqué, patron.

— Tant pis, je prends le risque.

Il savait par expérience que les planques auxquelles on ne

croit plus ne servent à rien. La vigilance se relâche et les hommes deviennent imprudents. Attendre était peut-être possible mais jusqu'à quand ? Et si le tueur s'était envolé ? S'il allait tuer à nouveau pendant qu'ils s'enlisaient dans une surveillance inutile ? Non, décidément, il fallait en sortir.

Quelques minutes plus tard, Teuf-Teuf était au rapport :

— Patron, aucun bruit ! Rien ! S'il dort, il ne ronfle pas. Mais s'il a foutu le camp, ce serait le même silence...

Le Flaour était perplexe. Par acquit de conscience il avait fait inventorier toutes les voitures qui stationnaient de façon prolongée aux environs de l'immeuble. Une dizaine de véhicules avaient ainsi retenu son attention. Des vérifications avaient été faites sur chacun d'eux, au services des cartes grises d'abord, aux domiciles des propriétaires ainsi identifiés ensuite. Rien. Tous étaient vraiment au-dessus de tout soupçon. Un doute demeurait toutefois au sujet d'une 504 louée à Europcar à Roissy par un certain Lompré. Présentée au responsable de la location, la photo de Jo Trois doigts n'avait pas été reconnue, mais l'agence du nouvel aéroport Charles-de-Gaulle voyait tant de monde ! Plus grave était le fait que le numéro du permis de conduire relevé par l'employé ne correspondait pas à l'identité du client. A l'adresse indiquée par celui-ci, un bidonville portugais à Champigny, il était rigoureusement inconnu, mais le numéro du permis et l'adresse étaient tellement mal libellés qu'ils supportaient plusieurs traductions. Envoyé une nouvelle fois aux renseignements, Timor avait appris que l'homme qui avait loué l'auto avait une soixantaine d'années et un visage rond. Ce signalement s'appliquait assez bien à Alex Magenta, mais les photos anthropométriques du vieux voyou étaient vraiment trop anciennes pour entraîner une certitude.

Le Flaour avait mis sous surveillance la 504 suspecte. Il l'aurait bien ouverte et inventoriée pour y rechercher, entre autres, les empreintes du conducteur mais il avait déjà eu dans le passé quelques ennuis au cours d'une opération identique. La justice n'aime guère ces interventions clandestines.

Il est vrai que la moindre illégalité est maintenant exploitée systématiquement par la défense et la Chambre d'accusation se montre particulièrement sourcilleuse dans ce domaine. Le Flaour avait vu ainsi, à ses débuts, réduire à néant toute une enquête viciée par une perquisition semi clandestine. On l'avait même quelque peu suspecté d'avoir placé dans l'automobile qu'il avait fouillée ce qu'il espérait y trouver. Les deux malfaiteurs, dont il avait ainsi découvert les armes et les déguisements qu'ils utilisaient dans leurs braquages, avaient été libérés, ces preuves ayant été considérées comme nulles. Le Flaour avait encore en mémoire leurs ricanements à la sortie du cabinet d'instruction et le goût amer de sa défaite.

Bien sûr dans le cas présent, et en l'absence de l'introuvable Lompré, il avait la possibilité de fouiller la voiture suspecte en requérant deux témoins du quartier mais c'était donner dans la rue un spectacle peu compatible avec la discrétion qu'il entendait conserver à sa plaque. Il se contentait donc de faire surveiller la 504 après en avoir quand même, à tout hasard, dégonflé les deux pneus avant.

Rien ne se produisant, et la dernière visite de Teuf-Teuf à l'appartement permettant de craindre que celui-ci fût vide, Le Flaour décida une nouvelle visite des lieux. La précédente ne lui avait révélé aucune possibilité de fuite. Pour ne rien laisser au hasard, il décida de s'assurer, cette fois, le concours du gardien.

Il le trouva dans le sous-sol de l'immeuble voisin. C'était un retraité de la SNCF et sa moustache d'honnête homme se mit à frémir d'une sainte fureur lorsque Le Flaour lui eut exposé le but de sa démarche et dépeint, sous son côté le plus noir — il n'avait pas eu, hélas, à se forcer — le tueur qu'il recherchait.

— Si c'était que moi, monsieur, des gens comme ça, ça devrait être fusillé et sans jugement. Et croyez-moi, j'en ai vu après trente années de chemin de fer !

Le bonhomme était lancé, comme une machine haut le pied, et Le Flaour eut bien du mal à lui faire quitter le rail de sa philosophie d'extermination pour celui du renseignement concret. Le retraité y consentit cependant quand Le Flaour lui eut dit que le tueur était prêt à tout et qu'il fallait être discret.

— Eh bien, monsieur le commissaire, moi qui connais très

bien la maison, je ne vois que deux solutions pour quitter cet appartement sans être vu. Ou bien par la cheminée ou bien par le vide-ordures. Mais c'est sûrement plus facile de descendre par le vide-ordures car les cheminées sont bien étroites et biscornues.

— Où aboutit celui du bâtiment C ?

— Au sous-sol comme les autres.

Un instant plus tard, ils y étaient, et Le Flaour, consterné, regardait pendre au-dessus des poubelles le cordage de draps tressés.

Ayant rassemblé ses hommes, Le Flaour enfonçait d'une épaule rageuse la porte du quatrième étage. Il pouvait s'offrir ce luxe car le retraité de la SNCF cautionnait par sa présence la légalité d'une action aussi brutale. L'appartement était vide et le conduit éventré du vide-ordures lui confirmait la nouvelle évasion de Jo Trois doigts.

— Lenôtre ! Timor ! Polychrome ! Passez-moi tout ça au tamis ! Ramassez-moi tout ce qui peut prouver son séjour ici. Si vous trouvez des traces d'empreintes quelque part on fera venir l'I.J. [1].

Assis dans la cuisine pendant que ses hommes s'affairaient, Le Flaour réfléchissait. Voyons, Elie est gardé. La femme et l'enfant sont en sûreté chez Cynthia. Que va tenter Jo ? Ou il se sent trop mouillé et il n'a plus de raison de renoncer, ou bien il estime qu'il peut encore s'en tirer et il va essayer de disparaître. Plusieurs fois déjà dans des affaires graves, Le Flaour avait pu déplorer la perméabilité de nos frontières, qui malgré les efforts de la direction des renseignements généraux et des spécialistes trop peu nombreux de la PAF [2], deviennent en saison touristique de véritables passoires. Voyages organisés, charters tous azimuts, autoroutes encombrées : autant de contrôles quasi symboliques en ce mois de juin et autant d'occasions

1. Identité judiciaire.
2. Police de l'air et des frontières.

possibles pour un voyou de quitter un pavé trop brûlant. L'exemple de Christian David, l'assassin du commissaire Galibert, retrouvé longtemps après son meurtre dans les circuits de la drogue en Amérique du Sud, était bien le plus frappant de ces phénomènes de volatilisation.

Un coup de feu et un cri de douleur suivi d'un juron arrachèrent brutalement Le Flaour à ses réflexions. Il bondit dans la chambre. Timor se tenait l'épaule gauche et se traînait en grimaçant jusqu'au lit. Une vaste tâche de sang s'élargissait sur le polo bleu du jeune inspecteur.

— Ce fumier a piégé le berceau avec un flingue ! Quand j'ai enlevé la poupée, le coup est parti. J'ai bien failli le prendre en plein buffet...

Timor tourna de l'œil.

Déjà Lenôtre appelait le commissariat d'Asnières et une ambulance. Ayant découpé le polo, Le Flaour estima — il avait vu suffisamment de blessures dans sa vie de flic — que l'épaule était brisée. L'hémorragie, par contre, pour importante qu'elle fût, ne paraissait pas dangereuses. Les chutes des draps utilisés par Jo Trois doigts fournirent un bandage de fortune. Timor d'ailleurs reprenait conscience.

— Bon, ne bouge plus, un toubib va arriver. Ce n'est pas grave mais évite de te faire saigner.

Laissant le blessé à la garde de Polychrome, dont le teint soudain devenu très pâle se confondait avec son tee-shirt gris, Le Flaour examina le piège tendu par Jo. La poupée était reliée par une mince ficelle à la détente d'un P 38 calé, canon en l'air, dans le fond du lit. La ficelle passait à travers les planchettes constituant le fond du berceau et actionnait ainsi la détente dès qu'on soulevait la poupée.

Le Flaour venait d'obtenir une réponse à toutes ses questions : Jo Trois doigts ne renoncerait pas. C'était, plus que jamais, une bête de sang, un tueur fou.

26

Jo Trois doigts envolé à son nez et à sa barbe, Le Flaour se sentait devenir fou lui-même.

Il avait obtenu du directeur l'emprunt à court terme d'une vingtaine de poulets venus d'autres brigades territoriales. Chacun de ces policiers avait dans sa poche la photo de Jo et dans la mémoire le signalement plus actuel qu'en avait donné Francette.

Le Flaour avait installé des souricières aux principaux points de chute possible du tueur, en l'occurrence les bars où on lui connaissait des amis. Travail de routine nécessaire mais auquel, connaissant son adversaire, il ne croyait guère. Jo Trois doigts avait trop de métier, trop de ruse, trop de vice pour tomber dans les pièges classiques et ceci quelle que fût sa fureur de tuer.

Protégé par Maurice l'Arménien, Jeannot Lunettes et d'autres porte-flingues, Elie se terrait au domicile de Fernand l'Américain, un entresol minable près de la République. Ses gorilles avaient reçu pour consigne de n'ouvrir qu'à Fernand lui-même. Le « bosco » des Khenchela était d'ailleurs constamment accompagné d'un des policiers spécialement affectés à la surveillance de l'immeuble.

Le Flaour avait aussi réussi à convaincre Tony les Planches de ne pas fermer son bar anglais. Il n'avait plus un poil de sec,

Tony, et il avait perdu près de cinq kilos depuis l'évasion de Jo. Ce n'est pas qu'il trouvât déplaisant l'extermination des Khenchela. Quand il se passait la main dans ses beaux cheveux gris, une profonde cicatrice lui rappelait les représailles qui avaient suivi sa tentative de révolte. Il était même assez satisfait des meurtres de Nathan et de Zacco, mais comment faire savoir à Jo qu'il était moralement son allié, qu'il ne l'avait trahi que sous la contrainte ? Il ignorait où se terrait son ancien ami et il avait autour de lui le double rempart des gâchettes des Khenchela et des flics de Le Flaour.

Autant dire que si son « pub » restait ouvert, ses affaires n'en étaient pas brillantes pour autant. Ses fidèles clients, habitués à une discrétion de bon aloi, avaient oublié le chemin du bar et ceux d'entre eux qui ne lisaient pas les journaux s'en retournaient rouges de honte ou scandalisés quand ils étaient interpellés et fouillés à leur entrée dans l'établissement. Il y avait dans le lot une gamme assez inattendue de personnages. Des hommes d'affaires venaient entre deux rendez-vous ou deux conseils d'administration retrouver, en cédant à la tentation, l'indispensable sérénité un instant compromise par une pensée folâtre ou la vue d'une jolie silhouette. Des avocats aussi et des médecins cherchaient à dépouiller leurs plaidoiries ou leurs diagnostics de l'ingérence de toute idée polissonne. Des reporters parfois, à l'affût de toutes les réalités. Des provinciaux enfin, trop longtemps confinés dans l'atmosphère compassée et transparente de leur ville et désireux de s'encanailler un peu ou de satisfaire quelque secrète perversion.

Les « jeunes filles » elles-mêmes s'ennuyaient et l'oisiveté conduisant, comme chacun sait, aux pires dépravations, certaines d'entre elles avaient tendance à rechercher auprès de leurs consœurs une compensation affective. Le phénomène n'avait rien d'étonnant, bon nombre d'entre elles ayant déjà l'habitude de « traiter » à deux certains clients plus avides de spectacle que d'action. Elles déployaient alors pour le voyeur qui payaient bien des talents de lesbiennes qui n'étaient pas toujours totalement simulés. Paradoxalement elles n'éprouvaient dans leurs ébats aucune jalousie à l'égard de leurs clients mâles.

Le travail et ses nécessités justifiaient tout et ni Tony ni son personnel n'auraient toléré le moindre incident à ce sujet. D'ailleurs l'absence de plaisir, autre règle fondamentale du métier, écartait toute discorde.

En revanche les flirts ébauchés durant l'inaction imposée à des filles jusque-là étrangères et indifférentes l'une à l'autre provoquaient inimitiés et jalousies, et il avait fallu plusieurs fois séparer quelques furies qui en venaient aux mains pour régler, dans un flot d'obscénités, leurs petites querelles de ménage. D'autres, malgré la vigilance de Tony, arrivaient à lui voler une bouteille de temps en temps. Après avoir bu, elles allaient jusqu'à essayer de draguer les hommes de Le Flaour dont l'incognito n'avait pas résisté à plus de vingt-quatre heures de planque. La prostitution est comme le travail à la chaîne : il est dangereux d'en briser le rythme...

Et bien sûr ce n'était pas le moment de corriger ces demoiselles. Il y avait dans l'immédiat d'autres problèmes plus sérieux. Moumoute, qui venait parfois aux renseignements pour le compte d'Elie, avait été dégoûté par ce laisser-aller. Il avait même bougonné qu'il connaissait un endroit où il se faisait fort de ramener ces filles à la raison... Gêné par la présence des policiers, Tony en quelques mots rabroua le géant chauve, qui s'en alla en marmonnant.

Quant à Francette et Nathalie, toujours réfugiées dans l'appartement personnel de Cynthia, elles étaient protégées par un inspecteur du commissariat voisin de La Muette. Pour plus de sûreté, Cynthia avait été invitée à garder porte close.

L'appartement d'Elie était également surveillé de jour et de nuit — ce qui n'allait pas sans problème, les tours modernes du Front de Seine, près du pont Bir-Hakeim ne se prêtant guère à une protection rapprochée. Pour tout arranger, Elie, qui était officiellement l'un des respectables administrateurs du Consortium des Houblons d'Alsace, avait acheté un duplex au vingtième étage d'une tour possédant trois entrées. Cette disposition des lieux, peut-être pratique en d'autres temps pour un malfaiteur soucieux de ne pas se faire prendre dans un piège, nécessitait la présence permanente de trois policiers. En outre il fallait escorter l'épouse légitime lorsqu'elle sortait faire ses courses, Le Flaour estimant que Jo pouvait aller jusqu'à s'en prendre aux proches de ses ennemis.

Restait Suzy. La jeune maîtresse de Tony ne quittait plus la villa du Vésinet où, réduite aux seules distractions que lui offraient la télévision et une intelligence à vrai dire assez indigente, elle s'ennuyait à mourir en compagnie de trois poulets d'une brigade voisine qui avaient, quant à eux, connu des missions plus difficiles.

La situation stagnait et Le Flaour, les nerfs malades à force de tension, cherchait une fois de plus le moyen d'atteindre Jo.

Où le tueur allait-il se manifester ?

Le Flaour classa une fois de plus les éléments en sa possession.

Primo, Jo était parvenu à faire entrer à la Santé une arme qui lui avait permis de s'évader après une minutieuse mise au point.

Secundo, après son évasion, le tueur avait reçu au moins trois armes, ainsi que l'établissaient les examens balistiques consécutifs aux meutres de Nathan et Zacharie Khenchela et la blessure faite à Timor. On devait poser également comme postulat qu'il n'était pas homme à s'être enfui les mains vides.

Tertio, malgré la chasse à l'homme, Jo avait réussi à retrouver son ancienne femme et sa fille. Prenant l'enfant en otage, il avait imposé à la mère sa présence dans l'appartement d'Asnières.

Quarto, et c'était le plus beau, déjouant le piège de Le Flaour, il avait réussi à s'enfuir et avait disparu dans une planque inconnue. Il ne restait au commissaire que la consolaion d'avoir sauvé Francette et Nathalie des griffes du tueur.

Au-dessus de cette incroyable succession de coups de chance planait l'ombre d'Alex Magenta, ce malfrat vieillissant, receleur solitaire, efficace et invisible, suffisamment dévoué ou attaché à Jo Trois doigts pour l'assister dans ses entreprises les plus criminelles.

Lenôtre arrivait à la brigade. Rasé de près, ayant échangé sa tenue de planque contre un costume de flanelle anthracite, il fallait voir de près les yeux fatigués et les pattes d'oie un peu fripées, pour se rendre compte qu'il manquait de sommeil et de repos. Quand il était rentré chez lui au petit matin, son épouse, pourtant rôdée en vingt ans de mariage aux imprévus et aux vicissitudes du métier policier, ne lui avait pas adressé la parole. En vieux routier, Lenôtre ne s'était pas démonté. Après s'être douché, il était reparti en promettant de prendre, quand l'affaire serait finie, un week-end prolongé.

L'inspecteur de permanence l'interpella au passage.

— Monsieur Lenôtre ! Justement j'allais chercher à vous joindre. Un certain Tony vient de nous appeler. Il veut vous voir. Il m'a dit que vous saviez pourquoi.

Lenôtre oubliait déjà sa fatigue. Il entra sans cérémonie chez Le Flaour qui, arrivé lui-même depuis peu, triait, dans le courrier et les dossiers qui avaient de nouveau submergé son bureau, ce qui pouvait présenter un caractère d'urgence.

— Patron, Tony vient de me demander. Il a sans doute découvert quelque chose sur Alex. Je saute chez lui.

— C'est peut-être notre chance, Lenôtre.

Lorsque, quelques minutes plus tard, Lenôtre pénétrait dans le pub de la rue des Petits-Carreaux, la situation n'avait guère évolué. Les filles toujours désœuvrées s'ennuyaient autant que les policiers. Quant aux hommes de Khenchela, ils étudiaient les journaux hippiques et préparaient leurs jeux pour l'après-midi. Réfugié dans sa chambre, Tony éclusait ses premiers pastis de la journée. Lenôtre le rejoignit, remarqua le tremblement des mains et le fond de l'œil de plus en plus jaune.

— Alors, Tony ? Du nouveau sur Alex ?

— Oui, un fourgue qui travaille avec lui vient de me signaler qu'on peut l'appeler chaque jour à l'heure de l'apéro dans un bistrot des Gobelins, « les Peupliers » ça s'appelle.

— Tu n'as pas eu son adresse ? Celle où il couche ?

— Non ! Personne ne la connaît. Je t'ai dit que c'est un gars très secret. Personne n'a jamais rien su de lui.

— C'est bon, Tony, je te remercie. Tu es bien sûr que tu n'as donné ton tuyau à personne d'autre ?

— Parole, Lenôtre. Je t'ai appelé tout de suite. Personne n'est au courant.

Le policier regarda sa montre. Onze heures déjà. Comme le temps passe vite quand on se lève tard ! Il avait tout juste le temps de s'organiser.

Quand il arriva rue Saint-Roch, l'ombre portée de l'église abordait la fenêtre de son bureau. Il jura contre les escaliers. Décidément il vieillissait. Il lui faudrait choisir une brigade moins escarpée.

On ne s'étonna guère chez Tony les Planches de voir Fernand l'Américain sortir du bar sans son habituel ange gardien policier. Il en avait pour une demi-heure, avait-il dit, juste le temps de déposer ses jeux au PMU voisin. Peut-être le poulet chargé de veiller sur lui aurait-il été surpris s'il l'avait vu sauter dans un taxi et gagner à toute vitesse son logement de la République où il s'enferma avec Elie. Surpris il l'eût été davantage encore s'il avait su que ce déplacement insolite et clandestin faisait suite à un entretien du même Fernand avec Tony les Planches.

Mais ce policier n'était pas curieux. Venu d'une des trois brigades périphériques qui couvrent maintenant les départements de la « Petite-Couronne », il n'était là qu'en renfort et n'avait pas très bien compris à quoi rimait tout ce cirque.

27

Alex s'était lui aussi levé tard.

Il avait passé une mauvaise nuit mais, aux premières heures de la matinée, la fatigue l'emportant, il s'était endormi, oubliant Jo et ses problèmes.

Depuis l'évasion de Trois doigts, il se sentait incapable de mener à bien la moindre affaire. Même une carambouille qu'il avait soigneusement fignolée depuis huit semaines ne l'intéressait plus. Pourtant il n'y avait plus qu'à lever le pied avec tout le matériel électroménager acheté au nom de la société fictive qu'il avait imaginée. Comme d'habitude, il avait d'abord inspiré confiance à ses fournisseurs par de petits achats payés comptant. Puis, son affaire se développant — c'est du moins ce qu'il disait à ses futures victimes — il avait passé d'importantes commandes, étant entendu que les marchandises ne seraient que partiellement facturées et que le paiement serait effectué à trente jours fin de mois. C'était le coup classique et les traites acceptées à un faux nom pour la fausse société n'y changeaient rien. Dans quelques jours les pigeons n'auraient que leurs yeux pour pleurer. Il était même douteux qu'ils aillent porter plainte, leurs comptabilités étant allergiques aux contrôles fiscaux.

Bref, c'était trente millions de marchandises qui n'allaient rien devoir à personne et qui laisseraient, même bradées à vil prix, un coquet bénéfice exempt d'impôts.

Mais Alex s'était laissé accaparer par Jo et avait cédé à son associé, « Petit Navire » — il avait été garçon de cabines sur le *Liberté* — le soin de liquider l'affaire. L'ancien loufiat en était resté pantois, mais Alex, encore plus réservé que d'habitude, ne lui avait fourni aucune explication.

Il soigna comme à l'ordinaire ses poissons exotiques pour lesquels il avait fait installer un superbe aquarium qui assurait en même temps une séparation animée et lumineuse entre sa salle à manger et son salon. L'appartement, dans une des rues les plus résidentielles de Saint-Mandé, en bordure du bois de Vincennes, était cossu. C'était son seul luxe et il en gardait jalousement le secret. Il n'y avait qu'un homme à qui il eût accepter de le montrer et cet homme était moralement prisonnier d'une femme qui l'avait pourtant abandonné, trompé, balancé.

Alex se demandait si Jo aimait encore Francette ou s'il était réellement décidé à la tuer.

Quand Jo s'était évadé, il avait d'abord pensé qu'il liquiderait cette salope d'entrée de jeu. C'est pourquoi il avait mis tout en œuvre pour la retrouver, jusqu'à se mouiller au point de menacer Cynthia d'un flingue, lui qui n'en portait plus depuis vingt ans.

Mais Jo n'avait rien compris et une fois de plus la Francette l'avait possédé. Le monde des voyous ne parlait que de cela. Ça faisait du tort à Jo, cette faiblesse ! Lui qui avait pourtant effacé deux des Khenchela comme un maître !

Peut-être maintenant allait-il réagir, se débarrasser de cette tordue, ou alors, laisser tomber et s'occuper d'Elie.

Alex haïssait Francette, d'une haine profonde, sèche. Peut-être parce qu'elle était une femme. Peut-être parce qu'elle avait trahi Jo. Alex n'arrivait pas à démêler exactement ses sentiments, mais il aurait donné cher pour qu'elle disparaisse et que rien ni personne ne vienne plus s'interposer entre lui et Jo.

Quand les choses seraient tassées, il l'inviterait à venir partager son appartement. Cela pouvait arriver très vite. Il avait justement appris, grâce à une starlette drivée par Cynthia, que la maquerelle hébergeait Francette et sa fille depuis leur départ d'Asnières.

Il le ferait savoir à Jo. Et, cette fois, Jo comprendrait.

Alex se sent nerveux. Il se coupe en se rasant et arrache en s'habillant un bouton de son élégant veston en prince de Galles. Des lunettes en écaille sur le nez, il passe laborieusement du fil dans une aiguille et, un dé sur le médius droit, s'applique à le recoudre. Ses mains sont étonnamment habiles, anormalement petites et fines pour un homme de sa corpulence. C'est vrai que lorsqu'il maniait la plume [1] c'était toujours en douceur, en artiste, jamais en force.

Enfin prêt et presque calme, il sort et, par le bois de Vincennes, à pied, se dirige vers le métro. Comme tous les receleurs de haut vol, il préfère la discrétion des transports en commun au luxe extériorisé des voitures chères aux truands.

Il va être midi lorsqu'il pousse la porte des *Peupliers*. Quelques consommateurs, pour la plupart des ouvriers des environs, sont accoudés au zinc du petit bistrot. Le patron, un bon Auvergnat haut en couleur et au verbe rocailleux, l'interpelle :

— Bonjour, monsieur Alex, ça va-t-y aujourd'hui ?

— Ça va, Marcel, ça va. Je crois bien que le temps va changer.

— C'est comme moi, monsieur Alex, mes rhumatismes me travaillent.

Le bonhomme montre ses doigts déformés.

— Bon, qu'est-ce que je vous sers ?

— Comme d'habitude. Un petit sancerre.

Ayant accroché son imperméable de Burberry's à la patère murale, Alex s'accoude au bar. Il discute familièrement avec le tenancier lorsque le téléphone sonne.

— Allô, oui, comment ? M. Alex ? Oui il est là. C'est de la part de qui ? Comment dites-vous ? Maxime ! Oui. je vous le passe. C'est pour vous, monsieur Alex, votre ami Maxime. Il a une drôle de voix votre ami.

Il n'y a pas de cabine dans le bistrot. Alex l'a choisi car sa

1. Pince monseigneur.

clientèle d'habitués n'est pas du genre à vendre des secrets de la Défense nationale. D'ailleurs ceux qui, comme lui, peuvent craindre les indiscrets, savent suffisammen maîtriser leur vocabulaire pour garder en toute circonstance à leur conversation un ton banal.

Alex s'empare du combiné. Tirant vers lui l'appareil, il le fait glisser vers l'extrémité du comptoir, s'isolant avec nonchalance, autant que faire se peut, des consommateurs. Personne, d'ailleurs ne lui prête aucune attention.

— Salut, Maxime ! Comment vas-tu ?

— ...

— Oui, je me suis renseigné. Elle est arrivée avec sa fille chez sa patronne avec un de nos « amis ». Je l'ai su par une de ses collègues de travail.

— ...

— Oui, j'ai entendu parler de l'HLM. C'est en partant de là-bas qu'elle est retournée chez sa patronne avec sa fille et un de nos « amis ».

Faisant de la place à de nouveaux consommateurs, deux employés municipaux reconnaissables à leurs casquettes bleu marine et à leurs salopettes, se sont peu à peu rapprochés d'Alex tout en lui tournant le dos. Dans le brouhaha, Polychrome et Teuf-Teuf tendent tous leurs sens, gravant au fur et à mesure dans leur mémoire les propos sibyllins de leur voisin.

— Je serais à ta place, continue Alex, je me méfierais. Tu comprends, ils ont peut-être des « invités ».

— ...

— Bon, tu fais comme tu veux, tu as sûrement raison.

— ...

— Non, pour lui je ne sais rien de plus. Personne ne sait ce qu'il est devenu. Il a dû aller se reposer quelque part. Sa santé est fragile en ce moment...

L'entretien prit fin. Alex sentait son cœur s'emballer. Enfin Jo était décidé.

Les deux employés de la Ville de Paris payaient leurs consommations et, saluant l'assistance d'un sonore « Salut tout le monde », quittaient les lieux. Excités par ce qu'ils avaient entendu, ni Polychrome ni Teuf-Teuf ne remarquèrent en sortant une CX blanche garée sur le trottoir même du boulevard Saint-Marcel et où deux hommes paraissaient attendre.

Alex lui-même ne la remarqua pas davantage. Il était préoccupé par la fureur qu'il avait devinée chez Jo Trois doigts. C'était pour lui éviter une approche imprudente ou précipitée de la maison close de Cynthia qu'il avait hasardé l'hypothèse de la présence des flics. Mais, au fond de lui-même, il connaissait à Jo trop de qualités pour imaginer qu'il puisse lui arriver quelque chose dès lors qu'il aurait un flingue à la main.

Il était plongé dans ses réflexions quand il se sentit brutalement empoigné par les deux bras et poussé sans ménagement dans une Citroën blanche qui démarra aussitôt. Ce n'est qu'à ce moment qu'il reconnut ses hôtes. Il avait trop d'expérience, trop de sang-froid aussi, pour en paraître effrayé, mais il sentit tout de suite que l'après-midi risquait d'être difficile. Il eut, tout au plus, un vague sourire en songeant que quelques minutes auparavant il assurait à Jo qu'Elie demeurait introuvable. D'un coup de crosse, Maurice l'Arménien, qui le fouillait, transforma le sourire en grimace de douleur. Le voyou posa ensuite son Colt 11,43 à plat sur ses genoux, le canon dirigé vers le ventre du prisonnier.

« Jeannot Lunettes » conduisait. Lui non plus n'était pas un inconnu pour Alex qui lui avait déjà « lavé » quelques bijoux volés.

Jeannot Lunettes menait une vie presque paisible de casseur d'appartements lorsque son chemin croisa celui des Khenchela. Il n'avait pourtant rien qui puisse, a priori, intéresser la tribu.

Jeannot qui était très myope, ce qui l'obligeait à porter de véritables hublots, travaillait en solitaire suivant l'ancienne méthode. Bien habillé, éventuellement décoré du ruban rouge lorsqu'il prospectait les beaux quartiers, il n'oublait jamais de saluer la concierge lorsqu'il la croisait dans le vestibule ou les escaliers. Avec sa serviette en cuir noir et ses lunettes d'intellectuel on le prenait généralement pour un homme de loi ou un médecin. En fait il était chirurgien des serrures et seules les plus modernes, à pompes et à cylindres, c'est-à-dire de haute sûreté, savaient résister à sa thérapeuthique. Pour les autres, le diagnostic rapide était immédiatement suivi d'une opération presque silencieuse. Les fausses clés suffisaient le plus souvent et ce n'était que dans les cas extrêmes qu'il emboîtait bout à bout les trois morceaux d'acier suédois inoxydables qui constituaient sa pince monseigneur personnelle.

Un artiste en vérité Jeannot Lunettes, et qui ne gâchait pas le métier. Il travaillait seulement poussé par la nécessité, quand, le butin précédent épuisé, il venait à manquer d'argent. Encore ne volait-il alors que les espèces et les bijoux. Le baluchonnage [1] n'était pas son domaine. Il laissait cela aux smicards de la corporation.

Le malheur pour lui vint du mauvais choix qu'il fit un jour en s'attaquant, sans le savoir, à la villa de Zacco sur les hauteurs de Saint-Cloud. Il n'y trouva d'ailleurs que quelques bijoux qu'il porta comme à l'accoutumée à son fourgue.

Atteints dans leur dignité plus que dans leur fortune par ce crime de lèse-majesté, les Khenchela réagirent aussitôt en faisant avertir tous les receleurs professionnels et occasionnels qu'ils n'auraient jamais plus de repos si les bijoux et leur voleur n'étaient pas découverts.

C'est ainsi que Jeannot vit un triste matin débarquer, dans son modeste logement de Montrouge, Fernand l'Américain qui, après l'avoir copieusement rossé, le conduisit, les yeux bandés, dans un local sordide devant un tribunal d'exception composé de Zacco et Elie qu'assistait Moumoute, leur homme à tout faire.

---

1. Baluchonnage : technique sommaire de cambriolage consistant à emporter tout ce qui est directement monnayable : linge, argenterie, petits articles ménagers, etc.

Lorsqu'on lui eut enlevé son bandeau et rendu ses lunettes, Jeannot sentit subitement se dessécher ses muqueuses et se tordre ses tripes. Placidement Moumoute rangeait sur une table roulante quelques objets étincelants qui n'étaient rien d'autre que des outils de chirurgien. Jeannot Lunettes n'était ni une terreur ni un héros. Il passa des aveux complets, s'excusa de son erreur et obtint finalement le pardon des Khenchela, sous réserve de devenir leur fidèle allié et d'oublier ce qu'il avait vu. Comme le non-respect de cette dernière clause devait le conduire aux écluses de Suresnes au fond d'un sac, il choisit naturellement d'abandonner sa petite vie tranquille et se mit au service de ses nouveaux maîtres.

Si son bref séjour à la « clinique » avait finalement été sans dommage, il n'était pas prêt cependant d'oublier sa panique, pas plus qu'il ne risquait de confier à quiconque le moindre renseignement sur ce lieu de villégiature ; c'est également les yeux bandés qu'il avait été ramené à son domicile. Tout juste s'il se souvenait avoir cru discerner quelques sifflements aigus et prolongés, sans doute dus à des trains en manœuvre : la « clinique » des Khenchela avait, sans doute, une gare pour voisine.

Dès lors Nathan utilisa Jeannot Lunettes pour aller dérober chez des concurrents les documents industriels et familiaux qui lui servaient à les torpiller, ou pour récupérer, chez certains vassaux peu délicats, des sommes indûment soustraites des circuits commerciaux de la tribu.

Accessoirement, et pour justifier pendant les journées creuses le traitement mensuel qu'il recevait, Jeannot devenait un porte-flingue occasionnel, rôle qu'il acceptait avec le fatalisme qui était resté le sien. C'est ce qui lui valait de participer aujourd'hui au kidnapping d'Alex, avec quand même une pointe de regret car il appréciait en professionnel les exceptionnels talents du vieux receleur. On lui avait du même coup révélé l'adresse de la « clinique » où il devait conduire son client. Il n'en éprouvait aucune joie.

— Qu'est-ce que vous me voulez ? demanda Alex. Si vous désiriez me parler, ce n'était pas la peine de faire tout ce cirque !

— Ta gueule, Alex. Nous on n'a rien à te dire. C'est le patron qui veut te voir.

— Elie ?

— Oui.

Il ne put en apprendre davantage des deux porte-flingues et se contenta d'observer par la vitre l'itinéraire qu'ils suivaient. Il savait qu'Elie se terrait depuis que ses deux frères étaient morts, mais il ignorait totalement son actuel refuge. Il lui apparut d'ailleurs hautement inquiétant d'être admis, même contre son gré, à partager ce secret. Peut-être aussi le conduisait-on à la fameuse « clinique » dont il avait, comme tout le Milieu, entendu parler sans cependant trop y croire. Cette attention pouvait bien signifier qu'il ne serait jamais plus en état de le révéler à qui que ce soit, et à Jo Trois doigts en particulier. Le fait qu'aucune précaution n'était prise pour le tromper sur le parcours emprunté acheva de le convaincre de la gravité de la situation. Comment la bande des Khenchela avait-elle pu deviner son rôle ?

La CX s'arrêta dans le passage Raguinot, une des petites ruelles sinistres toute proches de la gare de Lyon. Alex avait connu ces lieux sordides lorsqu'ils étaient occupés, avant la dernière guerre, par une importante colonie d'Asiatiques qui y avaient installé leurs fumeries d'opium. Mais ils avaient, depuis la Libération, cédé la place aux Arabes et à leurs bistrots.

Deux autres personnages paraissaient les attendre. Pas de fuite possible. Solidement encadré, Alex dut sortir du véhicule et s'engager dans un étroit et sombre couloir qui s'ouvrait entre un artisan relieur et un café algérien.

Deux étages plus haut, Alex est poussé dans un triste logement ouvrant sur la cour par une unique fenêtre aux carreaux crasseux et opaques. Quelques secondes encore et il est jeté sur un haut fauteuil de bois au dossier droit au style intermédiaire entre le faux Louis-XIII et un siège de dentiste du Moyen Age.

Déjà l'Arménien, muni d'une mince mais solide cordelette en nylon, le transforme en rosette de Lyon, le buste bloqué contre le dossier, les deux avant-bras collés aux accoudoirs et les jambes écartées, maintenues contre les deux pieds avant du siège.

De la pièce voisine surgit Elie, le sourire plus froid que jamais.

— Salut, Alex, dit-il d'une voix douce. Je crois que nous avons à parler tous les deux.

Il se retourne et fait un signe. Un personnage apparaît qu'Alex reconnaît immédiatement. Moumoute !

Alors qu'il servait comme « bosco » dans la bande des Khenchela, avec qui il était arrivé d'Algérie en 1962, Moumoute avait récolté, dans un des nombreux échanges de coups de feu qui marquèrent cette époque, une balle de 11,43 qui l'avait privé de ses attributs sexuels.

De son vrai nom Bounebar, il était alors surnommé « Texas ». Bâti en hercule de foire, c'était un excellent « bosco » qui ne cherchait pas à comprendre et se contentait d'exécuter les ordres quels qu'ils fussent, tout en dressant un mur de béton entre les vulgaires gâchettes, même privilégiées, les couteaux de troisième ordre, et le clan des maîtres. Plus précisément du maître, car seul Nathan pour lui méritait ce titre. Zacco et Elie, les gamins comme il les appelait, il leur obéissait bien sûr mais seulement parce qu'ils lui apportaient les ordres du vrai patron.

Texas avait puissamment contribué au triomphe de Nathan. S'il n'était pas économe de ses munitions quand l'ordre lui en était donné, il savait dominer ses propres impulsions meurtrières, estimant que son « mental » n'était pas à même de préjuger des décisions infaillibles du patron, seul capable de discerner les amis d'aujourd'hui des ennemis de demain, ou les ennemis d'hier des amis d'après-demain. Jeux complexes, quasi politiques, dans lesquels Nathan, élevé à Alger dans l'ombre mixte des mosquées et des synagogues, était passé maître.

Des règlements de comptes, il y en eut. L'opposition, bien que disparate — elle allait des anciens seigneurs corses aux Nord-Africains besogneux, en passant par les clans des Niçois, des Marseillais et des Siciliens — tenait à ses petits profits. Texas, qui manquait rarement un tuyau de pipe à quinze mètres, paya de sa personne. Il lui arriva même de liquider — sur ordre naturellement — des collaborateurs de la tribu Khenchela qui n'étaient que des mouchards introduits dans la bande par des adversaires qui avaient quelque expérience du métier d'agent secret. C'est vrai qu'à l'époque noire de la guerre d'Algérie quelques Corses, dont on ne sait trop s'ils étaient malins ou patriotes, avaient joué les barbouzes. Une activité aussi exaltante leur avait donné des idées.

Quoi qu'il en soit, c'est au cours d'une de ses campagnes d'extermination que Texas fut atteint dans ses œuvres vives.

Il avait été soigné par un des médecins du clan. Ils étaient quelques-uns comme cela, de ces toubibs qu'on dit « marrons », que le conseil de l'ordre avait radiés pour des fautes graves et qui avaient achevé leur conversion en mettant leurs talents au service de la pègre. Ici point de problèmes fiscaux ni de sécurité sociale. C'était, en somme, une médecine dépouillée de ses contingences administratives et matérielles. Dans les cas les plus sérieux il se trouvait toujours quelques camarades officiellement installés pour accepter dans leurs cliniques, au nom de la simple humanité et sans curiosité excessive, le blessé qu'il fallait soigner avec discrétion.

Texas s'était peu à peu rétabli, à ceci près que les exercices amoureux n'étaient plus pour lui qu'un souvenir et qu'il avait perdu tout son système pileux, cheveux compris. Une bonne vingtaine de kilos supplémentaires s'étaient même ajoutés au quintal qui représentait son poids de forme, ce qui le rendait plus effrayant encore. C'est alors que, contraint de porter une perruque, il était devenu pour tout le monde « Moumoute ».

Les Khenchela l'avaient gardé en le versant dans le service auxiliaire. Il faisait les courses et surveillait, en bon eunuque, les femmes et les maîtresses de ces messieurs. On murmurait aussi que, son infirmité l'ayant rendu cruel, Zacco et Elie lui confiaient parfois quelques amis dont il fallait rafraîchir la mémoire ou provoquer les confidences. « Moumoute », qui pendant la guerre d'Algérie avait servi comme infirmier dans un régiment de parachutistes de la Légion étrangère, excellait, disait-on, dans cette spécialité.

Vêtu d'une blouse blanche, Moumoute poussait devant lui une petite table roulante sur laquelle cliquetait quelque chose. Lorsqu'elle entra dans son étroit champ de vision, Alex reconnut des instruments chirurgicaux. Magenta comprit qu'il était bien arrivé à cette « clinique » dont l'existence lui avait, jusqu'à présent, paru incertaine. Une sueur glacée lui inonda le corps pendant que sa pomme d'Adam montait et redescendait dans sa gorge par spasmes successifs.

28

Polychrome et Teuf-Teuf avaient regagné à toute allure l'église Saint-Roch, se contentant d'escamoter leurs casquettes d'employés municipaux. Le Flaour et Lenôtre les attendaient. Tout en achevant de se débarrasser de son accoutrement, Polychrome, qui apparaissait curieusement vêtu d'un tee-shirt *University of Columbia* et d'un pantalon de plage en toile verte, exposa la situation.

Aucun doute n'était possible. Malgré le pseudonyme de Maxime, l'interlocuteur d'Alex ne pouvait être que Jo Trois doigts. Le tueur se renseignait sur le refuge de Francette.

Confiées depuis la nuit de leur évasion à la garde de Cynthia et de l'inspecteur du commissariat de La Muette, Francette et Nathalie étaient à nouveau menacées. Rendu fou furieux par la trahison de celle qu'il considérait toujours comme sa femme, Jo négligeait toute prudence et semblait décidé à se venger coûte que coûte.

S'il parvenait chez Cynthia le massacre risquait de recommencer.

Trois minutes plus tard, avec son équipe au complet, exception faite de Timor qui téléphonait trois fois par jour de sa chambre à la maison de santé du gardien de la paix et qu'il avait fallu remplacer par l'inspecteur Renaud, Le Flaour dévalait les escaliers. Il avait juste pris le temps d'appeler Cynthia pour lui interdire d'ouvrir à qui que ce fût avant son arrivée, et d'ordonner au Dentiste d'aller prendre, au coffre de l'armurerie à l'état-major, son habituel fusil de précision.

Dans le tonnerre de la cavalcade qui faisait trembler les vieilles marches, Le Flaour lançait ses ordres :

— Le Dentiste et Teuf-Teuf, vous prendrez la planque en haut de la rue Lauriston vers le carrefour Boissière ! D'un des immeubles d'en face vous devez pouvoir surveiller à la fois le haut de la rue et l'hôtel de Cynthia.

« Poli et Renaud, débrouillez-vous pour surveiller le bas de la rue, à peu près au niveau du carrefour Copernic ! N'utilisez pas les voitures, elles sont sans doute repérées. Planquez à pied et faites en sorte de vous rendre invisibles. Prenez vos émetteurs de poche.

« Si la voie est libre, j'entre avec Lenôtre chez Cynthia et nous nous mettons tout de suite sur écoute. Le premier qui voit arriver Jo alerte les autres. N'intervenez pas. Il doit avoir la main sur le flingue. Lenôtre et moi nous le piégerons à l'intérieur à son entrée. Si nous ratons notre coup, je compte sur vous, le Dentiste, pour ne pas le manquer à sa sortie !

« En avant ! »

Devant cette avalanche d'instructions, le petit Renaud se sentait subitement les lèvres sèches et les mains moites. C'était son baptême du feu. Détaché de la brigade au commissariat des Halles pour traiter les affaires locales — qui étaient restées très nombreuses malgré le transfert à Rungis du « ventre de Paris » — il était venu effectuer quelques recherches au service lorsque Lenôtre l'avait intercepté :

— Dis donc, petit, tu m'as bien demandé voici quelques mois de te prendre à la VP quand l'occasion s'en présenterait ?

— Oui, monsieur Lenôtre.

A la fois heureux et angoissé, Renaud n'en revenait pas encore, mais il sentait confusément que sa carrière prenait aujourd'hui un tournant décisif.

Après avoir fait à deux reprises le tour du bloc d'immeubles, Le Flaour sonna chez Cynthia. La rue Lauriston était calme. Jo ne s'était pas manifesté et les deux équipes de planque s'étaient fondues dans ce décor paisiblement résidentiel. Le Flaour lui-même ne les avait pas repérés, et il lui avait fallu un bref appel radio pour être sûr que ses hommes étaient à leurs postes.

Il renvoya aussitôt à son commissariat le jeune inspecteur de garde qui, trop heureux de s'en tirer à si bon compte, ne demanda pas son reste.

Cynthia paniquait à nouveau. La nouvelle fuite de Jo la terrorisait. Elle avait accueilli Francette et son enfant avec une joie réelle, à laquelle se mêlait, confusément, le sentiment qu'une bonne action lui vaudrait quelque indulgence de la police. Elle avait espéré aussi que le sort de Jo se trouverait réglé d'une façon ou d'une autre à Asnières. Tout était hélas remis en question et, comble d'horreur, c'était son hôtel particulier qui risquait de devenir le théâtre de l'acte suivant.

Le visage agité de tics et les mains tremblantes pétrissant une dentelle, elle accueillit Le Flaour et Lenôtre par un flot de jérémiades suppliantes. Le Flaour la rembarra brutalement.

— Cynthia, ça suffit ! Si vous-même et l'une de vos filles aviez su tenir votre langue, nous n'en serions pas là ! Vous avez renseigné Alex une première fois, et une de vos pensionnaires l'a probablement avisé que vous hébergiez Francette et sa gosse.

— Oh ! monsieur Le Flaour, je ne pouvais pas le savoir. Noëlle — c'est une de mes filles, vous savez la starlette brune qui ressemble à une speakerine de la télé — est justement passée me voir alors que Mady, enfin je veux dire Francette, se trouvait dans le salon à bavarder avec moi. C'est la seule à être au courant. J'ignorais qu'elle connaissait Alex Magenta.

— Peu importe ! Maintenant, le mal est fait. Mais pour l'amour du ciel, cessez de gémir sur votre sort. Comment s'ouvre votre porte d'entrée ?

Cynthia lui montra comment on pouvait, du salon, s'assurer par le parlophone de l'identité du visiteur. Le jeu de glaces du vestibule permettait ensuite, dès son entrée dans les lieux, de ne plus le perdre de vue. Ces précautions avaient, dans le passé, souvent permis à Cynthia d'éviter aux personnalités qui fréquentaient son hôtel particulier des rencontres inopportunes avec de faux amis, de vrais adversaires professionnels ou politiques, voire de proches parents. En évitant de tels écueils Cynthia assurait à ses habitués cette tranquillité qui fait les clients reconnaissants et par voie de conséquence généreux et assidus.

— Est-ce que vous avez un haut-parleur et un micro ?

— Oui, monsieur le commissaire, dans le grand salon. Toute cette installation me servait autrefois quand je pouvais donner des fêtes et des soirées. Elle est restée en place. Ah ! C'était le bon temps !

— Assez, Cynthia ! Laissez-nous et allez rejoindre Francette. Enfermez-vous ! Et ne redescendez que lorsque je vous le dirai !

Matée, la vieille entremetteuse renifla une dernière fois et, courbée sous le poids de ses malheurs présents et à venir, grimpa l'escalier de marbre qui s'ouvrait au fond du vaste vestibule couvert de glaces.

Après s'être assuré par radio auprès de ses deux équipes que Jo n'était pas en vue, Le Flaour aidé de Lenôtre s'absorba dans une tâche curieuse.

On aurait juré qu'il allait, lui aussi, donner une soirée au milieu des miroirs de la maison close désaffectée.

29

Après son coup de fil à Alex, Jo Trois doigts s'était donné le temps du déjeuner pour réfléchir. Une brasserie de la place les Ternes lui en fournit l'occasion. Noyé dans la foule de midi, il se sentait en sécurité. C'était comme une pause, et malgré le bruit des conversations et les appels des serveurs, il avait le sentiment inexplicable d'un grand calme. Il commanda une choucroute et un chapelet de saucisses et constata, quand il eut fini, qu'il ne se rappelait même pas ce qu'il avait mangé. Il prit avec son café un double cognac et sentit dans son corps la chaleur de l'alcool.

Lorsqu'il sortit, sa décision était prise : il ne pouvait pas ne pas tuer Francette.

Qu'elle fût allée chez Cynthia ou ailleurs, peu importait, il fallait sécher cette salope. Se faire doubler par un homme, par un concurrent, un rival, cela pouvait à l'extrême rigueur se discuter, se peser, se marchander, mais par une femme à qui il avait donné son nom, ça, ce n'était pas possible.

Il décida de gagner à pied la place de l'Etoile. Le temps était beau et chaud, les femmes déjà en toilettes légères d'été.

Il flâna un peu et fut même tenté d'aller au cinéma. Sa somnolence augmentait, il avait dû abuser de l'Olepsol. Deux autres cognacs, à une terrasse de l'avenue Wagram, le revigorèrent. Il ferma sa main gauche sur le Merkuria dans la poche de son imper et, après avoir contourné la place de l'Etoile, s'engagea dans la rue Lauriston.

Il alluma une cigarette et, par deux fois, parcourut la voie sur toute sa longueur, de la place de l'Etoile à l'avenue Raymond-Poincaré, repérant au passage sans en avoir l'air l'hôtel particulier de Cynthia.

Tour à tour, de leurs abris respectifs, le Dentiste et Poli avaient appelé Le Flaour.

Le Dentiste occupait les toilettes collectives des chambres de bonnes au dernier étage d'un vieil immeuble Napoléon-III face à celui de Cynthia. Monté sur le couvercle du siège il avait une vue directe sur l'hôtel particulier. Le fusil posé sur le rebord de l'étroite mansarde, il ajusta Jo et le suivit dans sa promenade menaçante. Le Dentiste avait choisi à l'armurerie de l'état-major — un cagibi derrière le bureau de Ferronaz où étaient gardés en sûreté les armes et équipements spéciaux de la P.J. — un FRF 1 de calibre 7,5 mm équipé d'une lunette Zenith NI-TEC. Ça ne valait peut-être pas le Sniper du truand mais le policier était tranquille : s'il devait tirer, il était sûr de ne pas manquer son but.

Poli, Teuf-Teuf et Renaud avaient aussi Trois doigts en point de mire. Tous savaient que sa main mutilée, enfoncée dans sa poche, serrait une arme prête à tuer.

La silhouette élancée de Jo, déambulant, paisible en apparence, les fascinait. Il fallut tout le sang-froid et l'autorité de Le Flaour pour les empêcher d'intervenir. Le chef de la brigade savait de quel prix la police judiciaire avait payé dans un passé tout proche quelques fusillades qu'elle n'avait pas pu ou pas su éviter. Des passants innocents avaient été tués ou blessés. Même si les malfaiteurs avaient pris l'initiative du massacre, les journaux s'étranglaient d'indignation, accusant les policiers de jouer aux cow-boys et aux justiciers avec une insouciance criminelle. Comme si on pouvait être insouciant quand, le ventre noué par la peur, il faut, sous peine de se mépriser, faire face à l'ennemi et faire cracher la mort à ce flingue que l'administration vous a remis en même temps qu'un insigne et une paire de menottes, comme si leur seule vue devait conduire à la capitulation, à la confession et au repentir des truands de plus en plus endurcis !

— Ne faites pas les cons, les enfants ! Laissez-le venir et dès qu'il sera entré faites mouvement vers moi. Le Dentiste, vous restez où vous êtes. Vous êtes bien placé ?

— Cinq sur cinq, patron.

— Bon ! Silence maintenant !

Rien de suspect ne frappe Jo. Aucune voiture douteuse. Aucun piéton couleur poulet. Les autos roulent, les passants vont, pressés, à leurs affaires, indifférents.

Jo s'approche de l'hôtel particulier, s'arrête pour allumer une autre cigarette, tous ses sens en éveil. Il se détend et, arrivé à la porte, l'examine.

« Résidence des Ormes. Chambres meublées. Grand confort. »

Si quelques-unes des Madames de Paris préfèrent encore la discrétion d'un appartement, les plus réputées ou les mieux parvenues, ce qui revient au même, ont depuis longtemps choisi d'abriter leur activité derrière le paravant d'une discrète et luxueuse hôtellerie. Les étoiles qu'on y trouve ne sont pas celles des guides Michelin ou Kléber-Colombes et aucune hôtesse d'aéroport, ni aucun syndicat de l'hôtellerie ne les mentionnent dans leurs dépliants. En revanche les chauffeurs de taxis les plus fûtés, ceux-là même qui connaissent toutes les boîtes parisiennes, se feront un plaisir de vous les indiquer en même temps que le mot de passe qui vous permettra d'y être reçu. Il va sans dire que le service ne sera pas gratuit et l'astucieux cocher percevra même une double dîme ; au généreux pourboire du client éperdu de reconnaissance s'ajoutera une gratification de la bordelière ravie d'élargir le cercle de ses relations.

C'est bien là. Un judas muni d'une grille de cuivre s'ouvre dans le panneau supérieur. Trois doigts jette sa cigarette et sonne.

Une voix sort d'un interphone presque invisible.

— Vous désirez ?

— Je voudrais voir Cynthia, s'il vous plaît.

— De la part de qui, monsieur ?

— De la part d'Alex.

Il a lâché ça sans trop y réfléchir. A vrai dire c'est son seul Sésame. L'idée n'est d'ailleurs pas mauvaise puisque, actionnée électriquement de l'intérieur, l'ouverture de la porte se déclenche.

Jo achève de pousser le battant de sa main droite et s'immobilise sur le seuil. Devant lui un grand vestibule vide et tapissé de miroirs lui renvoie sa propre image sous tous les angles.

Il fait un pas en avant. La porte se ferme derrière lui en claquant doucement.

Sa main difforme emboîte un peu plus la crosse du Merkuria et ses yeux ne sont plus qu'une fente noire. Personne ne vient à sa recherche. Il ouvre la bouche et constate qu'aucun son n'en sort. Il se râcle la gorge.

— Jo ! Sors tes mains de tes poches ! Vite ou je tire !

La voix lui tombe sur la tête, venant d'en haut.

Avec un cri de haine, Trois doigts se jette à terre, tirant en même temps son arme et appuyant avec fureur sur la détente. Le haut-parleur qui surmonte la porte est pulvérisé.

Au même moment, au ras du sol, la glace lui renvoie l'image massive de Le Flaour qui apparaît dans l'escalier. D'un coup de reins, Jo se redresse en se tournant vers lui.

Les balles de Le Flaour et de Lenôtre l'atteignent en même temps, à la gorge et en plein cœur.

Vomissant son sang, Jo s'effondre.

Dans un dernier sursaut, le chargeur de son Merkuria se vide dans les glaces qui explosent en mille morceaux.

Son ultime regard recueille dans leurs débris l'image d'une multitude de Le Flaour, et sa dernière injure n'est qu'un hoquet sanglant.

30

Devant le corps inerte de son adversaire, Le Flaour se sentit soudain très las. Le Dentiste et les autres étaient accourus aussitôt, à la fois soulagés et déçus.

Lenôtre, du salon, appelait Police-Secours pour enlever le cadavre, et l'Institut médico-légal pour le recevoir.

— Lenôtre ?

— Oui, patron.

— Quand vous aurez fini, appelez-moi la direction.

Cynthia avait passé une tête terrorisée dans l'escalier et était tout de suite remontée informer Francette de la fin de son cauchemar.

Le commissaire avait le secrétariat en ligne.

— S'il vous plaît, passez-moi le directeur.

Il n'avait pas besoin de s'annoncer, n'ayant jamais fait aucun effort pour se débarrasser de cet accent à la fois rude et chantant propre aux gens de sa province.

— Je ne sais pas si je peux, monsieur Le Flaour, il a demandé à ne pas être dérangé ! C'est très urgent ?

— C'est très urgent. Cécile, nom de Dieu ! Même s'il est avec le ministre, passez-le-moi !

En mots précis Le Flaour rendit compte et la rigueur du vocabulaire policier est telle qu'il vit presque arriver avec colère l'instant où il lui faudrait se justifier d'avoir abattu ce tueur. Le Pacha l'en dispensa.

— Bon, dit-il. Affaire classée. Je préviens moi-même le procureur. Dès que vous aurez terminé votre rapport, vous reprendrez l'enquête sur les cambriolages du comte de Vergalles et du député Chalard.

La vie continuait, la routine, l'administration et la hiérarchie reprenaient leurs droits. A l'état-major, les télex crépitaient déjà, Lenôtre donnait à Z 2 les détails de l'affaire. Quant à Le Flaour il lui restait à faire ce qui déplaît le plus aux hommes d'action : raconter toute l'histoire par écrit, par le menu, en six exemplaires et dans ce traditionnel style administratif à travers lequel les événements les plus rares, les plus extraordinaires ou les plus tragiques n'ont finalement pas plus de relief que le menu d'un snack-bar.

Nous, Le Flaour, officier de police judiciaire, après avoir effectué les sommations d'usage, constatant que le susnommé, au lieu d'obtempérer, se tournait brusquement vers nous en nous menaçant d'un pistolet automatique, nous avons, de même que notre assistant l'inspecteur divisionnaire Lenôtre, ouvert le feu, le blessant mortellement chacun d'une balle à la gorge et à la poitrine...

Le grand spectacle et la littérature terrifiante, ce serait pour les journalistes. Les premières dépêches devaient déjà tomber et les reporters allaient déferler avec leurs micros et leurs caméras.

Le car de Police-Secours arrivait, sirène bloquée sur le « deux tons » et girophare tournant, bientôt suivi des spécialistes de l'identité judiciaire mandés par Lenôtre. Photographe, dessinateur, dactylotechnicien déployaient leur matériel et, sans hâte ni émotion mais avec rapidité et précision, commençaient à mitrailler et à mesurer méthodiquement et sous tous les angles les lieux et le cadavre. Photos, dessins, plans, empreintes, prélèvements, décalques, saisies, toutes ces opérations se succédaient sans heurt sous l'œil attentif de Lenôtre qui se contentait parfois de guider les spécialistes d'un mot ou d'un geste.

Le Flaour monta rejoindre Cynthia et Francette. Toutes deux se tenaient silencieuses dans une chambre au deuxième.

— Cynthia, avec la publicité faite ce soir à votre maison, vous avez intérêt à vous retirer très vite, et cette fois définitivement dans votre château du Périgord ! D'ailleurs, ça vous fera le plus grand bien.

La vieille femme approuva. Le visage bouffi, le regard brouillé, elle n'avait plus rien de la maîtresse de maison distinguée qu'elle avait été. En quelques heures, elle avait senti s'abattre sur elle toutes les années qu'elle s'ingéniait à dissimuler. Il s'y en était même ajouté quelques autres.

Francette de son côté voulait aussi partir. Elle refusa de voir le cadavre de son ancien mari. Elle serrait désespérément sa fille dans ses bras.

— Qu'allez-vous faire, Francette ? demanda Le Flaour.

— Quitter Paris. Je passe chez moi à Asnières prendre quelques affaires et je pars tout de suite dans le Midi. J'ai un couple d'amis sûrs à Cannes. Il faut que je m'éloigne d'ici, de mon appartement. Je ne veux plus voir ces endroits.

— Bon, eh bien, préparez-vous. Si vous le voulez je vous accompagnerai dans un moment.

Elle lui fut reconnaissante de ne pas l'abandonner.

Le corps de Jo Trois doigts enlevé et parti pour la morgue, suivi une dernière fois par le Dentiste et Teuf-Teuf qui avaient été chargés des constatations sur le cadavre et de la saisie de ses vêtements et de ses objets personnels, Lenôtre, Polychrome et Renaud s'en allaient à leur tour. Il fallait abandonner les armes pour la machine à écrire...

Pendant que Le Flaour et Francette quittaient les lieux par les jardins, les premières voitures de presse arrivaient. Quelques agents mandés en hâte du poste le plus proche furent chargés de contenir la meute. Le Flaour savait que tout à l'heure, à son bureau, il n'aurait aucune chance de lui échapper.

Il aurait, une fois de plus, à tenter l'impossible miracle qui consiste, abruti de fatigue, à satisfaire à la fois ce que les journalistes estiment être leur droit à l'information et le sacro-saint article 11 du code de procédure pénale qui interdit, de la manière la plus formelle, de dévoiler le contenu et les résultats d'une enquête. Ajoutons, pour faire bonne mesure dans le paradoxe, que le Pacha, soucieux de l'image de marque de la P.J., ne manquerait pas de l'inviter à faire « mousser » son sujet et à se montrer rassurant pour les populations qu'il importe de vacciner contre l'alarmisme. « Parisiens, dormez en paix, la police veille sur Paris-sur-Crime ! »

En route vers Asnières, Francette se détendit enfin, embrassant en pleurant doucement la petite Nathalie.

Le Flaour l'attendit au bas de l'HLM. Quand il l'aida à ranger sa valise sur le siège arrière de la DS, elle le remercia d'un vrai sourire qu'il lui voyait pour la première fois.

A 20 h 25, il l'installait, avec sa fille, dans le rapide de la Côte d'Azur.

Soudain très gauche et réalisant ce que son rôle pouvait, vu de l'extérieur, avoir d'incongru, il lui tendit la main.

— Eh bien, bon voyage, Francette, et bonne chance.

Se haussant jusqu'à lui, elle l'embrassa au coin des lèvres. Gêné, il quitta le compartiment sans se retourner et descendit sur le quai.

31

Alex sent qu'il ne résistera plus longtemps.

Lorsqu'Elie a commencé son interrogatoire, il a d'abord cherché à nier son propre rôle. Oui, certes, il connaissait Jo qui lui avait rendu quelques services. Bien sûr, il savait que Trois doigts s'était évadé. Tous les journaux en parlaient et lui attribuaient les meurtres des deux frères d'Elie, mais il n'en savait pas davantage. Parole d'homme. Il n'avait jamais revu Jo depuis sa condamnation.

Elie sourit, et Alex sait que c'est avec ce même sourire qu'il a commencé à scalper Tony.

Cette fois Elie ne semble pas vouloir mettre lui-même la main à la pâte. Sans doute sa dignité toute neuve de chef du clan le lui interdit-elle. Mais la vue de son assistant écarte tout espoir d'arrangement. « Moumoute » prend apparemment d'avance un plaisir intense aux souffrances qu'il va infliger.

— Allons, Alex, dis la vérité à M. Elie ! Sinon je vais te couper en petits morceaux. Ce sera long, tu vas souffrir. Remarque bien, moi ça m'arrange plutôt, je manque d'entraînement, mais de ta part ce n'est pas raisonnable.

Alex a persisté, trouvant dans sa terreur des accents presque sincères.

Moumoute a commencé par lui arracher les dents, une par une. Il a hurlé de douleur, s'étranglant dans les flots de son propre sang. Il mâche maintenant une horrible bouillie de chairs arrachées. De toute manière, qu'il parle ou non, on va le tuer. Il le sait, il en est sûr. Plus que jamais, le nouveau Milieu s'accouche dans le sang. Alors il va essayer de mourir en homme. Il ne faut pas qu'il cède, il ne faut pas qu'il balance Jo.

Les gardes du corps, Maurice l'Arménien, Jeannot Lunettes et les deux autres se sont réfugiés dans la pièce voisine pour fuir le spectacle et ne plus entendre les cris. Ils y jouent sans doute à la belote ou au poker.

Debout près du supplicié, Elie l'interroge du regard. Alex crache, et Elie doit s'écarter vivement pour éviter la longue traînée sanglante.

— Arrache-lui les ongles maintenant. Commence par la main gauche.

Moumoute s'empare de la main d'Alex durement liée à l'accoudoir. Des pinces nickelées brillent dans sa main.

Alex hurle. Son bourreau lui agite sous le nez l'ongle sanguinolent de son index.

Le cri, inhumain, fait sortir de son refuge l'Arménien.

— Dis donc, Elie, on a beau être seuls dans l'immeuble, à hurler comme ça on va l'entendre depuis la gare de Lyon !

— Ta gueule, Maurice ! Joue aux cartes si tu veux, mais fous-nous la paix. Il faut qu'il parle.

En maugréant, l'Arménien fait demi-tour. Il commence à trouver qu'il paie cher le service que lui ont rendu les Khenchela en le prenant sous leur protection quand il a trahi pour eux son précédent patron. Certes, ils l'ont grassement payé, mais ils se sont eux-mêmes mieux payés encore en tuant leur concurrent Daniel Stach, dit le « Grand Dan », un grand Alsacien rouquin qui avait d'abord fait carrière à Paris dans le braquage des transporteurs de fonds. Trahi, malgré le masque burlesque de carnaval qu'il portait, par sa haute taille et ses cheveux poil-de-carotte, il avait été arrêté. Cinq années derrière les barreaux et, quand il sortit, une « trique » de même durée le décidèrent à s'installer à Bruxelles, carrefour européen où se croisent sans grand risque les plus belles gueules de la pègre européenne en difficulté dans la mère patrie. Il avait monté à partir de là une coquette entreprise, une espèce d'agence de placement, à laquelle certains bordels allemands prirent l'habitude de s'adresser pour assurer une rotation satisfaisante de leur cheptel international.

Le « grand Dan » coulait des jours heureux lorsque Nathan Khenchela perçut chez ses correspondants germaniques comme une réticence à l'égard de ses propres courtiers en chair fraîche et une baisse sensible dans le nombre et le rendement de ses protégées. Le « grand Dan » était tout simplement en train de lui faucher le marché allemand. Une mise en garde diplomatique — le plasticage de sa Mercedes 600 — n'ayant eu aucun effet sur l'adversaire, Nathan avait employé les grands moyens. Maurice l'Arménien, en échange d'une confortable poignée de bons marks bien lourds et d'une promesse d'intégration dans les cadres de l'organisation Khenchela avait balancé son chef, ses points de chute et tous les détails de son circuit.

Pour des raisons qui devaient rester inconnues, le « grand Dan » s'était, peu de temps après, « suicidé » dans son garage avec les gaz d'échappements de sa nouvelle voiture.

Il n'y a pas de justice. Maurice a bien été intégré dans l'organisation des Khenchela mais, comme on se méfie partout des traîtres, il n'a obtenu qu'un poste de bosco-bidon, un second maître en quelque sorte. Comble d'infortune, il a dû passer la main en ce qui concerne ses trois nanas personnelles dont les compteurs sont désormais relevés pour le compte du clan. D'accord, il est bien payé mais l'Arménien n'est pas du tout certain maintenant d'avoir joué la bonne carte. Il a été forcé de se mouiller en participant au braquage du cercle Caumartin. Il a dû ramener le butin sur la Côte d'Azur où, dans une planque sûre, il devait attendre pour le partage les quelques semaines qui suffisent généralement à faire tomber la fièvre policière provoquée par les plus beaux coups. Il n'était que le chauffeur, mais quand même ! Et voilà que le seul survivant des Khenchela se lance à présent dans la torture à grand spectacle.

Dégoûté, il claque la porte derrière lui.

Alex, bien que tenaillé par la douleur, n'a rien perdu de la scène.

— Alors, Alex ? Tu te mets à table ou on te les arrache tous ? Pense qu'après les ongles des mains, il y a encore ceux des pieds. Je te dis que t'es pas raisonnable.

Alex fait signe qu'il veut parler. La sueur et le sang mêlés coulent de son visage. Sa bouche, devenue celle d'un vieillard, s'affaisse, sanglante et noire. Il bredouille quelque chose.

— Ça va, te fatigue pas ! Pas de discours, je vais te poser des questions. Contente-toi d'y répondre. C'est bien toi qui as fait évader Jo ?

Alex incline la tête.

— C'est toi aussi qui lui a fourni des armes ?

Alex approuve de nouveau.

— Et depuis qu'il est sorti, tu lui en as fourni d'autres ?

Signe affirmatif du prisonnier.

— Tu savais que c'était pour nous tuer ?

Dénégations et borborygmes inintelligibles d'Alex.

— Je ne te crois pas, mais peu importe. Ce que je veux savoir maintenant, c'est l'endroit où Jo s'est planqué quand il s'est tiré du logement de sa femme à Asnières. Tu m'as compris ?

Alex fait signe qu'il a compris, mais l'empressement du geste et du regard s'arrête dans un gargouillis. Sa bouche clape, mâche du sang, ne profère aucun son intelligible. Des yeux il montre sa main valide.

— Ah ! Tu veux écrire ? C'est bien ça ?

Le supplicié hoche la tête avec empressement.

— Délie-lui sa main droite, ordonne Elie à Moumoute.

Un bistouri à la main, et quelques regrets dans le regard de voir son sujet céder si vite, Moumoute s'approche. Les liens sautent.

Déjà Elie est à ses côtés, un stylo en or Cartier et un papier à la main.

Moumoute repose son bistouri sur le plateau. Là, tout contre le fauteuil. Alex réussit à rester indifférent. C'est maintenant ou jamais. Toutes ses forces et son adresse sont concentrées dans le geste, le vieux receleur se jette sur l'instrument.

Alex a bien calculé son coup. D'un premier geste large et précis, il tranche la gorge d'Elie.

Le deuxième coup de bistouri est pour Moumoute. Il manque la gorge et lui ouvre la tempe et la joue. Le sang gicle en longues saccades de l'artère coupée. La bouche de l'eunuque s'ouvre pour un hurlement qu'il ne poussera jamais. Mieux ajusté, le bistouri vient de lui sectionner la carotide.

La même arme sert à Alex à se libérer complètement.

Il n'y a plus dans la pièce qu'un horrible bruit d'évier : les deux corps se vident de leur sang.

32

Alex ne se sent pas sauvé pour autant.

Alertés par le silence subit, les quatre porte-flingues vont rappliquer d'un moment à l'autre. Alex n'a plus assez de force pour les affronter. Il se penche sur Elie, cherchant une arme. Il n'en a même pas, ce salaud, confiant sans doute dans ses gardes du corps et dans le secret de sa tanière.

Tant pis, même sans arme, il faut partir et vite. S'emparant d'une serviette à peu près propre sur le plateau des instruments, Alex s'en masque le bas du visage et ouvre la porte.

L'étroit escalier est désert.

Alex commence à descendre après avoir enfoui dans sa poche sa main torturée.

Les cris éclatèrent dans son dos alors qu'il atteignait le rez-de-chaussée. En même temps une cavalcade l'avertit que la chasse à l'homme était ouverte.

Stimulé par la peur, il fila dans le passage et gagna la rue de Chalon. Avant de tourner, il vit les quatre hommes qui débouchaient du sordide immeuble.

Le soir commençait à tomber, mais il avait le temps d'être rejoint cent fois avant qu'il ne fît nuit. Il n'était pas très vaillant. La serviette plaquée contre son visage se tachait déjà de sang et ses vêtements ressemblaient à ceux d'un boucher. Il avait peu de chance de passer inaperçu, même dans les rues de ce quartier algérien de la gare de Lyon où les gens ont pris l'habitude de ne plus s'étonner de rien.

Alex s'est engagé dans la rue de Rambouillet, vers le pont de chemin de fer, fuyant d'instinct les artères trop passantes. Un escalier s'offre soudain à lui, conduisant vers les voies ferrées.

Les voies ferrées ! Peut-être le salut ! Ils ne me chercheront pas là...

Voilà ! Il y est ! Une immense étendue de rails s'étale devant lui, hérissée de caténaires et de signaux. Il commence une course cahotante, trébuchant sur les traverses et les aiguillages.

Soudain, dans le clair-obscur du crépuscule, deux silhouettes apparaissent derrière lui en haut de l'escalier. Alex force l'allure, autant que le lui permet son épuisement.

Pendant quelques instants, un train entrant en gare le sépare de ses poursuivants et il en profite pour prendre quelque avance. Quand ils le repèrent à nouveau, il a gagné du terrain.

Alex se prend à espérer. Encore un effort, et il va être sauvé.

Un autre train sort de la gare de Lyon se dirigeant vers la banlieue. Il faut passer avant lui. Devant lui. Cette fois il va les semer définitivement.

Le souffle court, il crache le sang qui lui remplit la bouche et jette sa serviette. Le train prend peu à peu de la vitesse.

Nom de Dieu ! Il faut qu'il passe, il le faut !

Il poussa un grognement de victoire en se jetant de l'autre côté de la voie, quelques petits mètres devant la motrice. Le souffle du convoi le bouscula.

« *Attention en traversant les voies, un train peut en cacher un autre.* » Il n'eut pas le temps de se rappeler ce conseil avisé de la SNCF.

Le rapide de la Côte d'Azur, qui remontait le train de banlieue, avait déchiqueté Alex.

Francette, penchée à la fenêtre du rapide, a agité longtemps la main en direction de Le Flaour. Quand le train a démarré, le policier, à la lucidité dure et parfois brutale comme le crime qu'il combat, a pourtant lu dans le sourire et dans le geste de la jeune femme quelque chose qui lui fait penser qu'il ne lui a peut-être pas seulement sauvé la vie.

La sanglante cavale de Jo Trois doigts n'a servi à rien. Sur les ruines de l'empire des Khenchela, d'autres industriels du proxénétisme, du trafic des stupéfiants et des casses de techniciens s'empresseront d'édifier bien vite des royaumes aussi inexpugnablement protégés par la toute-puissance de l'argent. La misérable existence de Trois doigts s'est terminée tragiquement mais des milliers de jeunes Jo continuent à naître dans d'inhumains grands ensembles, dans les illusions des bars à filles de la rue Saint-Denis et de Pigalle ou dans les prisons surpeuplées. Seule Francette a quelque chance de s'en sortir. Saura-t-elle empêcher que la petite Nathalie ne se retrouve à son tour, dans quelques brèves années, sur le bitume de Paris ou de Marseille ?

Le Flaour achète *France-Soir* au kiosque de la gare. D'un œil distrait, il parcourt les grands titres : tous ces meurtres, ces hold-up, ces règlements de compte excitent peut-être ses contemporains plongés dans la morne vie de la société de consommation. Ils ne sont pour lui que la fange où il patauge tous les jours pour que Paris-sur-Crime ne devienne pas, comme New York ou Chicago, une capitale de la peur.

C'est peut-être à cela que sert la vie d'un flic.

Ce n'est qu'à Lyon, à 23 heures 15, que l'on découvrit, sous la motrice du rapide de la Côte d'Azur, ce qui restait d'Alexandre de Guichebarre, dit Alex Magenta.

ACHEVÉ D'IMPRIMER LE 6 DÉCEMBRE 1983
SUR LES PRESSES DE L'IMPRIMERIE HÉRISSEY
POUR LE COMPTE DE FRANCE LOISIRS
123, BOULEVARD DE GRENELLE, PARIS

Imprimé en France
Dépôt légal : Décembre 1983
N° d'éditeur : 8725 — N d'imprimeur : 33429